たおやかな真情

崎谷はるひ

幻冬舎ルチル文庫

CONTENTS ✦目次✦

たおやかな真情

✦イラスト・蓮川 愛

たおやかな真情……3
あとがき……380

✦カバーデザイン＝小菅ひとみ（CoCo.Design）
✦ブックデザイン＝まるか工房

たおやかな真情

その年の五月、その絵は、あるべきではない場所へ突如としてあらわれた。

『絵画・油彩　幻想画家　秀島慈英《ひでしまじえい》〈蒼天《そうてん》〉シリーズ習作』

インターネット上に表示された文字を見て、衝撃を受けた。彼はしばし茫然《ぼうぜん》となったのち、あらためて詳細を確認する。

発見時の落札までの残り時間は五日。五月上旬の時点で、入札者数はたったひとりだ。

絵画、美術品のリアルタイムオークションサイトならば理解できる。けれどそれが目に止まったのは、大手ポータルサイトが運営する国内の巨大ネットオークションサイトだった。

通常出品されるものは、書籍や日用雑貨のたぐいからコンピューター、自動車、不動産までと幅広く、頻繁に出品されるのは、バッグや服、時計などのファッション関係。一般人のリサイクル目的のみならず、業者が在庫処分に利用することも多い。

ＩＤによる匿名《とくめい》取引も可能なため、出品者の素性や来歴がはっきりしない場合も多い。たとえばファッション関係のブランド品の場合、メーカーからの要請で偽物《にせもの》については確認後排除する規制が設けられているが、骨董《こっとう》、美術品はプロですら真贋《しんがん》が見分けづらいため、実質的に野放し状態だ。

その事実は利用者にも知れ渡っていて、このオークションでの美術品カテゴリは人気がない。まれにとんでもない価格で真筆《しんぴつ》と銘打った商品が登録されているけれど、怪しい取引などしたくない利用者は多い。最初からいたずらか大胆な詐欺《さぎ》だと決めつけられ、入札されることもないまま消えていくのが大半だ。

（そこになぜ、こんなものが出品されたのか）

問題の出品物の初期設定価格が異常だということにはすぐ気づいた。秀島作品は、号の大きさや作品にもよるが、市場価格は七桁《けた》からはじまるのが基本となっている。しかも蒼天シリーズは秀島慈英の代表作と言われる作品で、幻想的なタッチのそれは画壇に彼の名前を知らしめるきっかけにもなったものだ。

出品者の説明によれば、習作とあって小品のため価格はそこまで高くはない――とあるが、オークション開始時の価格、ならびに希望落札価格は三十万。

市場価格に較《くら》べて桁がひとつ違うのは、いくらなんでもおかしい。

なにより、こんなうさんくさいオークションに、たったひとりとはいえ入札者が存在したことも、妙に気がかりだった。

入札者のＩＤは『SONGDOG_70_1』。履歴を見ると、これが初の入札であるらしい。質問コーナーでのやりとりは英語であることから、海外からのアクセスだろうことは見当がつく。

だからこそ、奇妙に思えた。

（なぜこれが、国内の、しかもネットオークションなんだ？）

秀島慈英は、学閥の影響が強い画壇では天才若手と絶賛されていても、一般的にはメジャーな画家ではない。単純に家で飾る絵が欲しい層の好む商品――たとえばラッセンやヒロヤマガタなど、ピンナップ感覚のニーズはすくなく、そこまで広く知られた存在ではないのだ。日本に較べ、投資目的などでの美術品取引が盛んな米国ほか、海外では徐々に高評価を受けはじめているが、逆輸入された作家として知名度があがるには、まだ時間がかかるだろう。

（一部のマニアが欲しがっているなら理解できる。だが、それならば専門のオークションサイトで取引が行われるはずだ）

信用がなによりの商売である美術品売買の特性上、出品もとも画廊やエージェントなど、身元を明確にするのが定石だが、この出品者は匿名のうえに商品説明もあいまいだ。

おそらく贋作、もしくは詐欺だろうとわかりつつ、入札の手続きをとったのが数日まえ。

ＩＤはどうせこの場限りと、適当なものを新規登録し、ここしばらくは数時間おきに互いの金額をじりじりと競り合ってきたのだが、そこで突然のアクシデントがあった。

五月の中旬にさしかかった落札期限の直前、突如そのオークションは取り消されたのだ。なんの説明もないまま『取引終了』の文字が表示され、当然ながら落札も不可能。ますます疑惑は強まった。

（なにかが、気になる）

彼は、肘《ひじ》をついて両手の指を組みあわせ、両の親指のさきに顎《あご》を乗せる。思案するときのくせが出て、ふらふらと組んだ指がうごめいた。モニタと目の間に邪魔する指は近すぎるせいで焦点がぼけ、何重にも見えた。遠近感の狂った視界がかえって思索を深くする。

現在、彼が眺めている画面はすでに終了した取引を示す画面だ。

そもそも商品が存在しなかったのか、贋作とばれそうになったから消えたのかとも考えたが、サムネイルに表示されていた絵は現物を撮影したものに相違ない。

新情報などなにもないそれを数分睨《にら》んだあと、彼はため息をついて画面を閉じ、一度回線を切るとモデムを切り替えた。それの接続が完了すると、さきほどとはべつの専用ブラウザを開く。設定してあった画面が表示されると、すぐにＩＤとパスワードを入力し、ログインボタンをクリックする。

処理の遅くなったマシンがカリカリと耳障りな音をたてた。通常のインターネット回線を通して、エクストラネット――一部にのみ解放されている、機密性の高いイントラネットへとアクセスするため、何重ものアクセス制限と分厚いファイアーウォールのおかげで接続に時間がかかるのだ。

重たかった回線がようやくつながるまでに五分ほどかかり、目当てのそれが開かれた。

（ここにたどりつくまでに、けっこうかかった）

オークションの突然の終了に引っかかりを覚え、各種のオークションサイトを国内、海外問わずくまなく検索したのが六月のあいだ。むろんそればかりにかまけているわけにもいかず、彼自身多忙だったため、捜索結果はかんばしくなかった。

ところが七月にはいって数日後、以前から登録していたコレクターオンリーの会員制オークションサイトで例の取り消された出品物を見つけたときに、彼の疑惑はさらに深まった。

（ますますおかしい……どちらかが真筆で、贋作か。それともひとつしかないのか）

ヤフーやeBayのような一般人が見られる場所ではなく、表に出ない作品なども扱ういわば裏オークション。だからこそ、奇妙だ。こちらに出品されるようなものが、なぜあんなオープンな場所にあったのか。

釣られたのかと勘ぐりつつ、取引をはじめたのが先週のことだった。

同じものだと確信したのは、またもやあの相手――『SONGDOG_70_1』が同じ商品を競り合っていたからだ。今回は期間も二週間と長く、複数の落札者がいたけれど、入札についてはほとんどその相手との一騎打ちになっていた。

この日は七月十八日。すでに、終了期間から三日延長となっている。彼と『SONGDOG_70_1』がこぞって、終了間際に入札を繰り返したためで、勝負はずっとドローになっていた。

さきほどログインしたのち、取引画面を開いてみると、あと数分で取引が終了する時間となっている。またこれで相手からの入札があれば延長だ。身がまえつつ待機していると画面が自動更新され、オークション終了の文字が表示される。

ようやく勝負が終わったのだ。

「……落ちたか」

メーラーを立ちあげ、受信ボタンをクリックする。新着メールの件名には、競り落としたことを告げる旨の記述。入金手続きの返信文を書きはじめ、件名部分と署名に、入札時に使用したＩＤをタイプしたところで、手が止まった。

なにか、不可解なものを感じたからだ。

(待て)

急《せ》いた手つきで入札履歴を確認してみると、昨晩こちらが自動入札価格をあげた直後に、相手の動きが止まっていた。そしてこちらの限度額まではまだ余裕がある。

それどころか、同じ品をべつのオークションで競ったときの落札価格よりも低い。

背もたれに寄りかかり、ため息をつく。

相手が突如、気を変えて降りたことにどういう意味があるのか。いや、そもそも入札してきた理由はなんだ。しかもこんな、世間的にはなんら意味のない作品に。

(わたしはいい。ただのこだわりだ)

あの秀島慈英の名前を使ったオークション品など、贋作といえど――いや贋作の可能性があるからこそ、見逃せないと思った。相手が妙に張り合ってきて予定外の価格になったが、後悔はない。だが、なにかが引っかかる。

値をつりあげるためのサクラか、それとも——贋作と気づいたか。わからない。けれど、なにかが動いている気がしてならない。

(なにか。それは、なんだ?)

いったんメールを書くのをやめ、オークション内部を『SONGDOG_70_1』のIDで検索する。いくつかの取引が見つかった。サムネイルを見るにデッサンなどのようだが、出品物一覧の見だしではどういう品かわかりづらい。

そのうちのひとつをクリックし、拡大して見ようとしたところで、ドアをノックする音が聞こえた。

「……起きている?」

細く高い声に名前を呼ばれ、反射的に専用ブラウザを閉じた。すぐさま立ちあがった彼は声のほうへと歩みより、ドアを開ける。

「いかがなさいましたか」

穏やかに笑みかけたさきには、彼の神が幼い顔でたたずんでいた。あまくけぶる睫毛《まつげ》がそよぎ、澄んだ瞳が見あげてくる。

一八五センチの彼の胸に届くかどうか、というちいさな身体《からだ》の持ち主は、机のうえにあるノートマシンをちらりと眺めて問いかけてくる。

「まだ、仕事があるのですか」

「ええ、すこしばかり。眠れないのなら、紅茶をお淹《い》れしましょうか」

「んん……」

細い指が、あいまいな声を発した唇に触れる。首をかしげた拍子にさらりとこぼれた長い髪は腰まで届き、つややかに光った。

「ショウガとミルクのはいったのをお願いしてもよいですか？」

やわらかな声でねだる相手に、彼はさきほどまでモニタを睨んでいたときの険しさなど想像もできないような、やさしい表情で微笑《ほほえ》みかける。

「ご用意いたします。ああ、裸足《はだし》ではいけません。どうぞ、ベッドにお戻りください」

冷えてしまう、とちいさな身体を抱きあげる。なんのためらいもなくうなずいた相手の細い腕が首にからまる。

「ねえ三島《みしま》。あしたは、ここに泊まれるのですか」

その言葉に一瞬、彼――三島慈彦《しげひこ》の足が止まった。無意識に、きゃしゃな身体を抱いた腕へと力がこもる。

見まわしたのは、ふたりが泊まっている短期賃貸の２ＬＤＫマンション。ここに移ってからすでに五日が経《た》っている。契約は二週間だが、状況次第では期限をまたずに出なければならないだろう。

「また電話がはいっていましたよね。東京には、いつ発たれるのですか」

「……ご心配には及びませんから」

かすかな不安を滲《にじ》ませた声に対し、はっきりとした答えを返せないのが心苦しい。ちらりと見おろした、腕からこぼれる細い脚にはいまだギプスがはめられたままだ。

「ゆっくり、おやすみください。三島がすべて、よいようにいたしますから」

腕のなかで、ちいさな頭がこくりとうなずく。信頼をたたえた目にまた笑みを返して、ふたたび歩きだした。

放置されたパソコンのモニタのなか、メーラーの件名には『3islands』という文字が記され、確定を待つカーソルが明滅している。

落札した品の送り先について、もう一度考えるべきかもしれない。だがいまは、この手のなかにあるものを護《まも》るのが先決だ。

三島はひとまずその取引を忘れ、きゃしゃな身体を大切に抱えたまま、歩きだした。

じわじわというより、じゃんじゃんと言ったほうがいいくらいの蟬時雨《せみしぐれ》が降りそそぐ。八月にはいり、気温はうなぎのぼりになる時期だ。長野県の北信、長野市から車で二時間ほどの距離にある山間部は、標高もあって空気は涼しいけれども、夏は夏だ。照りつける陽差しの容赦のなさに、駐在所のなかもじっとりと暑い。小山臣《こやまおみ》は立てかけてある調書のファイルで上気した顔をあおぎたい衝動をこらえ、ペンを動かした。

「夏休みのパトロール、もうすこし数を増やすんですか？」

「うん。いくら言い聞かせても冒険したがるからさ。これが子どもたちの遊び場の一覧。こっちはパトロールの予定表だから、駐在さんも確認しといて」

クリアファイルからとりだしたA４サイズの紙を机にすべらせたのはこの町の青年団の団長である丸山浩三《まるやまこうぞう》だ。

「学校のプールについては、先生がたにお願いするけど、川だの山だのはさすがにねえ」

夏の間の長い休みは、子どもたちの天下だ。過疎化の進んでいるこのあたりでも小中学校は存在し、子どもたちは元気に野山を駆けめぐる。ことに夏場は暑さのため水遊びの増える川を重点的に、青年団と協力してパトロールを行うことになっていた。

逞《たくま》しさと明るさ、そして賢さをあわせ持つ彼らの姿はよいものだ。眺めていると心なごむことも多いが、とにかく発想力と行動力がすさまじいので、大人は追いかけるのが大変だ。

「思いもよらないところ、遊び場にしちゃいますからね」

「田んぼの用水路でゴムボート遊びするのだけは禁止にしたけどさ」

ほんとになにを思いつくやら。愚痴る浩三の言葉に、臣も苦笑いを浮かべる。ふたりの顔にはじわりとした汗が浮いていて、扇風機が首をまわすたびに肌がひやりとした。

暑さの理由のひとつは、半月ほどまえ、この駐在所で大暴れしてくれた幡中文昭《はたなかふみあき》という男の存在がある。暴力沙汰《ざた》で逮捕されたのを逆恨みし、アルコール中毒の治療をしていた病院から脱走したあげく、お礼参りにきた際、金属バットで壁でもどこでもぼこぼこにしてくれたのだ。

壊された扉や壁などは、町の工務店の好意ですぐさま修繕をしてもらえたものの、問題はクーラーだった。バットを振りまわした際にエアコンもしっかり破壊されていたのだが、こちらは備品の買い入れという扱いになるため、申請したがまだ許可がおりていなかった。

(公共施設っつーのは、こういうときに面倒だよなあ……)

おかげでここしばらく、臣はこれまた町のひとの好意で譲ってもらった、扇風機一台で乗りきる羽目になっている。

「ところでさ。きのう、神社の裏山にある沢で遊んでたオダカさんちの子が、岩場で転んで怪我《けが》してね」

「オダカさんちの……康也《こうや》くんですか。怪我って、だいじょうぶですか？」

「尻に青あざできたのと、足を擦りむいたていどで、たいしたことはないんだけどさ」

昨年秋に異動になった臣自身より、時代に取り残されたようなこの町の子どもたちのほうがよほど山になじみ、自然に対しての知識を備えている。通常、めったなことで事故を起こしたりはしないし、赴任して以来、一度もそうした話は聞いていなかった。

「ふだんはそんなことないのに、どうしたんですかね」

訝《いぶか》る臣に「帰省してる連中のせいだわ」と浩三が苦い顔をした。

「いまだと、孫連れて遊びにきてるうちもいくつかあってさ。山だとか川に慣れてないのに遊んではしゃぐせいで、地元の子らもつられるんだわ」

「ああ、数が増えるとヒートアップするから」

「挑発しあったりとかな。都会もんにいいとこ見せようとしてムキになったり」

微笑ましいライバル心だが、それで羽目を外され、事故が起きても困る。びっしり書きこまれた、このあたり一帯の『子どもゾーン』とパトロールの顔ぶれの一覧に目を落とし、臣はうなずいた。

「わかりました。それじゃローテーションのとおりでお願いします。わたしのほうも、水辺付近は気をつけておきますから」

「よろしく頼むわ」

打ち合わせが終了したところで、浩三は臣の出した冷たい麦茶を一気に飲み干した。人心地ついたのか、ほっとしたように息をついた彼は「ああ、そうそう」と思いだしたように声をあげる。

「言うの忘れとった。また出たんだよ。駐車場で車上荒らし」

「またですか……最近は観光客が増えたから」

グリーン・ツーリズム、アグリツーリズムとも呼ばれる都市と農村の交流を目指した活動に則《のっと》り、観光業者と提携してのツアーを浩三が提唱したのが三年ほどまえ。去年からようやく本格的に観光客を誘致しはじめたのだが、予想外に好評で、山菜つみ、きのこ狩り、そば打ち体験など、季節ごとのイベントはにぎわっている。

だが、慣れぬ顔ぶれを招きいれたためのトラブルもあった。バスツアーなどでくる観光客の場合はまだしも、個人客などは自家用車で訪れるため、監視の目は行き届かず、ちょっとした渋滞を引き起こすこともある。

あげく車上荒らしを狙《ねら》ってツアーに参加するタチの悪い人間もいるのは、さすがに想定外だったと浩三らは頭を抱えていた。

「町おこしの思わぬ弊害ってやつだなあ。とにかく、交通整理と泥棒については、対策立てないといかんね」

「夏祭りには、また観光客増えそうですしねえ」

この町でひらかれる夏祭りは公民館で盆踊り、そして夜には神社で火渡りの奉納がある。神殿で巫女《みこ》装束の子どもたちがお神楽《かぐら》を舞う間、手前では竹を燃やし続けるのだが、その火が弱まったあたりで男衆が裸足で火を飛び越え、神殿の奥へ駆けこむという儀式だ。

不浄な人間を火で浄化し、豊穣《ほうじょう》の祈願を神に届けるというその儀式はなかなか壮観らしい。なかには病気の我が子を抱えてその火を越え、成長を願ったりすることもあるそうだ。

神社の裏の神殿は開放されていて、一気に外まで駆け抜け、そのときだけ鳴らすことのできる鐘をたたけば祈りが届いたことになるらしい。

「とりあえず、青年団だけじゃなく、自警団も集めてみるよ」

「夏の間だけ、駐車場に専任する管理人もいたほうがいいかもしれないですね」

車上荒らしについては立て看板で注意をうながすのと、見回りも強化しようと話しあっていたところ、臣の携帯に着信があった。

(あ……)

ちらりと携帯の画面を眺め、誰からのものかを確認しただけでポケットにしまった臣に、浩三が「出なくていいのかい」と問いかける。

「あ、ええ。メールでしたから、あとでかまいません」

ふうん、とうなずくけれど、それ以上の詮索《せんさく》はしない。もう一杯麦茶をくれるかとねだった彼は、喉《のど》を鳴らしてそれを飲み干した。

「そういや先生はきょう、病院だっけか。あした帰ってくるのかい？」

見透かしたような言葉に、どきりとする。顔に出ないよう祈りながら、臣はそれとなく目をそらして答えた。

「みたい、です。さっきのメールがその連絡で、検査は問題なかったってことでした」

「ああ、そうなのかい。そりゃよかった」

浩三は日に焼けた顔をにっこりとさせる。

慈英が東京で起きた強盗事件に巻きこまれたのは、この年の五月なかば。頭部の打撲と裂傷を負った彼は、外傷だけでなく非常にややこしい状態になっていた。

約二カ月半の間記憶障害を起こし、しばらくは周囲を巻きこんでの大混乱だったのだ。

現在は、彼の記憶が戻って、ようやく十日といったところだ。しつこかった頭痛も去り、本人は問題ないと言うのだが、当然ながら医者はそうあっさりとことを終わらせなかった。

「さすがに頭を打ったので、半年は気をつけないといけないらしくて。三カ月以内に異状がなければ、問題ないとは言うんですけど」

縫った頭の傷はほとんど癒えていたが、頭部の受傷は、しばらく期間が経ってから血腫《けっしゅ》が発見されることもあるらしい。慈英の場合、引き起こされた症状が症状だっただけに、念のため病院側が定期的な検査を勧めていた。

「ＭＲＩ検査では異状は発見されなかったんで、念には念をってことらしいですけどね」

「まあそりゃそうだねえ、記憶喪失になるくらいだから」

記憶が戻るまでは長野の総合病院での外科治療のみ継続していたが、記憶が戻ったことによって、またもや東京の医者にかかる羽目となった。しかし現時点での処置は問診とカウンセリングのみ、それもあと数回で終わるだろう、という話だ。

「もう頭痛もなくなったみたいですし、心配はいらないとは言ってたんですけど」

「災難だったなあ。先生もおれみたいな石頭だったらよかったのにな」

笑った浩三は、幼いころの武勇伝を口にした。

「俺なんかガキのころ、畑で鍬《くわ》を使っていたダチのまえでうっかり転んでさ。頭を割られそうになったけど、どうってことなかったもの。いまだに縫い傷の部分は髪の毛が生えないけどもね」

「え、浩三さん、それって、ハ……」

「ハゲじゃないよ、男の勲章さ」

わざとしかつめらしい顔で言う浩三に、臣は噴きだした。笑い話で締めくくったのち、

「んじゃ、そろそろいきますわ」と彼は立ちあがる。

「ああそうそう。この間の雨で、山の地盤がちょっとゆるんでるところあるから、駐在さんも気をつけて」

「ゆるんでる？　どのあたりですか？」

「国道から、裏の林にはいった、ちっと手前の斜面。あそこは私道を無理やり拡げてるから、危ないんだわ。まだ工事などの補修を頼むほどではないけど、念のために」

「わかりました。周辺のかたにも注意を——」

「地元の連中はみんなもう知ってるよ。あんたがいちばん、気をつけんとね」

「いてっ」

ばしんと肩をたたかれ、臣はうめく。日よけの帽子をかぶった浩三は、「ああそうそう」とにんまり笑った。

「東京いくまえ、先生とけんかしたんだろ。早く仲直りせんとだめだよ」

「なっ、なんで知って——」

「なんでって、この間見かけたとき、どっちもそっぽ向いて口きいてなかったじゃないの。それにさっきも、メールに返事しようとしねえしさ」

案外よく見ているものらしい。答えに窮した臣が口を開閉していると、浩三は「詮索はしねえよ」と、にかっと笑った。

「怪我のこととかいろいろあんだろ。ただ怪我人とか病人ってのは、案外気持ちが狭くなるもんだからさ」

「……それは、わかってるんですけど」

記憶がなかった当時、慈英が以前より臣にきつくあたっていたことは、この町の住人は皆知っている。

「仲がいいから、安心してわがまま言えるんだろ。やつあたりされるほうは、たまったもんじゃねえけど、許してやんな」

苦笑してうなずいた臣に、浩三も同じような表情で返してくる。

「おせっかいで悪いな。それじゃ」

気遣うような言葉を言い置いて、浩三は駐在所をあとにした。その姿を見送ったあと、臣はふたたび机に向かった。

「いろいろ複雑なんですよ――……」

浩三には言えなかった言葉を、ひとりになってようやく口にする。

【あすには帰ります】

そっけなく事務的なメールの内容は、浩三に言ったように、検査結果の報告と帰宅の予定連絡のみ。読み返したそれを閉じ、臣は深々とため息をついた。

（ちょっとまえまでは、ぜんぶ、うまくいくと思ったのに）

記憶が戻ってからすぐ、数日の間は、ここ数年でもなかったというくらいの蜜月《みつげつ》をすごしていた。そのほとんどがベッドのうえだったというのは、禁欲期間の長さを思えば当然とも言える話であったけれど、正直、二カ月半の揺り返しもあったと思う。

臣としてはてっきり、そのままあまい日々が続くと思っていたのだが、検査のため東京にいくと言った慈英と、あることから口論になり、雲行きは一気にあやしくなった。

微妙な空気のまま慈英が上京してから三日、お互いに意地を張って、連絡はメールのみの状態だ。

「なんでこう、毎度毎度、こじれるかなあ」

そのままふっと物思いにふけりそうになったけれど、視界の端に映った予定表の山に、頬《ほお》をたたいて自身を正気づかせた。

「お仕事お仕事！　さて、このあとの予定は……夏祭りのほかに、川釣り大会と、子ども水泳大会……」

浩三から渡された『子どもゾーン』の一覧に、回覧板でまわってきた『まち便り』とカレンダーの予定をつきあわせ、臣は微笑する。

子どもたちといえば、春さきには小中学校の卒業式には来賓として招かれたりもした。中学のほうは、在校生が学校ホームページにその日の記事を掲載したいからと、何枚も写真を撮られ、熱心にインタビューまでされたことは印象深い。

そんなこんなで、田舎の生活もけっこう忙《せわ》しないものだ。

むろん、暢気《のんき》な話ばかりではない。山間とあって、天候の悪いときに土砂崩れが起きれば山岳パトロールとの連携も行わなければならないし、山登りの遭難者への対策もしかりだ。

（ほんと、これでよく五日も休みとれたよな）

慈英が入院した際、無理を押してためこんでいた年休をもぎとった。おかげで向こう半年は、まともな連休は望めまい。

「忙しいよな、まったく」

ちいさくため息をついた臣は、ゆるんでいるという斜面を確認すべく、制帽を手にとる。ポケットにいれた携帯電話、さきほど届いたメールに返信をしていないのは、わざとではないと自分に言い聞かせた。

＊　＊　＊

臣が自転車にまたがり走りだしたそのころ、東京にある御崎《みさき》画廊の応接室では、慈英が複雑な顔をして一枚の絵を睨みつけていた。

額装された五号キャンバス、そこに描かれた絵はあまりにも見覚えのあるものだが、同時にまったく覚えがないものでもある。

「これは、いつ届いたんです？」

不可解さを隠さない慈英の声に、御崎も重い声で答えた。

「匿名のメールで、きみの作品を落札したが、贋作だという連絡がはいったのが、先月の二十九日。つまり三日まえ。いたずらかと思っていたら、きのうの朝、宅配便でこれが届いた。送り状の送り主の欄はわたしの名前を書かれていたから、差出人は不明なのだがね」

縦三十五センチ横二十四センチの枠のなかには、たしかに慈英の蒼天シリーズのひとつが描かれている。だがじっさいの絵は百号、百六十センチほどの高さがあり、サイズからして別物だ。

なによりこの絵の現物は、地方の私立美術館が買いあげ、そこに展示されている。

「念のため確認するけれど、本当にこの習作はきみが描いた覚えはないんだね？」

「ありません」

きっぱりと告げる慈英に「ならよかった」と御崎はため息をついた。

「先日の盗難事件から、間もないだろう。もしもわたしの把握していない作品でもあったらと思うと、冷や汗が出たよ」

「鹿間《しかま》さんと関わった当時には、蒼天シリーズはアイデアすらなかったので、その可能性はまったく思いつきもしませんでしたけれど」

五月に、慈英と因縁のあった美術商である鹿間俊秋《としあき》のところから盗まれた習作や素描をあわせた数点は、警察の捜査にも拘《かか》わらずいまだ見つかっていない。

慈英自身はまったくこだわりもないし、過去の落書き程度のもの、という認識なのだが、御崎にとっては悔しくてならないのだろう。

（とんだことになったな）

東京の病院で検査を受けたのち、心配をかけた御崎にも挨拶をと立ち寄ったつもりが、いきなり贋作とのご対面だ。

面倒なことが起きたものだと内心ため息をついたが、それ以上に気になることもある。

「……しかし、いったいどういう経緯で、こんなものが？」

「習作として描かれたものだという触れこみで、ネットオークションに出されていたらしい。詳細は、こちらに書かれている」

御崎が机にすべらせたのは、同封されていたというオークション取引の画面のプリントアウトだった。個人的な情報はいっさい掲載されてはいないが、落札者のところに『3islands』と記されているのがやけに気になった。

（三つの島……三島？　たしかに、あいつなら俺の筆致を真似《まね》るくらいはできるだろうが）

一度はその存在すら忘れた相手だが、皮肉なことに彼が臣にからんでトラブルを起こしたことで、慈英の記憶に刻まれることになった、かつての同級生。

数カ月まえの記憶障害で、学生時代のものと意識が混濁したせいか、以前よりもはっきりとあの男のことを思いだせるようになった。慈英の作風をきれいになぞらえるようにして描き続けていた三島であれば、この程度の贋作はたやすいだろう。

（だが、そんなことをするくらいなら、あのころだってやっていたはずだ。それがいま？

なぜだ？）

黙りこみ、プリントされた画面をじっと睨んでいると、沈黙を訝った御崎が「秀島くん？」と声をかけてきた。

「ああ、はい。いや、よくできたニセモノだなと思って」

「なにを冷静に言ってるんだ。だいたい、サムネイルはともかく、現物は似ても似つかない筆致じゃないか」

ネット上にあげられていた写真――解像度の低いＪＰＥＧ画像だ――をプリントしたそれでは判別をつけづらいが、現物をまえにすればさすがに真筆との違いはわかる。長年、慈英の作品を扱ってきた御崎ならではの言葉だ。

そして慈英の作風について詳しいといえば、もうひとり。

（三島ならもっとうまく描くだろう。それに、あいつの仕業だとしたなら、わざわざこれを落札して、送りつけてくる意味がわからない）

だが、ＩＤといい、やけに周到な感じのする落札経緯をまとめた書類といい、あの偏執的な三島のやりそうなことでもある。

もしもこれがあの男の差し金なら、いったいどんな意図があってのことなのか。引っかかりを覚えたが、考えることはあとでいくらでもできる。

慈英はひとまず御崎との会話に集中することに決めた。

「それにしても、こんなものを作られるほどの大家ではないんですけどね」

贋作の描かれた五号キャンバスを眺めて苦笑する慈英に、御崎はあきれた顔をした。

「きみが熱心でないだけの話だよ。ジャパンアートをアジアの豪たらしめるには、きみも本気で挑んでくれないと」

いきなりムキになる御崎に、慈英のほうが驚いた。タチの悪いいたずらとしか思えない偽物ごとき、たいした話ではない。それがなぜ、慈英自身の熱意の話になるのか。

「実作に関しては、ご要望にお応《こた》えしていると思うのですが」

慈英の言葉に、御崎は苦い顔できっぱりとかぶりを振った。

「きみ自身に不満があるわけではない。ただ、いまさら、新人だなんだの言い訳は立たないのも事実だ。そして秀島慈英を世に送るにあたって、わたしだけを窓口にしているのは、あまりに惜しいと言っているんだ」

「そんな――」

反論しようとした慈英の言葉は、御崎の厳しい声に打ち消された。

「すでに秀島慈英の作品は、海外のアート市場でそれなりの評価を受けている。クリスティーズ香港、春季オークションの落札価格は、二百万香港ドルを超えた件は、とうに報告しただろう」

「ああ、そうでしたね」

日本円にして二千万以上の競売価格がついた作品は、蒼天シリーズ二期作となる『霾《つちふる》』。黄砂の舞う都会の空をイメージした、どこか攻撃的で苛烈《かれつ》なその絵は、けっこうな熱戦の末、中国の企業家の手に渡ったと聞いている。アートバブルははじけたと言われる中国でも、富裕層の力はいまだ強い。

有名オークションで取り扱われることは、作家としてはかなりのステイタスだ。とはいえ、オークションにかけられた作品など、すでに慈英にとって他人事《ひとごと》だ。直接の報酬に結びつかないためもあって、どこかぴんときてはいなかった。

「そうでしたねって、きみは本当に……」

手放した作品になんの執着もない慈英に、御崎は深々とため息をつく。

「いいかい。プライマリーギャラリーの限界というものはあるんだよ。わかっているだろう」

プライマリーマーケットとは、名前のとおり第一の取引だ。作家の手がけた作品が、ストレートに顧客に届けられるかたちをさす。その商品を扱う窓口としての御崎がそこには介在する、これをプライマリーギャラリーという。

その顧客が、べつの誰かへと作品を売るのがセカンダリーマーケット。さらに作家の知名度や評価があがった場合、オープンマーケットとして利用されるのがオークションだ。

この場合、セカンダリーマーケットやオークションで価格が高騰《こうとう》したとしても、プライマリーギャラリーや作家個人に対してはいってくる金銭はいっさいなく、最初の顧客から御崎へ基本価格が支払われ、さらに契約で決められた率による取り分のみが慈英の収入になる。オークションで落札された作品に対して、御崎が慈英に支払ったのは百五十万。

それでも、御崎のおかげでかなり率のいい契約を保持できていると慈英は思っていた。

むろん生活に困窮すれば作品制作どころではないから、ある程度の金銭は必要だが、それ以上の金がほしいとも思っていなかった。

「外部での評価は、いずれきみの作品価値をさらに高めることになる。この数年、さまざまなかたちでオファーは増え続けた。だがわたし、……わたしはね」

言葉を切った御崎は、なにかを問うような目で慈英を見た。

「……まだ、長野に居続けるつもりかい？」

きたな、と慈英は身がまえた。

「あの場所は、ぼくの生きる意味があるところなので」

七年まえと変わらぬ気持ちで告げたそれは、けっしておおげさなことでもなんでもない。

「自分の制作環境として、ベストの状態だと感じています。いま以上に手を広げる気もありません」

臣のいる場所が、自分の居場所だと彼に告げた言葉を嘘にする気もない。決意を秘めた慈英のまなざしに、だが御崎は引かなかった。

「わかっているよ。きみが、必要以上に売り出していくつもりはないことは。けれどね……

秀島くん。もう、時代が変わってきてしまった」

芸術を『商売』にすることをきらい、独特のセオリーがあった日本画壇の体質も、この十年で変化せざるを得なくなった。アートを投資と考え、商品として売り買いすることが当然とされる世界の流れに沿わざるを得ない時代がきたのだと、老画商は静かに告げた。

そして慈英自身を取り巻く環境も、否応なく変わるときはくるのだと。

「欲のなさはきみの美点でもあるが最大の欠点でもある。わかっていない、などと、そんなふりはいらないよ」

慈英は答えず、黙したまま御崎をじっと見つめた。老画商は、一歩も引かないと知らしめるように鋭い眼光で慈英を見据える。

「きみの作品は、内的な世界から生まれるものだ。どこにいようと、なにを見聞きしようとしまいと、きみはきみであるだろう。見聞を広めろなどと、説教じみたことを言うつもりは毛頭ない。けれど……世界にはもっと、大きなチャンスがあるのは事実だ」

「御崎さん、それは」

「なにより、わたしは老いた。あと何年、きみの力になれるか正直いってわからない」

さらりと言った御崎の言葉に、慈英はついに怯んだ。

「でも、繁次《しげつぐ》さんがいらっしゃるじゃないですか」

五月には、御崎の息子である繁次に業務の一部を任せるため、顔合わせをするという名目で慈英がこの画廊を訪れた。当日、繁次自身はべつの取引で不在だったけれど、あえて立ち会わせることをしなかったのだと、続く御崎の言葉が継げていた。

「跡を継がせると言ったところで、繁次はやはり税理士だ。真贋を見極める目すら持っていない。画廊の主人として、信用できる取引先と手堅い商売をすることはできても、きみほどの人物を晴れ舞台に引っぱりあげる力はない」

「そんな、まだ御崎さんには教えていただきたいことが――」

「この間、心臓に疾患が見つかってね」

御崎の告白に慈英は言葉を失った。

鹿間に個展の企画を引き渡す羽目になったのも、そもそも彼の体調が崩れたことに起因する。それから七年、かくしゃくとした御崎もさすがに疲れを隠せなくなったのだと打ちあけられ、苦いものが胸を刺す。

十代で出会ったときから、御崎は力強く穏やかに、慈英を導いてくれた存在だった。けれど気づけば、彼の身体は以前よりもひとまわりはちいさく感じるようになっていた。

「疾患……と、言いますと」

「弁がね、ふさがりはじめているそうだよ。すぐのすぐ、手術が必要だとか、そういうことではない。けれどいずれは、という話だ。七年まえにも、可能性はあると言われていた」

軽く胸をさする御崎の仕種《しぐさ》、それをこの数年、何度も見た。だいじょうぶかと問うたび、不整脈だと笑っていた彼の健康を、気にも留めていなかった自分に慈英はほぞを噛《か》む。

かすかに顔色を変えた慈英を安心させるように、御崎はそっと微笑んだ。

「まだしばらくは、引退をする気はないんだよ。けれどもね、秀島くん。わたし以上にきみを押しあげてくれるエージェントやアドバイザーが見つかったならば、こちらに気兼ねすることはない」

「あなた以上に、俺の絵をあずけて信頼できるかたがいるとは思えない」

慈英の言葉に、御崎は「ありがとう」と笑んだ。

「純粋にその言葉は嬉しいよ。だが、そうだな……もしも、きみがほかに信頼できる人間がいないと言うのなら、きみ自身できみをプロデュースすることも考えたほうがいい」

瞬時にいやな顔になった慈英に、御崎はほがらかな笑い声をあげた。

「そういう顔をするものではないよ。以前のきみであればむずかしかっただろうけれど、いまはただ単に、億劫《おっくう》がっているだけなのは知っているのだからね」

すっと細めた目の奥にある厳しい光。それはまだ御崎が衰えていない証拠でもあり、慈英自身の怠惰《たいだ》を咎《とが》める叱責《しっせき》でもあった。

「なぜ、いまなんです？　こんな、急にいろいろ言われても」

あえぐように言った慈英は、無意識にこめかみを押さえた。二カ月半まえ、殴られたことで怪我を負ったその場所は、つい先日まで精神的なもので追いつめられるたびに痛みを覚えた。それがすっかりくせになって、動揺するとついそこに触れてしまう。

その仕種を見た御崎は、ふっとちいさなため息をついた。

「まだ治ったばかりだというのに、たたみかけてすまない。けれどもね、だからこそだよ秀島くん」

「だから、とは」

「わたしの心臓、きみの怪我……いつどこで、なにが起きるかわからないと、強く感じたんだよ。悠長にしている時間はない。間に合わなくなってから、ああすれば、こうすればという後悔を覚えることだけはしたくないんだ」

老いを自覚する御崎だけでなく、慈英もまたあの事件後から、なにかが変わったことを感じている。

「アーティストが安穏を望んではいけない。変わるときはくるんだよ、秀島くん」

穏やかな声に満ちた力強さに思いも寄らない痛みを感じ、慈英は目を閉じるしかなかった。

長い沈黙がのしかかり、ぎこちなくも慈英が口を開こうとしたとき、御崎は言った。

「ところで、紹介したいひとが、いるんだけれどね」

「どなたです？」

「まあ、まずは顔をあわせてから」

すでにここに呼んであると告げられたその人物は、隣室に控えていたらしい。御崎が声をかけると、軽いノックのあとにヒールの靴音が高らかに鳴った。

部屋へとはいってきた相手に、慈英は目をみはり、立ちあがる。

「Good to see you……Mr.Hideshima.」

ヒールのせいで慈英と同じほどの目線になった長身の彼女は、赤いルージュを引いた唇から、淀《よど》みない日本語で名乗った。

「はじめまして、秀島先生。わたくし、アイン・ブラックマンです」

紫がかった青い目にシルバーブロンド。肌は褐色で、国籍のわからない顔だちをしたエキゾチックな美女は、そう言ってしなやかな手を差しだした。

しかたなくその手を握りかえしたとき、やけに冷ややかな体温が、慈英の肌を粟立《あわだ》たせた。

＊　＊　＊

翌日の朝、東京から戻ってきた慈英は、ふらりと駐在所へ立ち寄った。予告もない訪問に驚いた臣は、その顔を見るなり眉《まゆ》をひそめた。

「ただいま、臣さん」

笑ってはいるけれど、力のない声と表情。あまりの覇気のなさに、思わず顔をしかめる。

(なんだよ、その顔……)

問おうとした臣は、彼の視線が微妙に自分からずれていることに気づく。きのう届いたメールも相当に事務的なものだったが、いま現在、拒絶に似たオーラを出している慈英の不機嫌さとは較べものにならない。

「あー、えっと、おかえり」

へたなことは言えず、あいまいな声で出迎えた臣に、慈英はただうなずいた。入口にたたずんだまま所在なさそうに目を伏せている彼に「座れば」と奥を指さすと、またも無言でうなずき、慈英はのろのろと奥にある休憩室との段差に腰かける。

「暑かったろ。麦茶飲む？」

「ありがとう。いただきます」

冷蔵庫から麦茶を出してコップに注ぎながら、ちらりと盗み見る。疲れたため息をついた慈英は、なにかを考えこむような顔をしていた。

「あの、これ」

「ああ、ありがとうございます」

コップを差しだすと、かすかに微笑んだ慈英は礼を言った。けれどすぐに笑みはほどけてしまい、むっつりと黙りこんだ彼をまえに臣は惑った。

駐在所のなかは、けっして広くはない。八畳ほどのスペースに机と書類棚、ひとがきたときのためのパイプ椅子が数脚あるだけの殺風景な空間だが、そこには見えない壁が大きく立ちはだかっているように感じられた。

(気まずい)

居心地の悪さを感じはするけれども、ある意味慣れた感覚でもあった。

彼が記憶をなくしていた間、臣はできるだけふつうに振る舞おうと必死だった。何度も拒絶され、つらいのは慈英なのだからと自分に言い聞かせ、穏やかに接しようとつとめた。

それが、ほんの十日まえまでの話だ。あのころは記憶さえ戻ればと必死に願い、同時にあきらめかけていた。

だからこそ、彼が記憶を取り戻してくれたとき、天にも昇る気持ちになった。

——俺にとって、大切だったのはあなただから。

そう告白されて、もうこれからはなにひとつ思いわずらうことはない、以前のようにあたたかく包むような慈英が戻ってくるのだと期待した。

だが現実はといえば、ささいなことでふたりの間に壁を感じる自分がいる。

(めでたしめでたし、とは、いかねえなあ)

物思いにふける慈英に声をかけることすらためらう理由は、さきほど浩三に指摘されたとおり、彼がおととい上京する直前に起きた、ちょっとしたけんかのせいだ。

正直、東京にいる間に機嫌をなおしてくれないかと願っていたのだが、彼の顔色を見るに、よりいっそう低気圧になったのは間違いない。

「……辞令、まだおりないんですね」

むっつりとした顔の慈英にいきなり切りだされ、臣は内心「うわー、きた」と思いながら、できるだけ平然と見えるように装って言葉を返した。

「夏には、とは思ってたんだけどな。だいたいふつうは、この時期に決まるし」

「駐在所への赴任は、一年って話でしたよね。もうじき一年経つと思うんですが」

「しょうがないだろ。人事に関しては、うえの決めることで、俺にはいっさい決定権はない」

公務員の異動、任期についてはあくまで目安でしかないのだ。組織の改編、人員不足、そのほかいろんな理由で伸びたり縮んだりは充分あり得る。

「異動の辞令はほんとに、直前になんないとわかんないんだって。状況とか、堺《さかい》さんにも訊《き》いてはみたけど、あるかもしれないし、ないかもしれないって返事だしさ」

何度も言ったことじゃないかとうそぶきながらも、首筋に緊張を覚える。慈英の真っ黒な目にじっと見つめられ、思わず視線をそらしたのは臣の負けを意味していた。

深々と、慈英がため息をつく。びくっと震えた臣が視線を戻すと、彼は「じゃあ異動の話はいいとして」と低い声を発した。

「あれは、いつ、返していただけるんでしょうか？」

低い声で、ゆっくりと問いかけてくる彼が怖い。

「だからその、籍いれたら」

「それはいつ？」

「市内に戻ったらって、この間も言ったじゃん……」

完全にループした議論の不毛さに、臣がもそもそと口ごもる。慈英は「わかってるんですけど」と言いながら、またもや重苦しいため息をついた。

「市内に戻ったら、っていうのは、あくまで区切りがついたら、程度のことですよね」

「……まあ、そうだけど」

「調べてみたら、養子縁組の届け出自体は、養子のほうの本籍地でも受理が可能という話です。近場が気まずければ俺が鎌倉で出してくることもできる。それは話しましたよね？」

「わかってる。堺さんにも相談ずみだし、それを変える気はない」

年齢がうえの臣のほうが養親になるわけだが、手続きそのものは、養親、養子のどちらが出してもかまわない。未成年者を養子にする場合はもっと複雑な面——家庭裁判所の許可など——もあるけれど、慈英と臣とのいずれも成人であるし、そのあたりの問題もない。

「じゃ、なんで今回、東京にいくついでに届け出してくるのをいやがったんですか」

数日まえと同じ議論をふっかけられ、臣もまた深く息を吐きだした。

「それも言ったろ。養親になるのは俺のほうなんだから、俺が出したいって」

「あなたが休みとるの待ってたら、いつになるかわからないじゃないですか。年中無休の駐在さんなのに」

「だから、異動辞令が確定すればもうちょっと自由きくから！」

本当か、という、うろんなまなざしに見据えられ、「……いまよりは、たぶん」と臣は小声でつけくわえた。どっちに転んだところで、警察の仕事が民間の企業人より暇になることはないことくらい、お互い承知のことだ。

睨みあったあげく、今度ため息をついたのは臣のほうだった。

「なあ慈英、なんでそんな焦ってんだよ」

「焦ってるって、どういうことです」

ぴくりと眉を動かして反論する男は、自分がどんな顔をしているのか自覚がないらしい。

そもそも、入籍の覚悟を決めてようやく十日。その間、病院に連絡したり東京にいったりとそれなりに忙しく、臣自身、休みのつけを払っている状態だ。

なのにこうまでたたみかけてくる慈英にいささかいらだち、臣はつけつけと言った。

「入籍するのは決まったんだから、そんな急がなくてもいいじゃないか。もうちょっと待ったって――」

「臣さんの腰が重いんです。だいたい、待つのはもうずっと待ってますよ、俺は！」

尖《とが》った物言いに、臣が軽く怯んだ。慈英もはっとしたように口を閉ざし、ややあって「すみません」と重い声を発する。

「いや、いいよ。疲れてるんだろ。東京から帰ってきたばっかりで」

「……べつに、そんなこともないんですけど」

とりなすような声を発すると、慈英が苦い顔をした。口もつけないままの麦茶をじっと見つめていた彼は、ごくりとひとくち飲んだ。それはまるで、口にしたくない言葉を喉の奥に流しこむためかのように見えた。

重たい沈黙のあと、目を伏せたままの彼がぽつりとつぶやく。

「臣さん、抱きしめてもいいですか？」

顔をあげ、真剣な目で見つめてくる慈英に臣は一瞬迷い、だがすぐにうなずいた。

入口のガラス戸にカーテンを引いたあと、慈英のもとに向かう。彼は立ちあがり、近づいてきた臣の腕をとって、やさしく抱きしめる。

広い肩に頬をつけると、ほっと息が漏れた。首筋からはかすかな汗のにおいがする。

無事に帰ってきてくれたと実感して、思う以上にあの事件がトラウマになっていたことを臣は気づいた。

「ただいま、臣さん」

「さっきも言っただろ」

それが仕切りなおしのサインだと理解しつつ、臣はちいさく笑って雑《ま》ぜ返す。慈英は笑わないまま、臣の頬を手のひらで包んだ。

「キスを、しても？」

ささやきかける彼に、言葉で答えるよりも目を閉じた。頬を撫《な》でる指のやさしさにじんと瞼《まぶた》が熱くなる。まずはその瞼に、そして鼻先にキスをされた。くすぐったくて笑ってしまうと、やわらかいものがほころんだ唇へと落ちてくる。

なにかをわかちあうような、あまいキスだった。

ぴったりと臣の唇を覆う慈英のそれは食《は》むように動いたあと、こすりつける動きに変わる。くわわった力で自然とひらいた隙間へ滑りこんだ舌は、なめらかで熱い。探るように、味わうようにうごめくものを軽く歯で挟むと、腰を抱く手に力がはいった――そのときだ。

突然、駐在所の電話が鳴り響き、臣はびくりとして身を離す。あわてて机のうえにある受話器をとりあげ、息を整えた。

「は、はい。こちらは――」

『ご無沙汰しております、小山さん』

駐在所名を名乗ろうとした臣は、電話の向こうから聞こえてきた声に戸惑った。

(誰だ)

聞き覚えはある気がするけれど、はきはきとした口調に覚えがない。戸惑って黙りこむと、受話器からはくすくすと笑う声が聞こえてきた。

『三年ぶりですからね。わかりませんか』

「どちらさまでしょう」

緊張した面持ちで問う臣に気づいた慈英が、背後からそっと肩に手をかけてくれる。視線で感謝を贈った臣の耳に、驚くような言葉が飛びこんできた。

『三島です。三島慈彦。覚えていらっしゃいますか?』

忘れるわけがないその名に臣は凍りつく。近くで声を聞いていた慈英もまた顔をこわばらせ、臣の手から受話器をひったくるようにして奪うと、低い声を放った。

「三島か。いったいなんの真似だ」

『やっぱりそこにいたか、秀島』

「臣さんにはもう近寄るなと言ったはずだ。忘れたのか」

臣は念のためと電話の録音装置を作動させたのち、スピーカーホンに切り替える。すこしくぐもった三島の声が狭い空間へと響いた。

『緊急を要することが起きたからね。なりふりかまっていられなくなった』

慈英は剣呑《けんのん》な声で「緊急?」と繰り返す。

『きみと小山さんに、頼みたいことがある。そのために、勝手に貸しを作らせてもらったよ。もう御崎さんから受けとっているだろう』

「……貸し?」

なんのことかわからず、臣は慈英の険しい顔を眺めた。目顔で、あとで説明することを約束した彼は、電話の主へと問いかける。

「あれはやっぱりおまえか。頼みというのはなんだ。だいたい、どうしてここにいることがわかった？」

『きみのいるところくらい、すぐにわかる』

三島はさらりと言ったけれど、慈英がここに住んでいることは、ごくわずかな人間しか知らないはずだ。そもそも一年程度で戻る予定だったため、住民票などは長野市内の家で登録したままになっている。

調べたということか。臣はいやな顔になったが、慈英はさらに語気を強めた。

「それだけじゃない。なぜ駐在所に電話をしてきたかと訊いてるんだ」

剣呑な慈英の声に、三島はくすくすと笑った。

『それも簡単な話だ。小山刑事を出してくれと県警に電話をしたら、いまは異動になったと言われた。赴任先は教えてはもらえなかったけれど、県内にあるだろう駐在所に関係した、広報関係を調べた』

そして見つけたのは、臣が来賓として参加した中学校のホームページ。卒業式の光景を写した写真のなかに制服姿の臣がいたと、三島はなんでもないことのように話した。

『職務中の警察官には肖像権はないからね。どうやら、記事を書いた中学生は小山さんのファンらしく、何枚も写真が載っていた。場所もすぐに特定できた』

三島はあっさりと言ってのけるが、長野県内すべての駐在所やその関連記事をくまなく調べるのは骨が折れたはずだ。あきれたように臣はつぶやく。

「相変わらず、執念深いな」

『褒め言葉と受けとっておきます。それで、ご都合は？　よろしければ、そちらに訪ねてまいりたいのですが』

「都合とか言ったところで、どうせ押しかけてくるんだろ」

「……ええ、そのとおり」

スピーカーからの声に、外から聞こえたものがくわわった。はっと振り返った臣は、カーテンを引いた引き戸越しに、背の高い男のシルエットが浮かぶのを見つける。

（まさか）

あわててカーテンと引き戸を開けると、そこには携帯電話を手にした三島が立っていた。

とっさに身がまえた臣だったが、目のまえの彼の姿に途方もない違和感を覚え、困惑のあまり目をしばたたかせる。

「おまえ、ほんとに三島……か？」

「顔を整形した覚えはありませんが」

通話を切り、携帯電話をたたみながら彼はにっこりと笑う。顔だちはたしかに同じだし、声も変わっていない。だが三年まえとは、まるで印象の違う男の姿に戸惑っていた。

「いや、つうか、なんだよその格好」

ひところ慈英を真似していたときのようなラフなファッションとも、営業マンだったころのいかにもなスタイルとも違う。

青いシャツにノーネクタイの黒いスーツはずいぶんと派手な印象があり、髪は茶色く、一部はメッシュで金髪に染め、わざわざ若者ふうのアシンメトリーなスタイルに変わっている。おまけに目元には青いレンズのサングラス。いくらなんでも、違いすぎる。

「まさかホストにでも転職したんじゃ——」

言いながら、さきほど電話ごしに声を聞いたときと同じ違和感を覚えて、臣は言葉を切った。その隙に、ふたりの間に慈英が立ちはだかる。

「二度と顔を見せるなと言ったはずだ」

「きみたちの生活に割りこむような真似はしないと約束しただけだろう？」

三島は、おどけたように両手をあげて見せる。表情こそ微笑んでいるが、その目は鋭く、物腰はリラックスして見えるけれど、まったく隙がない。

「心配しなくてもいい。小山さんにちょっかいをかけるつもりはない。ただ、本当に頼みたいことがあるだけだ」

真剣な声で言いきる三島の目に、臣はなにかを見た気がした。かつてのうつろだった彼にはなかったもの——誠意と、熱意。

「慈英、話を聞こう」

「臣さん！」

「贋作がどうだとか言ってたな。俺はまだ、その話を知らないし、なにか知ってるなら教えてほしい」

じろりと横目に慈英を睨んで、臣は続けた。

「頼みってのは俺にか、慈英にかわからないけど、聞いてから検討する。それでいいか？」

「けっこうです」

三島はうなずく。余裕ぶっているけれど、臣の返事を聞いたとたん、彼の肩からわずかに力が抜けるのが見てとれた。思う以上に彼も緊張しているようだと察した臣は、顎をしゃくってうながした。

「まずは、はいれよ」

三島はふと顔を引き締め「いえ、ここでは」と小声で言った。

「ぜいたくを言って申し訳ないんですが、外部から完全に見えなくなる場所はありませんか」

「なにかやばいものでも？」

「所持品は、とくには」

話が聞こえないのではなく、見えなくなる場所。姿を隠したいのかと思ったが、彼自身はいま、堂々と臣の目のまえに立っている。

（じゃあ、なにを隠したいんだ）

訝りながら、三島の背後に視線をめぐらせる。駐在所まえの道路に、彼が運転してきたとおぼしき車が一台停まっていた。臣はその後部座席に、奇妙なものを見つけた。

この暑い時期に、こんもりとした毛布。最初は荷物かなにかかと思えたが、もそりと動いたことで、なかに人間がいることがわかった。

視線に気づいた三島は、声をひそめる。

「いまはなにも聞かないでください。ただ、静かな、ひと目につかない場所で話がしたい」

わかった、と臣も小声で返し、背後でいらいらした顔をしていた男へ声をかける。

「慈英、おまえんち貸してくれないか？」

「……いやだと言ったところで、俺に拒否権はないんでしょう」

慈英のいま住んでいる家は、駐在所から歩いて数分の距離にある。あきらめたようにため息をついた慈英は、三島に向かって顎を動かした。

「駐車場を教える。家からはすこし離れた場所にあるから、まずはそっちに車を――」

「いや、さきに家のまえでおろしたい」

主語のない言葉が示すのは、後部座席の人物のことだろう。あえて訊《たず》ねることはしないまま、臣と慈英は黙ってうなずいた。

数分後、慈英の家のまえぎりぎりに車を停めた三島は、周辺からは死角になっていることをたしかめたのち、後部座席のドアを開けた。とたん冷気がひやりと溢《あふ》れだし、どれだけ車内の温度をさげていたのかと臣は目をしばたたかせる。

「失礼いたします。不自由な思いをさせて申し訳ございませんでした」

一度も聞いたことのないような、穏やかでやさしい三島の声に臣はぎょっとした。だがそれに応えてもぞりとうごめいた毛布の中身には、驚かされたなどというものではなかった。

「もう、出てもいいのですか」

「ええ。痛いところはございませんか」

「だいじょうぶ」

細い手が毛布の端をまくりあげ、ゆっくりとその人物が起きあがった。とたん、臣の横にいた慈英が「お……」と思わず声を発する。

現れたのは、まるで黒髪の天使だった。

腰までの長い髪、チュニックのような長いワンピースに薄く軽いシフォンの上物を重ねた、独特の民族衣装ふうな服を着ている。

なめらかな頬にちいさく愛らしい唇、一重の神秘的な大きく濡《ぬ》れたような黒い瞳。年齢は十三、四歳ほどに見える美少女は、長く濃い睫毛を上下させ、臣たちに笑いかけてくる。

「はじめまして」

「は、はじめまして。こんにちは」

臣は反射的に挨拶を返したが、声も姿に似合ってうつくしいことに感心していた。透きとおるような肌にふさわしい、透きとおるような声。すこしだけハスキーなのは、疲れのせいだろうか。

(なんだこれ……とんでもなくきれいな子だな)

慈英はむっつりと黙ったままだ。それにも気づかず見とれていた臣は、めくれた毛布の端から覗《のぞ》く脚に、ギプスがはまっているのを見つけた。軽く眉をひそめると、美少女がにこりと微笑み、ほっそりとした手を伸ばす。

「三島、悪いのだけれど、手を貸して」

「失礼いたします」

三島は軽く目礼して毛布を払い、きゃしゃな身体を抱えあげる。車の外へと運び出された身体はずいぶんと小柄だ。三島に抱きあげられた彼女の長い髪と薄物の上着が風になびくさまは、映画のワンシーンかのようにうつくしかった。

だが、徹底して彼女を敬うような三島の態度、年上の男にかしずかれて当然とする少女のさまは、一種異様でもある。

(何者なんだ、いったい)

臣の疑問をよそに、三島は慈英に視線を向ける。察した慈英はすぐに玄関を開け、彼はすばやくそのなかへとはいった。あわてて臣が続くと、慈英が三島に言った。

「よければ、車は俺が駐車場に停めてくる」

「頼む」

「申し訳ありませんが、臣さん——」

「わかった。あがってもらっておくよ」

うなずいた慈英は、まだエンジンがかかったままの三島の車へと向かった。玄関のドアを閉めた臣は、三島に対し「こっち」と奥へ進むよううながす。

「怪我してるんだな。足が伸ばせるから、ソファがあるところのほうがいいだろ」

「ありがとうございます」

三島に抱えられたままにっこり微笑む彼女に、臣も思わず微笑み返す。三島は派手な風体がまるで不似合いな神妙な顔つきで、家の奥にあるアトリエ——もともとは居間を改造したその場所へと、彼女を運んだ。

「ご気分はいかがでしょうか。苦しくはございませんか？」

ソファにそっと彼女をおろした三島に対し、彼女はかぶりを振った。長い髪がさらさらと音を立てる。

「三島こそ、それをとったら？」

かすかに眉をひそめた彼女が、細い指で自分の頭をさす。「いや、平気です」と言いながら、三島はこめかみに汗を浮かせている。彼女はますます顔をしかめた。

「……わたしはその頭の三島はきらいです」

どういうことかと見守っていた臣は、彼らの会話と細い指が示したさきを見て、さきほどから感じていたわずかな違和感の理由がわかった。

「そうか。なにか変だと思ってたけど、それ、ウイッグか」

「すぐにわかりますか？」

さっと振り向いた三島が警戒心もあらわに問う。臣はあわてて手を振った。

「いや、注意して見ないとわからないけど……俺も経験あるから」

自身も張り込み捜査などの都合で身なりを変えることのある臣だからこそ気づいたのだとも言える。そう告げると、三島はほっとしたように息をついた。

「では、ここにいる間だけでも、はずさせておいてください。さすがにうっとうしくてかなわない」

三島は派手な色の髪をむしりとり、上着を脱いだ。現れた髪は三年まえよりも短くなっていたが、かつての彼と同じ黒だ。

臣もなんとなくほっとしたけれど、すぐに表情を引き締める。

「念入りな変装に、あの毛布。尋常じゃねえな」

「だから、門前払いを覚悟でこんなところまできたんです」

臣と話す間、三島は振り返りもせず、彼女の細い足にクッションを当てたりと甲斐甲斐しく世話を焼いていた。

「いったいなにが――」

「そのまえに、お願いがあるのですが」

詰問しようとした臣の言葉を遮り、三島は言った。

「図々しくてすみませんが、このかたになにか、あたたかいものをいただけませんか」

車のなかで毛布をかぶる彼女のために、限界まで車内の温度をさげていたのだろう。三島自身もあまり顔色がいいとは言えない。

「……わかった」

話はあとでもできるだろうと、臣は台所に向かう。廊下に出たところで、ちょうど玄関のドアをあけた慈英と出くわした。

「あ、おかえり。アトリエに通したからな」

慈英はうなずいたあと、さきほど三島からあずかっていた鍵を手のなかで鳴らした。

「それで臣さんは、なにを」

「お姫さまがお茶をご所望だってさ」

慈英はとたんにいやな顔をする。苦笑した臣は、「まあ茶くらいだしてやろう」と広い肩をたたいた。

「変装までして、怪我した子を連れてる。なにかから逃げてるのは間違いないだろ。まずは話を聞いてみないと」

「でも、臣さんがそこまで」

「それに、御崎さんから受けとったものについても、話してもらわないとな」

じろりと睨む臣に負けたのか、慈英は観念したように目を閉じた。

「……俺がお茶を淹れますから」

「あ、そう？　よろしく。あったかくてあまいやつがいいかな。車のなか、ガンガンに冷やしてたみたいだし」

けろりとした声で頼む臣にため息をついた慈英は、なにやら口のなかでぶつぶつと文句を言いつつ、台所に向かった。


臣のリクエストを受けてか、慈英は砂糖と生姜《しょうが》のはいったミルクティを作ってきた。カップを手渡したとたん、彼女はひどく嬉しそうな顔をする。

「これ、好きです。いつも三島が作ってくれる」

「そう、よかった。熱いからやけどしないようにな」

ほっとしたように息をつき、吹き冷ましながら飲む彼女は真夏だというのに冷えきっていて顔色が悪かった。臣はあきれたように三島へと目を向ける。

「何時間あんな冷蔵庫で走ってきたのか知らないけど、冷房ばてしたら意味ないだろ」

「お気遣い、ありがとうございます」

頭をさげる三島も、汗がすごいのは暑いからというより、温度差に身体が過剰反応しているようにも思えた。

ソファのまえには、ふだん画材などを置くために使っているワゴンをテーブル代わりに設置した。向かいにふたつの椅子を置き、臣と慈英はそこに腰かけた。

「お行儀が悪くて、申し訳ありません」

彼女は怪我をした足をソファに投げ出し、隣に座る三島に背中をあずけるかたちで座っている。ぺこりと頭をさげた彼女に、臣は軽く手をふってみせる。

「いいよ、怪我人なんだから気にしないで」

「ご親切にありがとうございます」

カップを手にした彼女は、にこりと微笑む。礼儀の行き届いた子だと臣も相好《そうごう》を崩したが、慈英は苦い顔のまま「さて」と切りだす。

「なにがどうしたのか、説明してもらおうか」

「ちょっと待て。……いいのか？」

慈英の肩に手を置いた臣は、ちらりと彼女を見る。おそらくややこしい話になるだろうに、十代の女の子を同席させるのはどうなのかと思ったのだが、予想に反して「だいじょうぶです」と三島は答えた。

「むしろ、このかたが本題でもありますから」

「本題？」

臣が訝ると、三島はさらりと「まずは秀島の質問に答えるほうをさきに」と躱《かわ》した。

「それに、この話をさきにしたほうが、本題を進めやすい」

「どういう意味だ？」

「取引ですよ」

笑った三島は、慈英へと視線を向けた。

「御崎さんのもとへと届けたアレは、わたしが個人で落札したものだ。価格は三十万」

組んだ両手の指を軽く動かし、おもしろそうに告げる三島を慈英は鋭い目で見た。

「ずいぶんな無駄金を払ったものだな」

「わたしにとってはそうでもない。秀島慈英の贋作が世に出ていること自体、個人的に受けいれられないからね」

三島の口から出た穏やかならぬ言葉に、臣はぎょっとしてみじろいだ。

「贋作ってなんだ、それ」

「ネットオークションで落としたんです。蒼天シリーズの小型レプリカと言ってもいい。問題はそれが秀島慈英の習作として出品されていたことですね」

三島は、御崎のところに送りつけた問題の絵をいつ発見し、どういう経緯で落としたのかを説明しはじめた。

「最初に発見したネットオークションで、それが出品されたのが五月上旬。けれど、アップして数日たつと、なぜか落札を待たずに取引が取り消された。しばらく見失っていたけれど、七月にまたべつのオークションサイトで出品されていたのを発見しました」

「五月？」

話を聞きながら、臣はひどくいやな予感を覚える。とっさに慈英を見ると、彼はなにかべつのことを考えているのか黙って目を伏せている。しかたなく、三島へと問いを向けた。

「ひとつ確認させてほしい。もしかしてその取り消しになった日付は、五月の十三日とか、十四日とかじゃないか」

「そのとおりですが……なぜそれを？」

怪訝《けげん》そうに三島は顔をしかめた。臣はいやな予感を覚えながら、ふたたび慈英を見た。今度は彼も気づいたらしく、臣を見返してうなずく。

「五月の十三日、慈英は鹿間っていう美術商のところで起きた強盗事件に巻きこまれて、入院したんだ」

臣の説明に驚き、三島が目をまるくする。そして合点がいったようにため息をついた。

「なるほど。それでわかった」

「わかったって、なにが」

「おそらく単なる詐欺のつもりで贋作を出品したものの、秀島に起きた事件を知って、表だった場所でやるのはまずいと思ったんでしょう。場合によると、その強盗事件と結びつけられかねない」

強盗の実行犯であった小池晴夫《こいけはるお》について、その当時はまだ見つかっていなかった。トラブルは避けたいと考えたのだろうと言われ、臣はうんざりした。

「小池から盗難品を巻きあげたやつとは、またべつの犯人ってことか？」

「そういうことです。それから……盗まれたものは、ほぼ完成品にも近い習作が五点、デッサンが二枚。内訳はそんなところじゃありませんか」

つらつらと枚数を口にした三島に、慈英はため息をつき、臣は身体をこわばらせた。

あの事件に関して、警察が取り調べを行った結果と、かなり近いものだったからだ。

「……じっさいには習作が七点の、デッサンが五枚だ」

重い声で臣が訂正する。重篤な状態になっていたが、ようやく復調した鹿間が被害届をだした際に、保管品リストを証拠として提出しているため間違いはない。

「なるほど。じゃああのオークション以外でも競売されたか、着服されたか」

したり顔でうなずく三島に臣が声を荒らげる。

「待て。つまり、そのオークションには贋作以外に盗まれた絵も出ていたってことか。そんなもの、見つけられなかった！」

むろん警察も捜査に乗り出していたが、臣もまた盗難が起きてから、裏も表も、ありとあらゆるオークションサイトをめぐった。それでも発見できなかったのだと告げれば、三島はあきれた顔を隠さなかった。

「警察にばれるわけがないですよ。サーバーすら毎回の取引ごとに移転するような、会員承認式の招待制オークションですから。通常のインターネットではアクセスできませんし、当然、ふつうに検索したって引っかかりません」

あっさりした三島の態度に、臣のほうが却《かえ》ってめんくらう。

「そんなこと、俺にばらしていいのか」

臣が自身の纏《まと》う制服を見せつけるように身を乗りだすと「さほど用はなくなったので」と三島は肩をすくめた。

「この程度、大した情報じゃありません。それに、警察官……地方公務員が、それを知ったところでなにもできない、そういう世界ですよ」

どういう意味だと臣が顔をしかめるのに反し、三島はおもしろそうに目を細めた。

「美術品取引の世界では魑魅魍魎《ちみもうりょう》が跋扈《ばっこ》してます。そもそも絵画や彫刻などは、王侯貴族がパトロンとなって、自分だけのための芸術を作りあげさせるものだった。いまではパトロン制度はほとんど死に絶えたようなものだけれど、美術品を得ることがステイタスの証《あかし》と考えたり、投資のために金をだすセレブはごまんといます。世界的な不況でも金はあるところにはある」

「それが、なんだよ」

門外漢でもそれくらいは知っている。臣は憮然《ぶぜん》となったが、三島はますますおかしそうに喉奥で笑う。

「小山さんは純粋ですね。わかりませんか？　そのレベルのセレブリティが、どの程度の権力を持っているのか。美術関係で盗難事件が起きるのは、手に入れたがる人間がいるからだ。そしてエンドユーザーは、裏の世界の人間とは限らない」

絶句した臣に、やれやれと言いたげに三島は息をついた。

「美術品の蒐集《しゅうしゅう》がおこなわれれば、贋作が必ずあらわれる。そしてその贋作を追及していくと、巨匠の家の玄関までいってしまう、という話があります」

「なんだ、それ」

「つまり巨匠が存在した時代には、すでに贋作は制作されているということです。十八世紀フランスの画家フランソワ・ブーシェは弟子がうまい模写をすると、褒美に自分のサインをしてやった、なんて話もある」

「……悪いが、詳しく話してくれてもますますわかんねえよ」

滔々《とうとう》と語った三島に臣が鼻白む。相変わらず絵画の話になるとうっとうしい男だ。うんちくがしつこいうえに横文字名前を列挙されても、右から左に流れてしまう。

苦い顔をした臣に、三島は「鶏と卵のようなものですよ」と言った。

「フランソワ・ブーシェの逸話は要するにサイン偽造、画家本人が贋作を作ってしまっている状態です。そして、そんな話が語られるくらい、贋作というのは次から次にでてくる」

思いがけず真剣な目をされて、臣も居住まいを正した。

「知ってか知らずかはべつとして、著名な画商が贋作や盗品を売るなんてざらな話です。戦前のベルリンで名門の画廊だったパウル・カシラーは一九二八年、百点近くを展示する大ゴッホ展を開催したけれど、そのうち十六点がX線検査で贋作だと判明した」

さらに科学が進み、情報化社会となった現代では、顔料や画材の分析もより詳細に調べあげることが可能になり、真贋を見極めるのがむかしよりは容易になったと三島は語った。

「とはいえ、古い絵画を鑑定する際には、当時使われていた絵の具やキャンバス、その経変化に頼る部分も大きい。真作の画家とまったく同時期に、まったくそっくりな作品が作られていたら、本当にお手あげになるのは理解できますよね？」

臣はうなずきつつ、「でも、材料についてはともかく、やっぱり筆致でわかるんじゃないのか？」と反論する。

「コンピューターで筆致のパターン解析して、類似点を重ねあわせるやりかたは、偽札などの判定にもかなり有効だと――」

「それは、印刷物みたいに原本が存在する場合の話でしょう。絵画の世界では、真贋が見極められない代物だってごまんとある。いま美術館に展示されているものだって、どこまでが本物なのか、疑いだせばきりがない」

臣の言葉を遮り、物騒なことを言った三島はうっすらと微笑んだ。

「オリジナルを生む力はなくても、天才的に器用な人間っていうのは、いるんです。完璧にその相手を模写できるほど、その作品を研究しつくした人間もね」

すっと目を細めた三島の言葉は、慈英のフォロアーとも言うべき彼のものだからこそ、ぞっとするほど説得力があった。顎を引いた臣に、三島はふっと微笑む。

「うんちくはここまでにしましょう。なぜ贋作が作られるのか。これは蒐集家がいるからです。そして蒐集家に売りつける人間がいる。金になるからです。クリスティーズ香港、派手な結果が出たじゃないか秀島」

「クリスティーズ……って、なんだそれ」

さらっとつなげられた言葉の意味がわからず、臣はずっと無言のままの慈英を見やる。視線を感じているだろうに、彼はそれでも口を開かなかった。

無言のやりとりに微笑んで、三島は慈英の代わりに説明をはじめた。

「有名なオークションですよ」

「いや、それくらいは知ってるけど、いったい」

「秀島の作品が二百万香港ドル、つまり二千万の値がつきました。この年代の、しかも日本人の画家としては破格の評価額です」

「二千万⁉　な、なんだそれ」

ぎょっとして声を裏返した臣に、慈英はため息をついた。

「俺のところには一銭もはいりませんし、関係もない」

冷めきった声の慈英に対し、三島は「はっ」と鼻で笑った。

「なくはないだろう。これできみの市場価格は二千万に跳ねあがったということだ」

「あくまでオークションが白熱した結果だ。競り合うから価格があがる。それだけだろう」

「それだけ、と言いきれる話じゃないだろう。落札し損なった相手に御崎氏が『秀島慈英の新作を千八百万でどうだ』と取引を持ちかけたなら、相手は喜んでだすだろうね」

「そ……そんな世界なのか」

「そんな世界ですよ」

三島は平然と言ってのけるが、地方公務員の臣にとっては、眩暈《めまい》のするような金額だ。自分の年収の三倍以上する金額をたった一枚の絵で――と考えると、目がちかちかしてしまう。

「言っておきますが、この程度はまだ廉価なほうですから。バブル真っ盛りの一九八七年、安田火災がゴッホの『ひまわり』を五十八億で落札したこと、覚えていらっしゃるでしょう」

「そりゃ、ぼんやりとは覚えてるけど……まだガキのころだったし、ぴんときてなくて」

隣に座った男のいる世界は、そういう世界なのだとあらためて感じ、臣は落ちつかなくなった。それを察したのか、慈英は不愉快そうにため息をついた。

「無駄話はいい。取引と言ってたが、けっきょく、おまえはなにを提供する気なんだ」

冷ややかにうながした慈英に対し、三島も笑いを引っこめる。

「あの贋作を、証拠品として。それからさっきも言った裏オークションの情報と、おそらく秀島の絵を落札しただろう人間の取引データを」

言葉を切った三島は、スーツのポケットから小型のUSBドライブをとりだした。

「このなかにデータははいってます。悪いけれど、わたし個人に関しての部分は削除させていただいてますが」

「……ひとまず、あずからせてもらう」

手を出そうともしない慈英の代わりに、臣がそれを受けとった。

「検分はご自由に。最初に発見したオークションのほう——贋作のほうについては、すでに出品者はIDを取り消していますが、調べればなにかわかるかもしれません」

「どうせ、嘘だらけの登録だろうけどな」

ネットオークションの出品には本人確認の手続きも必要だが、架空名義での登録も案外簡単にできてしまうのは、各種の詐欺行為が物語っている。それでもゼロよりはましだと、臣は歯がみしながらＵＳＢドライブを睨んだ。

そんな臣をおもしろそうに眺めたあと、三島は説明を続けた。

「データを見ればわかると思いますが、秀島の盗まれた習作にはそれらしいタイトルはなにもついていない。新鋭画家の発掘品だとか、そんな取引名です。そしてそれらを落札したのは、『SONGDOG_70_1』と名乗る人物です」

参考に、と三島は取引画面をプリントしたものを差しだしてくる。Ａ４サイズのそれを手にした臣は、妙な名前に首をかしげた。

「ソングドッグ……歌う犬？　なんだそれ」

顔をしかめる臣に、慈英が「コヨーテのことです」と説明した。

「ナワトル語、ネイティブアメリカンの言葉で『コヨーテ』は歌う犬、という意味なんです」

博識な彼に、臣が「へえ」とうなずく。慈英は臣が手にしたプリントを横から覗きこみ、小声でつぶやいた。

「ただ、70と1……この数字はなんだろう」

「誕生日とか、そんなんじゃないか？　ＩＤかぶりを避けるために適当な数字つけるなんて、よくあることだろ」

慈英の言葉を臣がさらりと流す。だが彼は、じっとなにかを考えこんでいるような顔で、口元に軽く曲げた指を当てていた。

「慈英、なんかあるのか」

「いや。……まさかとは思うんですけど」

臣がさらに追及しようとすると、三島が苦い顔で額をこすり「謎解きはあとでもできるでしょう」と口を挟んできた。

「ともあれ、贋作だけでなく、秀島の習作――おそらく盗難品だろう数点についても落としてみようとしたんですが、ぜんぶ負けました。そいつは相当しつこい。コヨーテっていうよりハイエナみたいだった」

そもそも三島が、サムネイル以外になんら情報のない、慈英の盗難作品を見つけることができたのは、そのＩＤを持つ相手と、最初のオークションで競り合ったことがきっかけだという。

「オークションを移動して、ひとまず蒼天シリーズの贋作を発見しました。それからソングドッグと競りあううちに、相手のしつこさが気になってＩＤ検索をかけたら、取引一覧にはデッサンや習作のサムネイルがずらりと並んでいました。さきに述べたように秀島の作品だとはうたわれていなかったけれど、むかしの作品だし、習作ということで荒い部分もあるけれど、秀島を知っている人間なら一発でわかる」

三島の言葉は逆説的な意味を持っていた。たしかに画風というものはあるだろうが、タイトルも作家名もない、ただのデッサンや下案である習作、それがまだ画家としては若手の、慈英のものだと瞬時に見抜ける人間は、そう多くはないことくらい臣にもわかる。

「……何者なんだ？」

慈英が問う。三島は「それはまったくわからない」と悔しげに言った。

「だがかなりの資金を持っているのは事実だと思う。最後には、習作に対しては論外の額までたどりついていたからね」

「入札者、そんなにいたのか」

「本来なら目立つ品ではなかったんですが、わたしとソングドッグで、相当な競り合いでしたから。誰かが欲しがるものなら、価値があると考えるのが人間心理なので」

そうか、とうなずいた臣は、最終的にそれらがいくらになったのかと、具体的な金額を訊ねることはしなかった。さきほどのクリスティーズ香港の件で、もう充分精神的なダメージを負っていたからだ。

「ところで三島。おまえ、なんでオークションなんかやってるんだ」

ふと臣が問えば、三島は急に厳しい顔つきになった。

「……必要に迫られましてね。もともとは資金稼ぎのために、出品者として登録したんですよ。多少のコレクションはありましたから」

急に口が重くなった彼を、臣はいぶかった。

「贋作とわかって落札したうえに、御崎さんに送りつけたんじゃ、丸損じゃないのか」

「だから言ったでしょう。……貸しですよ」

三島は言葉を切り、隣でおとなしくミルクティを飲んでいる彼女へと目を向ける。

大人たちの話を聞いているのかいないのか、無言でじっとしていた彼女は、三島にそっと手を握られたことで、伏せていた目をあげた。

「もう、わたしが話してもよい？」

「ええ」

「そう。では三島、まえを向けて。このままでは失礼ですから」

穏やかだが、命じることに慣れた人間特有の響きで告げた彼女に無言でうなずき、三島は彼女の脚を抱えるようにして臣と慈英のほうへと身体を向けさせる。

「それで、この子は？」

いまだに名前すらわからない少女と三島を見比べた臣に、彼女は澄んだ声を発した。

「ご挨拶が大変遅れまして、申し訳ございません。三島に、いいと言われるまで口をはさまないよう言われていたものですから」

「え、あ、いや。こっちこそ」

姿勢を正した彼女はうつくしい挙措で頭をさげた。あわてて臣も返礼する。

「上水流《かみずる》——漢数字の大字の壱に、都と書いて壱都《ひとつ》と申します」

「小山臣です。こっちは、秀島慈英」

臣が自己紹介を返すと、壱都は「存じております」と微笑んだ。

にっこりと微笑む姿は、まるで精緻《せいち》な人形のようだ。生気がないという意味ではなく、どこかしら浮き世ばなれした愛らしさと、うつくしさが尋常ではないのだ。独特なデザインの服も、神秘的でよく似合っている。

だが、三島が彼女に接するさまを見るにただものではないのだろう。

(しつこいうんちく話はまえふりで、これが本題ってことか。上水流、壱都――、壱都ね)

どことなく圧倒されていた臣は、その名前を口のなかで転がしたあとにはっとなる。

「おい、上水流ヒトツって、たしか」

「例の『光臨《こうりん》の導き』の、教祖ですね」

あとの言葉を引き取った慈英に、臣は眉を寄せた。

長野市内に本拠地を置いた新宗教『光臨の導き』については、県警も随時監視の目を向けている。基本的には過激な行動はほぼおこなわず、危険思想もないと認識されてはいるが、彼らが掲げた『不滅魂《ふめっこん》』という教義はいささか問題だった。

魂は滅することがない、という教え。仏教的な輪廻転生《りんねてんしょう》をベースにしてはいるが、要するに『生まれ変わり』を信じる教団だけに、警察としては転生のための集団自殺などを警戒せざるを得ないのだ。

その教団の信者でもあった三島が、啓蒙《けいもう》活動のために慈英の絵を利用しようとしたのが三年まえ。以来、臣は『光臨の導き』については意識し、暇を見つけては資料を読んでいた。開祖、上水流いち子こと『上水流ヒトツ』が『光臨の導き』の前身となる『光臨会』をひらいたのは二十年ほどまえのことになる。

当初は東京にある、ごくちいさな集まりだったのが、ヒトツのカリスマ性で徐々にその規模を大きくし、五年まえにこの長野に本拠地をかまえた。著名な新宗教に較べれば規模はまだちいさいながら宗教法人としての認可もされ、長野市内に信者の集まる施設を、ほか山間部にも礼拝のためのいくつかの不動産を有していた。

活動形態はいたって常識的で、強引な勧誘や詐欺まがいの布施を集めることもしない。

在家の信者も多いようだが、熱心な信者らが集まって山間にコミューンを作り、畑でとれた果物から作るジュースや菓子、あるいは草木染めなどを作って販売している部門がある。それもこれも、代表であるヒトツの教えあってという話だった。ふだんの活動自体が牧歌的な雰囲気なのも、指導者が女性だからという点が大きいらしい。

写真などはトップシークレットになっており、数年まえの練り歩きの際にも、生まれつき足が悪いという彼女を乗せた車を幹部が運転して先導し、臣ら警備にあたった警察官たちは顔を見ることはできなかったのだが——。

「おかしいじゃないか。あそこの教祖は五十代の女性のはずだろう」

いくらなんでも、目のまえの壱都がその人物であるはずがない。個人情報は秘されていても、その程度の話は知っていると嚙みついた臣に、三島は沈鬱に目を伏せた。

「前総代主査は、二カ月まえにみまかられました」

臣の使った『教祖』という言葉をさりげなく訂正しつつの告白は、衝撃的なものだった。

「おい、そんな話は聞いてないぞ！」

「ご存じなくても当然だと思います。世間には公表していないので」

「していない？　いったいどういう――」

臣は反射的に身がまえる。勢い問いただそうとしたが、自分の制服が目にはいり、はっと口をつぐんだ。

（くそ、この状況じゃ尋問になっちまう）

自身が警察に属する以上、公的な圧力をかけられたなどのクレームも発生しかねないため、突っこみづらい点もある。ことに思想や宗教絡みの場合、デリケートな部分に抵触する可能性が高い。

煩悶《はんもん》する臣の思考を読んだかのように三島は言った。

「あくまで今回の件は、俗世での『上水流いち子』が亡くなっただけの話です。総代表としての『上水流ヒトツ』はすでに存在しているから、問題ない」

「存在している、って……」

はっと臣は息を吞《の》んだ。

「まさかと思うけど、死んでない死体でもあるんじゃないだろうな」

かつて、あるカルト教団が信仰すれば治るとして病気の信者を治療させず、あげく亡くなった人物のミイラ死体を生きていると言い張った事件は有名だ。

三島もすぐに思い当たったのだろう。臣を睨みつけながら反論した。

「違います。密葬ですが、きちんと法に則ったかたちでのぼっていただきました。そして前総代主査の俗人としての本籍と住民票はいまだに都内にあります。ご家族も、そちらに。長野県内では処理ができませんので、これからわたしは、東京にいって死亡届を出してくる予定です」

のぼる、というのは彼ら独自の言葉遣いなのだろう。臣はすこしの居心地の悪さを感じたが、法的な手続きはちゃんと踏むと言われ、ほっと息をつく。

「でも、じゃあ、存在してるってどういうことなんだ」

「襲名することで、開祖が消えたわけではないということにしたんでしょう」

三島が答えるよりさきに、慈英がぽつりとつぶやく。はっとした臣は、三島の隣でおとなしく座っている少女に視線を向けた。

「まさか、この子が?」

「はい。わたしが現総代です。そして、先代はわたしの母でした」

こんな幼い少女が教祖か。唖然《あぜん》とした臣の思考を読んだように、壱都は微笑む。

「つまり、跡を継いだのか。……でも、そういうのって納得されるものなのか？」

教義にある『不滅魂』とやらについて、臣も調べたことがある。それによれば、開祖となる上水流ヒトツ――いち子は、何百年もまえからの魂の記憶を持ち、その蓄積された教えを伝える伝道者だ、という触れこみだった。

当然、次代のトップとなる壱都も同じ力を持っていなければならないはずだろう。

「でもその、先代の、主査？　彼女が生きてる間にこの子が産まれてるんだし……むずかしいんじゃねえの？」

いくら血がつながっていても、同時代に存在するものが『生まれ変わり』のわけがない。混乱した臣に三島は言った。

「それはあくまで現世での概念ですから。そういう理屈で考えることではないのです」

「概念って、なんだよそれ」

「上水流ヒトツの魂は、肉体的な生死に左右されるものではないので」

独自の宗教観を語られてもわからない。臣は首をかしげたが、慈英は納得したようにうなずいた。

「宗教は、崇拝の対象となる概念が生きている限りは衰えません。開祖や指導者が、象徴的な存在として存命であれば問題ないんでしょう」

「象徴的な存在として、存命……？」

平均的日本人らしく、宗教と縁の薄い臣は、観念的な言葉にますますわからなくなった。ひとり納得しているらしい慈英に説明を求めてすがる目を向ける。彼は苦笑した。

「たとえば……真言宗の開祖である空海は千二百年前に亡くなっていますが、あれは宗教的には〝死〟ではないんです」

臣は戸惑い、「どういうことだ？」と眉を寄せる。慈英は淡々とした声で説明を続けた。

「入定《にゅうじょう》、つまり生き仏となるための修行にはいり、ひとびとの救済のために奥の院の廟《びょう》で生き続け、祈り続けている。だから高野山では毎日二回、空海へと食事を届ける習慣が千二百年間、欠かされたことがない」

「それ、陰膳《かげぜん》じゃないのか？」

「すくなくとも高野山の僧侶にとっての常識では違います」

混乱した顔をする臣に、慈英は空海についての逸話を語った。

「空海が入定して九十年近く経ったあと、僧正が廟を礼拝《らいはい》したところ、霧のなかから髪が伸び、服がぼろぼろになった空海が現れた、という話も伝わっている。そのために例年、御衣替えという空海の衣服をあらためる儀式もあるそうです」

「それも、空海が生きてるって前提だからか」

「ええ。そしていずれの宗教でも、指導者の死については似たような話があります。例をあげれば、キリストは復活したことで開祖の〝死〟を免れた、という解釈もある。チベット仏教のダライ・ラマは、それこそ血筋ではなく転生を通じて存在が継承されていく」

信者にとっては、どんなかたちであっても、指導者はなくならないことが大事なのだと慈英は言った。

「とにかく、なにかしらこじつけて開祖の存在は滅しないことにしておけば、彼らのなかでは問題ないということですよ」

「こじつけと言うな」

ざっくりした説明に三島は抗議するが、慈英はとりあわず話を続けた。

「上水流ヒトツについても、同じ話でしょう。要は役所の戸籍にある俗人としての名前などよりも、コミューン内での『名』のほうが重たい。魂が滅しないというなら、上水流ヒトツは死んでいない。そして教団を統べる主査の、肉体の器は誰であれ、かまわない。……そんなところだろう？」

「ご明察」

わざとらしく手をたたいてみせる三島に、臣は「ちょっと待ってくれ」と手をあげた。

「誰でもかまわないって、そんなのありか。だいたい、あそこは法人として登録してるし、その届けの問題もある、代表が替われば、そういう手続きだって――」

「そちらの手続きについても、問題ありません。もともと法人としての代表は、総代主査ではなく創設時の本部の代表役員の重田《しげた》が担っていますから、現状からなにも変わらない」

「え？　ふつう、代表が教祖なんじゃないのか？」

宗教法人法第十八条によると、宗教法人には三人以上の責任役員を置き、そのうち一人を代表役員とすることが規定されているが、それは必ずしも宗教的な役割とは合致しないのだそうだ。

ちなみに『光臨の導き』の場合、責任役員はその部署ごとに十四人。うちのひとりが、三島なのだという。

「先代主査の場合は、とくに身体が弱くていらしたので。事務的なことはそれぞれの役員に任されておりました。いわば、君臨すれども統治せず、というやつです」

瞬間、話のきなくささが見えた臣は視線を鋭くし、声をひそめた。

「……それって、なんかやばくないか？　実質的な権限は、代表役員にあるってことだろう」

あとを継ぐのはこの少女か、開祖からの右腕だったべつの男か。誰であれかまわないというのなら、選択肢がうまれたことで、なにかしらの軋轢《あつれき》は生じるはずだ。

三島は答えず顔をしかめたが、壱都はまたにっこりと微笑む。肝の据わった子だ、と臣は感嘆した。

「いつまでも同じであるわけはない。変化の時期はきているんです」

うめくような三島の声に、臣は眉を寄せた。

「いや、そんなおおげさな物言いしてないでさ。単純に、派閥抗争はじまりそうだって話なんだろ？」

「……ひらたく言えば、そうなりますね」

ひらたくもなにもそのまんまだ。突っこみたいのをこらえていると、慈英が口をはさんできた。

「疑問があるんだが、どうしてそこまでして覇権を争う？　そちらの教団は、さほど大規模なものじゃないだろう。これといって、世間に影響を与えるほどの活動もしていないし」

「だな。せいぜい、地元でちょっと評判になった草木染めくらいで……それだって少人数で、地道にやってるって聞いたことあるぞ」

コミューンで製作している天然素材の草木染めは、染色技術の腕がよいらしく、デザイン的にもすぐれたものだ。一般に販売されるときには別会社を通しているため、それが『光臨の導き』で作られたと知らないまま、土産物に買うひとも多いと聞く。

「事情を知らないファッションデザイナーが専売契約を結びたいと持ちかけたという噂も聞いたことがあるが……それだって莫大な金を生むってほどじゃないはずだ」

慈英の問いに、三島は皮肉な顔で笑った。

「あの契約は、前総代主査がお断りになった。あのかたが染め物にこめていたのは祈りであって、必要以上に金を稼ぐためのものではない。……でも、それがきっかけだったんですよ」

臣は「きっかけ？」と眉をひそめた。

「まず、さきほど言った法人代表である本部役員の重田は、布教部の部長も兼ねています。彼は非常に……なんというか、権勢欲の強い男で。専売契約を断ったことについても、先代とひどく言い争ったりしていました」

組織のなかには、総代主査をトップとする幹部の集う教義本部、会社で言う営業や広報にあたる布教部と、信者らを統率し教育する育成部、そして信者らが生産したものを販売し、経済活動を行う奉仕部があるそうだ。

三島は一時期は布教部にいたが、現在では奉仕部と教義本部の幹部を兼任しているという。

「奉仕部の活動、つまり食料品や染め物を売るだけでは、団体の活動と信徒たちの生活を支えるには厳しいのは事実です。啓蒙活動にも資金は必要で、だからこそ、俺がいる」

「啓蒙って……ああ、布教か」

慈英の絵を教団の広報に使えないかと動いていた三年まえのことを思いだし、臣は顔をしかめた。三島はそれを察したように苦笑し、軽く手を振る。

「かつては周知させることそのものが目的のようにもなっていましたけれど、手を広げすぎても意味はないと悟りました。先代にも——壱都さまにも、そう諭されましたしね」

「三島は、よくしてくれています」

穏やかに告げた壱都へ、三島は深く頭をさげた。大の男が、小柄な少女を崇拝している姿は異様とも言えたが、茶化すことはとてもできない、敬虔《けいけん》ななにかを臣は感じた。

「小山さんにも、秀島にも迷惑をかけましたけれどね。いまのわたしは、あのころとは違うと、それだけは理解していただきたい」

それは理解したとうなずきながら、ひっかかりを覚えた臣はふたりを見比べる。

「あのさ、諭された、って。三年まえにか？　その子に？」

「そうですが」

それがなにか、と言いたげな三島は、まさか十歳程度の少女に目を覚まされたのだろうか。どうにも納得のいかないものを覚えていると、壱都が笑いながら問いかけてくる。

「小山さん、わたしをいくつだとお思いでしょうか」

「え、中学生、くらい……じゃ、ないのか」

女性の歳《とし》を言いあてるのは、いくら若く見えても微妙だ。口ごもった臣に、壱都はくすくすと笑って「三年まえには十七でした」と仰天するようなことを言った。

「え、三年まえにって……はあ!?」

「それじゃ、いま二十歳《はたち》ということですか」

慈英もさすがに驚いたようで、愕然《がくぜん》とした顔で問う。壱都は笑ってうなずいた。

「どうも、そう見えないようですけれど」

「学校とかで驚かれなかったの？」

「学校には、いったことがありません」

壱都はなんでもないような顔で答え、その事実に臣は顔をこわばらせた。

「わたしはずっと、コミューンにいたので。主査のところで教育を受けていました」

「でも義務教育くらい――」

「先代はかつて教職にいらっしゃいました。それに義務教育とは、児童には教育を受ける権利があり、それを剝奪《はくだつ》してはならないという決まりです。必ずしも学校へ通わせなければならないということではない」

きっぱりと言う三島に、臣は納得のいかないものを覚えた。慈英が静かに問いかける。

「それは、教祖としての教育ということか」

なにも知らない子どもに英才教育をほどこしたのか。批判をはらんだ声に答えたのは、三島ではなく壱都だった。

「ご心配なさらなくても、一般的に言うところの学業もおさめています。高卒認定試験を受けて、通信で大学の勉強もしています」

高等学校卒業程度認定試験。かつての大学入学資格検定と同等のそれを独学で合格し、また通信とはいえ、かなりのレベルの大学で勉強をしているという。しかも学部は法学部。

臣は感心してしまった。

「ものすごく、頭いいんだね」

「ありがとうございます」

謙遜《けんそん》するでもなく、にこっと微笑む。やはりどう見ても中学生にしか見えない彼女に、臣は見とれてしまったが、本題を忘れていなかった男は納得いかない様子で身を乗りだした。

「……で、おまえは俺たちに、どうしてほしいんだ」

鋭い声にはっとして、臣は慈英を見つめる。横顔には緊張がみなぎっていた。

「ただ単に、贋作を、盗難品を見つけたというだけの話なら、わざわざこんなへんぴなところまで訪ねてくる必要はない。なにが目的なんだ？」

わざわざ取引だ、貸しだと言ってきた、その意図はなんだ。問いただす慈英を見つめ返し、居住まいを正した三島は、真剣な声で言った。

「このかたを、しばらくあずかってほしい」

「はあ!?」

「数日間でいい。わたしが東京にいって、戻ってくるまでの間だけだ」

声を裏返した臣にかまわず、深々と頭をさげながら彼は重ねて言う。だが慈英は「そんな義理がどこにある」と苦々しげに吐き捨てた。

「ないから作ったんだろう」

「贋作だの盗難だのか？　俺にとってはどうでもいい」

ふたりとも表情こそ穏やかだが、まなざしの険しさは鳥肌がたつほどだ。固唾《かたず》を呑んで見守る臣とは対照的に、壱都は超然と微笑んでいる。だが、あたたかいものを飲んでも彼女の顔色は相変わらず悪い。姿勢よく座っているだけでも、かなり負担なのは見てとれた。

（それにしても、あの脚は、いったいなにがあったんだ）

もしかすると、起きているだけでも相当に無理をしているんじゃないだろうか。なにより、どうしてこんな怪我を負ったのか。

妙に気になるギプスをじっと見つめていると、視線に気づいた壱都と目があった。

（うっ……）

ぞくっと肌が震え、漏れそうになった声を臣は無理やり飲みこむ。幼く見えるのに、深く黒いその目はどこまでも穏やかで、心の奥を裸にされたような気分になった。

（さすがに、ただかわいい子ってわけじゃないな）

臣が壱都への畏怖《いふ》を覚えている間にも、沈黙は続いていた。膠着《こうちゃく》状態を破るかのように、三島は臣へと矛先を向けた。

「この件は、小山さんにとっても、どうでもいいことですか？　オークションの情報は、けっして軽いものではないはずだ」

「それは……」

臣はぐっと唇を引き結んだ。盗まれた絵について、慈英自身は「なくなったものはどうでもいい」と言い放っていたし、臣もあきらめかけていたのは事実だ。だが目のまえに手がかりを出され、あまつさえ裏オークションの情報まで手にいれたことは、職務上、そして臣の性格上、看過できるものではなかった。

どうでもよくはない。でも慈英がそれを望まないなら黙っているしかない。

こわばった表情の臣を横目に眺め、慈英はあきらめのため息をつき、ぼやいた。

「本当に、いやなところを突いてくる……」

誰より臣の性格を知っている彼としては、ひとまず折れるしかなかったらしい。あわてて
「慈英、俺のことはべつに」と言い添えるが、彼はうなずかなかった。

「気になるんでしょう。いまさら聞かなかったことにもできませんし」

「ごめん……」

臣が詫《わ》びると、慈英は軽くかぶりを振り、三島へとふたたび目を向けた。ゆったりと指を
組み、身を乗りだしたさまは余裕の態度にも思えるが、声に滲んだ緊張感はすさまじい。

「単に子守をしろという話じゃないだろう。なにかあるならすべて話せ」

「……すべてとは？」

三島は色のない声で聞きかえしたが、慈英は追及をゆるめなかった。

「先代が亡くなられたのは二カ月まえと言ったな。だったらなぜいまごろになって、死亡届
なんだ。その間、ただオークションを見ていたわけじゃないだろう」

切りこんだ慈英に、三島は表情をなくす。壱都は沈黙したまま答えない。

慈英がほのめかした言葉で、きなくさい雰囲気が漂った。しばし黙りこんでいた臣は、さ

きほどから引っかかっていたなにかにようやく気づき、白いギプスに目を向ける。

「その子の足に関わることじゃないのか」

口をついて出た言葉のせいで、さきほどの引っかかりがなんだったのかようやく見えた。

三島が一瞬唇をこわばらせたのに確信を得て、臣はいやな推論を口にする。

「生まれ変わりが教義なんだろう。そして先代は、生まれつき足が悪かったはずだ。それも、右足が」

上水流いち子の右膝《みぎひざ》が、骨の病気でわずかに外に曲がっていたのは有名な話だった。生家は足の手術をするほどの金銭的な余裕がなく、日常生活に支障をきたすほどではないが、長時間の歩行や運動には耐えられない程度の障害ならとあきらめていた。本人も長じてからは「これもわたしの生まれ持ったもの」として、治療を拒んだそうだ。

そして壱都がはめているギプスは、右足の膝から足の甲までを覆っている。じっと見つめていると、長いため息をついた三島が「そのとおりです」と吐きだした。

「重田は、本当に主査の生まれ変わりであるなら、すべてをなぞらえるはずだと言った。そうでないのなら、認めないと」

「……事故とかじゃなくて、意図的にやられたのか」

臣が低い声で確認すると、三島はうめくような声で吐き捨てるように言った。

「先月だ。俺がいない間のことだった」

いち子が亡くなり、葬儀の手配やなにかであわただしい時期が続いていたのだと三島は言った。

「幹部集会があるという連絡は、俺は受けていなかった。そして壱都さまを託した世話役は、俺から許可があったのだと言いくるめられ、このかたを連れだしてしまった」

顔つきも、そして人称すら変えた彼は、握った拳《こぶし》を自分の膝に打ちつける。

「知ったときには遅かった。駆けつけた場では、壱都さまは五人がかりで押さえつけられて、足を、先代と同じ方向に……力尽くで！」

「三島。やめなさい」

迸《ほとばし》った憤怒の声を止めたのは、壱都のやわらかな声だった。

「三島が止めてくれたのだから、もういい」

「ですが！」

「やめなさいと、わたしは言いました」

きっぱりとした口調に、三島ははっと息を呑んだ。「失礼いたしました」とうなだれた彼の肩に、壱都は細く白い指を添える。

「お医者さまに診せてくれたでしょう。ちゃんと治りますと言ってくださったのだから、もうやめなさい」

青ざめつつも気丈な壱都に感心はしたが、臣は「やはり」という思いに冷や汗が噴きだすのを感じた。同時に、腹の奥が煮えるように熱くなる。こんなきゃしゃな子を、大人が五人がかりで押さえつけ、痛めつけたのか。いったいどういう精神構造だと歯がみした。

「足が曲がるまで、襲われる可能性があるってことか」

「違います。……まだそれならば、ましだったとも言える」

これ以上のひどい状況とはなんだ。臣が目で問う。

「壱都さまを救出する際に、こちらもそれなりの手数で抗《あらが》うことになりました。そして、重田は右足を折った」

「因果応報だろ」

「ええ、まさに因果です」

吐き捨てた臣の言葉に、三島は奇妙なトーンで答えた。臣は意味をわかりかねたが、含みの多いそれに気づいたのは慈英だ。

「偶発的に生まれた相似性を、符合だと考えたんだな。生まれ変わりを教義としていたのなら、さぞかし都合よく思えただろうな」

あざけるような慈英の声に「どういうことだ」と臣は問う。彼は吐き捨てた。

「都合のいい演繹《えんえき》ですよ。主査は足が悪い。私は足が悪い。よって私は主査である」

「なんだその三段論法。そんなばかな話が……」

ありえないとあきれた臣は、三島と壱都の顔を見て黙らざるを得なかった。

「そして、主査はふたりもいらない。そういうことだろう」

とどめのように慈英が言う。三島が目を伏せたのは肯定のしるしだった。

「もともと、信徒からもっと奉仕を受けるべき——つまり献金を集めるべきだと重田は主張していました。それを、主査と壱都さまは嘆いておられた。だから……」

言葉を濁した三島が、なにをしていたのか臣は理解した。おそらくオークションを見ていたのは資金源を稼ぐため。そのほかにも、壱都のまえでは口にしづらいことも、彼はやってのけていたのだろう。

教祖が亡くなり、混乱した教団内ではなおのこと、自身の部門が盤石だという証拠をだす必要があったに違いない。そのせいで、壱都の危機に駆けつけるのが遅れたのだ。

「三島、わかっているから。とてもよくしてくれているのは、わかっているから」

やさしく声をかけ、肩を撫でた壱都に、三島は「壱都さま」とうめいてその手を取り、額を押し当てる。

「あなただけは、なにがあってもお護りいたします」

騎士が姫君に誓いを立てるような、もしくは熱烈な求愛の場面にも似たそれに、見ている臣のほうがなんだか赤くなりそうだった。

（こんなときに考えることじゃねえけど、ビジュアル完璧なんだよなあ、ふたりとも）

どこか超越したものを感じさせる可憐《かれん》なロリータに美丈夫が額《ぬか》ずく姿は、妖《あや》しくもうつくしい。隣の慈英をちらりとうかがうと、審美眼の鋭い彼も同じようなことを考えているのがわかり、なんとなくお互いに目配せしてしまった。

「で、その……怪我、ひどいのか」

雰囲気に飲まれそうになった臣が、どうにか空気を変えようと問いかければ、三島はやっと顔をあげた。

「膝の靭帯《じんたい》損傷と、剝離《はくり》骨折です」

あんな細い脚を、無理やりへし折られたのだ。あまりにひどい話だが、これでようやく、三島の変装や毛布をかぶせて何時間も隠れていた壱都の状況に納得がいった。

「東京から戻って、そのあとはだいじょうぶなのか」

慈英が問いかける。三島はうそぶくように、皮肉な笑みを浮かべてみせた。

「それなりの手はずは整えてる。あとは……どうにかするさ」

手だてはあると聞き、すこし安心した臣がほっと息をつくと、慈英が「あずかるのは決定事項のようですね」とあきらめ顔でちいさくつぶやいた。

「ご迷惑をおかけいたします」

ぺこりと頭をさげた壱都の長い髪が、さらさらと肩からこぼれる。三島には強く出られても、怪我を負ったいたいけな美少女にそうまでされては、慈英も拒否はできないようだ。

なにより壱都の顔色はますます白くなっている。臣は眉をひそめて「まだかなり痛む

の？」と彼女に話しかけた。

「じっとしていれば、平気です」

気丈に答えたけれど、長時間車に揺られてきた状態が怪我に響かなかったわけがない。

「伸ばしたほうが楽？　さっきみたいな体勢のほうがいいなら、遠慮せずにそうして」

「オットマン代わりになるもの、なにか持ってきます」

慈英がさっと立ちあがり、部屋を出ていく。その姿を見送った壱都は「ご親切にありがとうございます」と背中に告げた。

「やさしいかたですね。聞いていたとおり」

にっこりと笑って壱都が言う。臣は目をしばたたかせた。

「やさしいって、慈英が？」

「いえ、あなたが。秀島さんは、小山さんがおっしゃったから動かれたのでしょうから」

案外すっぱりと言う子だ。臣は苦笑いをしたけれど「だから三島はここにわたしを連れてきたのですね」という彼女に、笑みをほどいた。

「えっと、どういうことかな」

「いまの話を聞いて、小山さんは壱都さまを放り出せますか」

にやりと笑った三島にかつての姿を思いだし、憮然としながら臣は腕を組む。

「おまえもしかして、慈英に直接じゃなく俺に連絡したの、わざとか」

「当然。秀島に言ったところで、電話の第一声で切られて終わりでしょう。それにしても、あなたの異動にあわせてこんなへんぴなところにまでくるとはね」

臣がむっとして「ひとの勝手だろうが」と声を低くすると、意外なことに三島はばかにするでもなく「そうですね」とさらりと言った。

「小山さんの影響力というのは、本当にすごいものだと思いますよ。あの男は本当に、あなたのためならぜんぶ、捨てられるでしょうから」

「……どういう意味だ」

ざらっとしたものが胸に流しこまれたような感覚を覚え、臣は眉を寄せる。

「言ったとおりです。あとは秀島に直接お訊きになったほうがいい」

「だからそれが、なに――」

腰を浮かせて追及しようとしたところで、慈英が戻ってきた。緊迫した空気に、慈英は、「どうしたんです」と首をかしげる。臣は口ごもった。

「……なんでもないよ。それより、足置きは?」

「それが、ちょうどいいのがなかったんです。申し訳ないんですけど、さっきみたいな体勢をとったほうが」

「ていうか、顔色悪いし、横になったほうがいいと思うんだけど」

提案したものの、この家の寝具は慈英のベッドしかない。ふだん、自分がそこで寝るときのことを考えると、壱都に貸すのはためらわれた。慈英も同じことを考えたのだろう、なんともつかない顔で臣を見る。

「あずかるのはいいとしても、どこで寝てもらうか、だなあ」

「油絵くさいのを我慢してもらえれば、ここにマットレスを敷けば、どうにか」

布団は浩三あたりに言えば貸してもらえるだろうと話しあうふたりに、青白い顔の壱都がくすくすと笑いだす。

「ふしぎなひとたちですね」

「え……そう？」

臣が首をかしげると、壱都はうなずき、慈英をじっと見た。

「ええ。とくにあなたはふしぎです」

「俺が……？」

「そう。とてもふしぎ」

まばたきのすくないその目は、動じない男すら怯ませるのだろうか。なぜか壱都と目をあわせようとしない慈英がふしぎで、臣は軽く首をかしげる。

顔を強ばらせた慈英は、壱都の発言については触れず「駐在所に、予備の布団ってなかったんですっけ」とだけつぶやいた。

ひとまず顔色の悪い壱都を横にさせねばということで、臣は寝具の調達に走った。駐在所の押入に、予備の布団があるにはあったが、奥に突っこまれたまま何年も使われておらず、すっかりかびくさくなっていた。

さすがに、あの超然としたお姫さまにこれで寝てくれということはできず、浩三に連絡をとると、彼は快く布団を貸してくれると言った。

『お客さんがきたのかい。うちは泊まり客も多いからさ。遠慮なく言ってくれていいよ』

このあたり一帯の地主である浩三の家には十数人は寝泊まりできるほどの広い客間があり、当然ながらもてなし用の寝具も大量にある。快く夏用の布団一式を運んできてくれた彼は、くどくどと事情を訊くこともなく「仕事があるから」とすぐに戻っていった。

話しあったすえ、壱都の仮住まいは慈英のアトリエになった。当初は臣の駐在所にある休憩所にどうだという案も出たのだが、あの場所は日中、さまざまな人間が出入りするため、怪我をした壱都が落ち着ける状況ではないだろう。

「臣さんは警邏《けいら》もあるし、出歩くことも多い。匿《かくま》う目的なら、俺が見ていたほうがいいでしょう」

という慈英の言葉で、決定となった。

もともと居間だったアトリエは広く、ふだん慈英が制作に使う側と反対のスペースが充分に空いている。多少においはこもっているが、本人は気にならないと言った。

「なるべく早くに、戻ってまいりますから」

「わかりました。気をつけて。無理はしないでください」

壱都は気遣う三島へと何度も「気をつけて」と繰り返していた。だがよほど疲れていたのか、横になったあと五分も経たずに深い眠りについた。

三島はしばらくその場にとどまり、眠る壱都の髪を撫でていたけれど、振りきるように立ちあがった。

「このまま東京に発ちます」

ウイッグをかぶり、派手なスーツジャケットを羽織って変装も完了する。軽薄な服装と、彼の真剣な顔がひどくアンバランスで、臣はかすかにいやな予感を覚えた。

外へ出た彼とともに、三人は駐車場に向かう。車のドアを開けた三島に、慈英が低く問いかけた。

「戻ってくる予定は？」

「一週間後には。その間くれぐれも、あのかたを頼む」

立ちあがり、深く頭をさげる三島に、臣はどうにもこらえきれずに声をかけた。

「おまえさ、無理はすんなよ」

答えず、三島は口元だけで笑った。ますます臣は顔をしかめ、顎をしゃくった。

「三島。ちょっとこっち向いて、まっすぐ立ってみろ」

「なぜです？」

「いいから、やってみろって」

怪訝な顔をしつつ、三島は言われたとおり臣に向きあった。その胸を、臣は軽く小突く。

「ぐっ」とうめいた彼の歪《ゆが》んだ口元に、やはりと顔をしかめた。

「肋骨《ろっこつ》、折れてんだろ」

重田が骨折するほどの怪我を負ったというなら、三島もけっして無事ではなかったはずだ。ときおり胸をさする仕種に気づかないほど、臣の目も節穴ではない。

顔に脂汗を浮かせた三島は、それでも表情だけは笑いを浮かべていた。

「……ヒビがはいってるだけです」

「それでお姫さま抱いて運ぶとか、長時間の運転とか、無茶にもほどがある」

うそぶいた彼にあきれると、「あのかたのためですから」と三島は言いきった。

「なあ。どうしてそこまで、壱都に尽くすんだ」

「主査をお護りするのは当然のことでしょう」

献身は当然だと言うけれど、尋常なことではない。

実体のない神にすがっていた三年まえと、まるで違う。はっきりとした目的のある男の顔をする三島に、いったいなにがあったのだと臣は問いかける。

「それだけじゃねえだろ。あのころ、おまえちょっと取り憑《つ》かれたみたいになってたけど、いまみたいな感じじゃなかった」

「それを言う必要がありますか？」

「あのときもいまも、迷惑かけられた人間に対して、好奇心くらい満たしてくれてもいいんじゃねえの？」

「小山さんは相変わらず、はっきりおっしゃる」

くすくすと笑った三島は、てっきり問いをはぐらかすかと思った。けれどサングラスを胸ポケットから出した男は、表情を隠すようにそれをかけながら答えた。

「なにも見えていなかったわたしに、本当の意味で手をさしのべてくれたのが、壱都さまだからです」

「諭されたとかなんとかって、そのときのことか？」

そういうことではない、と三島はかぶりを振る。

「先代はわたしたちに救済の道を示してくれたけれど、壱都さまはわたしたちの希望だった。痛みを知らないのに他人のそれを気遣うことのできる、天性のやさしさを持ったかただ。世俗にまみれない、無邪気で、純粋なかただった」

壱都のことを語るときの三島の声は、やはり聞いたことがないような響きだった。真摯《しんし》で、熱い。けれど以前、慈英に向けていたようなあの狂った執着は感じない。

大事に、やさしくあまく、その名前を口にする。

「あのかたがそこにいるだけで、わたしは穏やかになれた。先代は思うより早くのぼられてしまったけれど……いずれ、ときがくれば主査におなりになるのはわかりきっていたことです。わたしがついていくのは、あのかたしかいないと心に決めてもいた」

なのに、と三島は拳を握る。

「この二年、先代が倒れられてから、あのかたは急激に変わってしまわれた。これ以上はなにも、変わってほしくない」

細かい事情は知らないけれど、なんらかの変化があったのだろうと臣は察した。三島がなつかしむように語った過去の壱都に対する『無邪気』という形容は、たしかに違和感があった。透徹したまなざし、落ちつききった態度は、見かけをはるかに超えて老成しているようにも感じたからだ。

「そのために、すべてを正す必要がある。できることは……なんでもするつもりです」

思いつめたような表情をする三島に、慈英がぽつりと問いかけた。

「なぜ、ここを選んだ?」

「残念ながら、ほかに頼れる相手はいない」

「俺にしても、親しくはないだろう。勝手に頼りにされても困る」

三島は笑い「何度も言わせるな。取引だ」と告げた。

「見返りはちゃんと渡した。きみたちを脅かすつもりは毛頭ない」

「こんな厄介《やっかい》ごとを持ちこんでか？」

「ほんの短い間だ。……本当は、あのかたを東京に連れていくことも考えたが」

言葉を切って、三島はかぶりを振った。怪我をした美少女を連れての逃避行は、たしかに厳しいものがあるだろう。身動きもとれなくなるし、なにより目立ちすぎる。

「それに、親しくないからこそ、追跡されずにすむ。秀島とわたしのつながりを知る人間なんて、彼らのなかにはひとりもいない。盲点なんだ。いずれはばれるにしても、すくなくとも突き止めるのに時間がかかるのは間違いない」

三島の表情はしごく平静だった。ただの事実だと言わんばかりで、見ている臣のほうが、なんだかせつなくなった。

（ほかに頼れる相手はいないって……親しくないからいいんだって、それは……）

自分の言葉がどれだけ孤独を物語るものかすらわかっていないように、あっさりとしたまま三島は言った。

「なにより、小山さんがいてその近くにおまえがいる、これ以上安全な場所はないだろう」

臣を害するものがいるならば、どんな手でも使って止めるだろう。その臣が庇護《ひご》している壱都についても同様だと三島は言った。

臣はその言葉に恥ずかしくなったけれど、慈英は皮肉に笑う。

「……そうでもないさ」

自嘲《じちょう》の混じった声に、彼がなにを思ったのかを悟り、臣はなにも言えなかった。

小一時間まえの、ぎくしゃくとした会話。そして——二カ月半の、あの痛みを伴う混乱は、いまだ自分たちに影を落としたままだ。

不自然な沈黙が流れ、三島がふと顔をあげる。

「秀島こそどうなんだ」

「なにが」

「アメリカからエージェントが押しかけてきたらしいじゃないか」

慈英はうめくような声で「なぜ知ってる」と三島を睨んだ。

「ある筋から、とだけ言っておく。……いよいよあちらに進出か」

「そんなつもりはない」

ほのめかした三島の言葉と、吐き捨てるような慈英の声に、臣は身を強ばらせた。

（エージェント？　なんだそれ）

クリスティーズ香港に続いて、これも初耳の話だ。アメリカだの、香港だのと、いきなりグローバルな単語が続いて、戸惑わずにはいられない。

ひどくいやな予感がした。けれど三島のまえで問いただせる空気でもなく、臣は訊きたい言葉を喉の奥に引っこめる。

三島は車に乗りこみ、エンジンをかけた。ドアを閉めたあと、ウインドウをさげた彼は、サングラスごしの視線を臣たちへ向ける。

「とにかく、頼む。連絡は定期的にいれるつもりだが、……そうできない場合もあるかもしれない。そのときは、戻りを待っていてほしい」

臣はとっさに、車の窓に手をかけ、三島の顔を覗きこんだ。

「帰ってくるんだよな？」

「そうでなければ、あずけません」

不敵に笑って見せても、緊張は隠せない。こわばる口元で、もう一度「よろしく」と頭をさげた三島が去っていくまで、ふたりはひとことも口をきけずにいた。

＊　＊　＊

山道を走る車のなかは、行きと違って必要以上の冷房をいれてはいない。

それでも三島のステアリングを握る手が冷たくこわばっていた。

——どうしてそこまで、壱都に尽くすんだ。

ふしぎそうに問いかけてきた臣の表情を思いだし、ふっと三島は笑った。

自分こそが、その問いを慈英に向けるべきではないのか。そう皮肉ってやろうかとも思ったけれど、こわばった顔で睨みつけている慈英をまえにすれば、口にはできなかった。

(彼らも、いろいろとむずかしいらしい)

臣と慈英の間に流れる空気が、三年まえよりも微妙なものであることに気づいてはいた。あのころ、すさまじく堅牢《けんろう》だった慈英からの臣に対する庇護が、どういういきさつかは知らないけれど、揺らいでいるようにも思える。

試すかのように、クリスティーズ香港の件を口にしてみれば、なにも知らなかった様子で目を瞠《みは》る臣に、逆に気の毒さを覚えた。

「あれは、厄介ですよ。小山さん」

ひとりつぶやき、うねったカーブをやりすごすためにステアリングを切る。

いまの慈英は、十年近くまえの、超然として見えた姿とも、三年まえの臣を護るために冷然となっていた彼とも違う。鋭さは相変わらずだがどこか余裕がなく、これは本当に秀島慈英なのだろうかと違和感も覚えた。

だが、三年は長い。自分自身の変容を自覚するだけに、それぞれに流れた時間がもたらしたものはあるのだろう。

(壱都さま……)

残してきた、三島の世界でもっとも尊い存在について考えると、臓腑《ぞうふ》が締めつけられるような恐怖を覚える。

三島をいまの三島たらしめているのは、壱都がいてこそだ。ほんのすこしでも損なうことなく、もとの世界を壱都に返してやる。それが自分の使命だとすら三島は思っている。

三年まえ、慈英とのいざこざのあと徹底的に打ちのめされた三島を救ったのは、教義というよりも壱都自身の存在によるものだ。

あのころの壱都は、いまのように落ちつき払った態度など身につけてはおらず、もっと子どもっぽく、あけっぴろげな性格だった。

(あのかたは、特別なんだ)

臣たちにはオカルティックだと思われそうで、言わずにおいたが、先代主査である上水流いち子が『光臨の導き』の前身となる『光臨会』をひらいたのは、壱都を身ごもってからだ。

——この身に宿ったものが、いろんなことを教えてくれたの。

じっさい、壱都が産まれるまでのいち子はそれこそ、予言やなにかをずばずばと言いあて、どこか神がかったものがあったと古参の顔ぶれに聞いたことがある。

しかし三島はある意味で、いち子こそが仮の器だったのではないかと思っている。

それくらい、壱都はどこかふしぎな力を持っていた。

『光臨の導き』は、世間でイメージされるカルト教団のような、超常現象だの奇跡を起こすだのといった教えはない。不滅魂の教えにしても、魂を清らかに保つために現世での欲や業を引きずらないよう、必要以上に欲しがらず、心穏やかに誠実に生きろというものだ。

じっさい、先代のいち子については、ある種の民間療法的なヒーラーとしての能力とカウンセラーとしての適性があったのだと理屈づけることはできるだろう。

(不心得だと言われてもしかたがない)

三島は皮肉な顔で笑う。けっきょく、あのころの自分は余裕がなく、なにか、正体の摑《つか》めない幻想のようなものを欲していた。教団にしても、すがりたいからすがっていただけで、心から教義を信じていたわけではなかったと、いまはわかっているからだ。

だが壱都は違う。壱都が育てた植物は、異常といえるくらいに繁殖するし、切り花なども数倍は長く保つ。なにより、いち子がまずは相談者の話を聞いたのちに答えを返すやりかたをとっていたのとは違い、壱都は最初からなにもかもを見透かすように切りこんでくる。

三年まえ、突然言われた言葉はいまでも鮮明だ。

——三島、寒いの？

あどけないほどの声が、やんわりと三島の心に触れたあの日のことは、一生忘れられないだろう。

慈英の絵に執着し、臣にまで襲いかかったあと、三島は自分自身の醜さにうんざりしていた。市内に設けた事務所で行われる勉強会にも顔を出せなくなり、さりとて行き場もないままに山間のコミューンで鬱々としていたころだ。

奉仕作業すら放り投げ、敷地内の木陰でひとりぼんやりとすごしていた三島のもとに、ひょいと壱都が顔をだし、そしてさきの言葉を唐突に投げられた。

「三島、寒いの？」

「……きょうは、ずいぶんあたたかい日ですが」

「だって、寒そうな顔をしている」

うろんな目で見ても、壱都は怯まなかった。足を投げ出して座った三島の隣に、壱都は膝を抱えて座った。ただでさえ小柄な身体は本当にコンパクトになった。

子どもっぽい見た目、仕種。なのに口からでる言葉は、いやになるほど三島の本質にふれてくる。

「なにもないからさみしいのでしょう？」

「いきなり、なんなのですか。ほうっておいてくだされば――」

「ないものは欲しがらなくていい。もっているものがたくさんあるのだから」

なにを打ちあけたわけでもないのに、ぎくりとした。黒い目は夜そのもののように深いのに、いくつもの光がきらめいていて、吸いこまれていきそうに感じた。

透きとおったやさしい闇色《やみいろ》の目は、矮小《わいしょう》な三島をただじっと見つめ、答えない彼に微笑みかけた。

(なんなんだ、この子は)

悩みもなにもないような顔をする壱都のことを、当時の三島は正直、羨望《せんぼう》の裏返しで軽んじていた。俗欲が捨てられず、煩悶するばかりの自分に嫌気がさすほどに、主査の子どもというだけで純粋培養された壱都が、憎らしくも思えたからだ。

「なにもわからないくせに、なんなんですか」

吐き捨てると、壱都の細い指が額に触れ、ぎくっとした。幼い少女のような顔をしているのに、その目に見据えられるといっさいの身動きがとれなかった。

「まだ寒そう。からっぽだね」

指先から心を読みとられたような気がして、三島は細い手を振り払った。壱都は表情を変えないまま、ん、と、唇に指を添える。

「あのね、三島だけのものをわたしがあげればいいかな」

「意味がわかりません。だいたい、あなたがいったいなにをくれると言うんです」

すさんでいた三島は、壱都のうつくしすぎる目が怖かった。立場も忘れ、大人げなくやつあたりをした。だが壱都は首をかしげ、あっさりと言う。

「そういえば、なにもないか」

「わけのわからないことを言っていないで、ほうっておいてください」

さすがに、目のまえの幼い姿をした次代主査を怒鳴りつけることはできず、低めた声で追い払おうとした。なのに壱都はにこりと笑った。

「そうだ、わたしがともだちになってあげるよ」

「……は？」

「ずっと信じてあげる。なにがあってもぜったいに」

ばかなことを、とさげすもうとした。笑い飛ばして、くだらないと突き放すつもりだった。なのになぜか三島の手は壱都へと伸び、ほっそりしたそれに握られたとたん涙が出そうになっていた。

体温だけではない、なにかあたたかいものが手のひらから流れこんでくる。大きな虚《うろ》の空いていた胸が、理屈では説明のつかないもので埋められている。

「あ、もう寒くないね。よかった」

無邪気な言葉に、なぜか救われた。そのまま日が暮れるまで、言葉はなく、ただじっと手を握りあって隣にいてくれた壱都は、気づけばうとうとと船を漕いでいた。


(あれから、二年)

自分から志願し、壱都の側近という立場を得た。

世間を知らない壱都のそばで、勉強や現代社会のこと、雑多な知識、問われるままにいろいろと教えることがひどく楽しかった。三島はぎゅっとステアリングを握る。

蜜のようにやさしい時間は、もう戻ってはこないだろう。けれど、せめてもの平穏を壱都に与えたい。

「そのためなら、なんでもする。どんなことでも」

見据えたさきにある、有象無象の悪意や敵意。それらすべてから壱都を護るのだと、三島は険しいまなざしで誓う。

ぐん、と踏みこんだアクセル。前後を走る車も、対向車もないうねる路《みち》を、彼はひたすらに走り抜けた。

＊　＊　＊

慈英と臣は、三島を送りだしたのち家に戻った。

アトリエを覗きこみ、布団で寝ている壱都の様子をうかがうと、こんこんと眠っていた。

ふたりは顔を見あわせ、眠りをさまたげないよう足音に気をつけながら、二階の寝室へとおもむく。

部屋にはいってドアを閉めると、ちいさくため息がこぼれたのはふたり同時だった。

「なんか、妙なことになったな」

「そうですね」

身体が重くて、臣は軽く腕をまわすと首を鳴らした。闖入者《ちんにゅうしゃ》の登場で午前の仕事はろくにできず、作業と言えば布団を敷いた程度。あとは話を聞いていただけなのだが、なんだか気疲れしてしまった。

（かみさまねえ）

無宗教の臣にはよくわからない話だった。ひどく遠い世界のようで、そのくせ権力争いなどという、いかにも俗なもめごとを抱えている集団のことは、正直理解しがたいものだ。ため息をついて慈英のベッドに腰かけると、慈英も隣に座る。なんとなく指を伸ばして彼の手を握ると、きゅっと握りかえされた。

以前なら、こうしているだけで落ち着けた。沈黙も苦にはならなかった。けれどこの日は妙に胸がざわついて、なにかを話さなければと焦っている自分がいる。

「しかし、驚いたよな、きょうは」

声を発してみると、ふつうに明るく響いたことに自分で驚く。慈英も「そうですね、突然でしたし」とうなずいていて、会話の糸口が見つかったことにほっとしながら臣は続けた。

「あの三島がねえ……ひとは変われば変わるもんだな」

臣がかすかに笑いながら言うと、慈英はなぜか、奇妙な顔で問いかけてきた。

「どう変わったと思うんです？」

「え、おまえ思わなかった？」

「俺は彼の人格について変化を感じ取れるほどよく知らないし、理解できていないので」

「いや、そこは理解しとけよ……」

十年以上まえの同窓生であり、三年まえにもトラブルを起こした男について、あっさりと「知らない」と言ってのけるのにはあきれるほかない。だが慈英に対して、その手の批判はもはや無意味だ。

（言わなきゃわかんねえってか。まったく）

臣は二本の指でこめかみを押さえながら、どう説明したものかと言葉を探した。

「んん、身勝手なのは変わってないんだけど、なんか無意識にえらぶってるとこが消えた、みたいな……」

「えらぶってるって、照映《しょうえい》さんみたいにですか？」

慈英に言われて、臣は「えっ、違う」と目をまるくした。

「つうかなんでそこで照映？」

「しょっちゅう電話なんかで『えらそうに』と、おっしゃっているので」

「いや、あれとこれとはぜんぜん、べつの話……」

照映にからかわれては怒鳴っている臣を、慈英は案外見ていたということだろう。ちょっと言葉に気をつけないといけないかもしれないと思いつつ、話を戻した。

「そもそも、あいつが自分より他人を優先する状況って、想像もできなかったんだよ」

壱都に対してとにかく献身的だったたし、自分のことを徹底的にあとまわし。あまりの崇拝ぶりには目を瞠った。

「それ以外にも、なんていうか……たとえば、うんちくとかさ。いまの三島はただ好きなことだから、相手が聞いてようがいまいが語りたい、って感じで」

美術に関して語るとなると、やたら専門的だしうんざりするほど長いのは以前におなじくだったたが、その語り口さえむかしとはすこし雰囲気が違っていた。

「むかしの『俺はわかってんだぜ』みたいな嫌みが抜けてた」

「かつては知識のひけらかしがうっとうしかった、ということですか？」

「ちょっと違う。ひけらかされること、それそのものじゃなくてさ。なんていうのかな。頭いいやつって無意識に他人を見下して語ること多いだろ。こんなのも知らないの、とか、この程度常識だろ、みたいな？　それが三年まえには、あいつすごく顕著だったんだけど」

「はあ……」

慈英は、不可解そうに首をかしげていた。三島と同レベルの知識を持っていて、話の内容をあっさり呑みこむ彼には、これを理解するのは無理かと臣は苦笑する。

「んーあー、まあ、俺頭悪いし高卒だし、ひがみはいってっかもだけどさ。なんつうか、微妙に腹たつ相手だったんだよ」

「あなたはひがむようなタイプじゃないでしょう」

笑ってごまかそうとするけれど、いつもの常で、引っかかりを覚えた慈英は追及の手を止めなかった。

「それこそ俺や照映さんがなにかうんちくを垂れたりしても、悪態はつくけど本気でひがんだりしない」

「いや、だってあいつはえらそうにしてるけど、俺を見下してるわけじゃないだろ」

「でも、よく照映さんにばかにされたって怒ってるじゃないですか」

「あー、照映のあれは本気じゃないっていうか、ええと腹たつけど本気じゃないっていうか……ばかにしてるけど、してないっていうか……」

困り果てた臣は、言葉を探して頭を掻《か》いた。しょうもない言葉遊びレベルのやりとりを、いちいち説明するほど野暮なことはない。

そして慈英はつくづく人間関係の機微《きび》にうとい男なのだなあ、と思う。

（わかんねーんだよな、きっと）

照映に本気で腹がたたないのは、彼が敗北感を味わったことのある人間だからだ。負けること、ぜったいに敵《かな》わないなにかを、あの男はきっちりと知っている。それによって傷ついたときの痛みも。だからどれほど照映がえらぶって見せても、知識をひけらかすような真似をしても、その言動には他人の神経を逆撫でしないようなやさしさと配慮が滲んでいる。

負けることを知らない彼に、そこを慮《おもんぱか》れと言うのは無理な話だ。臣は力なく笑った。

「とにかく、照映とむかしの三島は、ぜんぜん違うってこと」

「……そうですか」

なんだかものすごく納得のいかない顔をしている慈英に、これ以上の説明をしたくはなかった。言えば言うだけわからないだろうし、指摘するときっと気に病む。

（あとなんか……こいつ、あれから妙に照映のこと、意識してるしなあ）

この二カ月半、臣を慰め、励まし、ときには慈英を怒鳴りつけさえした照映に対して、かつてなかったほどに慈英は嫉妬《しっと》をあらわにしていた。あまりに執拗《しつよう》に照映を意識する彼に、まさかと思いつつも「妬《や》いてんの？」と臣は問いかけ、肯定されたときには心底驚いた。

――というか、ずっと妬いてたようです。

あのやりとりをしてから、まだたった十日だ。記憶が戻ったからといって、あっさりと消えるものではないのかもしれない。

（まだ、鬚《ひげ》伸ばそうとしないし）

不精に装いながらも整えていた、ある種彼のトレードマークでもあったあの鬚が、誰の影響であるかは言わずもがなだ。かつてはいとこ同士の結びつきの強さに妬いたのはこちらのほうだったのにと、臣は微妙な気分になった。

無意識に手が伸びて、彼の頰から顎をさする。慈英が目を瞠った。

「なんですか？」

「いや、なんでも」

ぱっと手を離し、話をそらすように、臣はあいまいに笑った。

「あー、それにしても、三島、あの子のことよっぽど好きなんだな」

「それはそうでしょうね。なにしろ言葉どおり、崇拝の対象だ」

ふたりして視線を向けたのは、床。その真下には、壱都が眠るアトリエがある。臣は意味もなくつまさきで軽く床をたたき、つぶやいた。

「先代が壱都を産んだってことは、結婚とかそういうのはアリなんだな」

「斎王《さいおう》のような、処女性を求められる巫女とは違うんでしょう。あの教団については詳しく知りませんが、新宗教ですから、独自の結婚観やセックスについての定義がある可能性は高いですけどね」

教祖のハーレムのようになるカルト団体も一部には存在するが、あの教団は女性がトップだったおかげか、その手の面ではごくまっとうで、どちらかといえばストイックなようだ。

臣はふと思いついて、顔をあげた。

「じゃ、三島と壱都がそういう関係になるって可能性もあるよな。べつに恋愛してもおかしくないよな」

「え、まあ、それはおかしくはないと思いますが」

慈英を偏執的に追いかけ、壱都にひたすら尽くしていた三島の姿を思うに、彼はなにか心を寄せる対象を欲し、愛することをやめられないたぐいの人間だ。そういう一面は臣にもあるだけに、同族嫌悪を含みつつも、理解はできた。

見た感じ壱都のほうも彼に対して信頼を寄せているようだし、うまくいけばいいのだが。

「結婚とかできりゃ、ベストなんだろうけどなあ。まあ、まだちっちゃい子だから、何年か待たないといけないだろうけど」

自由恋愛というのは状況的にむずかしそうだから、伴侶《はんりょ》になるのもありだろうか。勝手なことを言う臣に、慈英は怪訝な顔をした。

「ちっちゃいって、見た目どおりの年齢ではないと聞いたじゃないですか」

「あ、そうだった」

指摘されるまで、臣は壱都の年齢について失念していた。壱都は見かけがひどく幼くて、成人していると言われても、どうもしっくりきていなかったからだ。

「あれでも婚姻《こんいん》適齢はすぎてんだよな……んじゃ、あとは本人たち次第ってことか」

ぶつぶつとつぶやいて首をかしげる臣に、慈英はますますあきれた声をだした。

「そもそも結婚って、あの子は男の子ですよ」

「えっ!? うそ!」

「嘘じゃないです。顔はたしかに中性的ですけど、あれは少女の肉づきじゃありません」

「肉づきって、服あんなひらひらしてたのに……」

「身体じゃなくても手とか、首のあたりとかでわかりますよ」

そういえば慈英は、妙に観察するようにじっと見ていた。てっきり、あまりの美少女だから見とれているのかとばかり思っていた。

「やっぱ、画家の目ってちょっとふつうじゃねえのかな」

臣が感心ともつかない言葉をこぼすと、慈英はふっと息をついた。

「というか、ゲイのくせにそんなこともわからないんですか？」

「え」

ぼろりとこぼされた毒っぽい言葉に、傷つきこそしなかったが、あっけにとられた。だが、それ以上に愕然としていたのは慈英のほうだ。

いま自分が口走ったことが信じられないというように、目を瞠っている。

「すみません……なにを言ってるんだろう、俺」

顔色さえ変えている慈英に、臣のほうが困ってしまった。そこまでおたつかれてしまうとは思わず、ひどくうろたえる慈英は見ていられない。

（しらっとしときゃいいのに……どうしたんだろうな、こいつは）

二カ月ほどまえ、退院して長野に戻ってきたばかりのころ、臣は記憶のない慈英に対し、まるで拗《す》ねた高校生のようだと感じたことがあった。じっさいに彼が十代のときには、もっと超人的なほどに浮き世離れしていたらしいと聞いているのだが、臣の目のまえで気分を害したり激したりする彼は、むずかしい時期の青年そのものだった。

(まだ、混乱してんのか)

まるで別人かのようだった二カ月半の記憶は、消えることなくいまの慈英のなかに残っている。そのためなのか、記憶が戻っても、慈英は、完全にもとの慈英——穏やかで、どこまでも臣にあまかった彼そのものとは言いきれなかった。

おそらく感覚的な部分で、あのころの彼にいまの彼が引きずられているのだろうと、臣は解釈しているし、それを理解してもいるつもりだ。

ただ、理解するのと許容するのとはまたべつで、それが厄介なのだ。

「どうせなら、そこは『刑事のくせに』って言ってくれよ」

ぎこちなくなるのがいやで、軽く彼の肩を小突いてみせる。笑って流そうとしたのに、彼は黙って顔をしかめた。その反応もよくわからず、臣も不器用な笑みをほどくしかない。

「……まあ、その。三島たちのことは、俺が驚く筋合いでもねえし、よけいな話だよな」

その言葉にも答えはなく、おとずれた沈黙の重さに、臣はそっと唇を噛んだ。

「……本当に、すみませんでした」

長い沈黙のあと、ぼそりと慈英が詫びてくる。「謝ることじゃないって」と臣はとりなすけれど、彼はかたくなにかぶりを振った。

「いえ、ああいうことを言った自分がどうかしてると思います」

もどかしそうに告げられて、臣は突然息苦しくなった。とっさに顔を背け、笑いを作る。

「な、なんだよ、ただの軽口だろ？　あんまり気にされると、悪気があったみたいじゃんか」

「そんなことはありませんけど」

こわばった顔で告げられ、臣の声もまた徐々に低くなる。

「じゃあ、いいだろ、もう」

背けた顔を戻せないまま、また沈黙だ。指だけは握りあっているのに、以前のような気やすい安心感はなく、互いに踏みこみきれない緊張が滲んでしまう。

（なんでかな。隣にいるのに、壁がある）

こんなぎこちない感覚を、慈英に感じたくはない。どうにかできないかと、握った手に力をこめた。

「なあ、たいしたことじゃないんだから。おまえこそ、あんまり気をまわすなよ」

「でも……」

「俺は、ほんとになにも気にしてない」

きっぱりと言ってみせても、慈英はすこしも納得したような顔をしなかった。

（なんで、こうなるんだろ）

あの時期のように、あからさまにきつい態度をとるわけではない。基本的にはやさしく穏和だし、臣を大事にもしてくれるのだが、ときおり、いまのように毒のある物言いをする。

本人は無意識らしいし、どうしようもないことだ。臣としては受け流すようつとめているのだが、そのたび慈英は、なぜか不快そうな反応をみせる。

「あなたに、気を遣わせるようになったのも俺だから、しかたないんですけどね」

「え？」

「もっと、言いたいことでも、わがままでも言ってください。遠慮しないで、なにか気に障ることを言ったらちゃんとたしなめて」

「なんだよ。言いたいことは、ちゃんと言ってるだろ」

笑ってみせたけれど、彼はまったく納得していなかった。それもしかたないのかもしれない。臣はいま交わした言葉の欺瞞《ぎまん》に気づいていたし、慈英もまた同じだろう。

(むずかしい、なあ)

本当に問題なのは、彼の発言そのものではない。

慈英が天然ゆえの無神経ぶりを発揮し、気分を害するような発言をするのは以前からもあった。だが、その後の反応が以前と違ってしまっているのだ。

以前ならば、自身が失礼なことを言っても気づきもせず、また指摘されてもけろりとしていた。それがいまでは失言するたび、困惑している。自分が発した言葉なのに、なぜそれが口から出てきたのかわからないとでも言いたげに、驚いては取り乱す。

そして臣もまた、かつてのように軽口をたたいて咎めることができなくなっている。理屈ではなく反射的に『あのころ』のように――彼の神経を波立たせないように、穏便に振る舞うクセがついてしまったからだ。

臣にとって、感情を剝《む》きだしにし、相手を責めるという行為はよほど心やすく接している状況でしかありえない。そのことをお互い、よくわかっていた。

だから、臣がきつい言葉を受け流すたびに慈英はいらつく。そんな彼に臣は困ってしまう。

「……人間って、ややこしいな」

もっと簡単にリセットできれば、こんなにも悩まないのに。

つぶやいた臣の肩を、慈英の長い腕が抱きよせる。なじんだ力、体温、におい。無意識レベルで感じとるそれに、ほっとする。

こんなにも落ちつくし、こんなにも愛しているのに――愛しているからこそ、ささやかな掛け違いになじめない。

アクシデントによって引き起こされた記憶障害はたった二カ月半の間のことだった。だがその間、慈英が臣を拒絶し否定した事実を、ふたりともが忘れきれていない。

七年もかけて関係を築いてきたのに、あの二カ月半を経て、変わってしまった自分たち。それをふたりで、持てあましている。もっと心からあまえたいし、あまえられたいとも思っている。心を開いているつもりなのに届かなくて、もどかしい。

「なあ、慈英。おまえだって言いたいこと、言っていいんだ。そんな簡単に怒ったりしないし、傷つきもしない」

「わかってます」

そう答えるくせに、慈英は目をあわせなかった。

なつかしくすら感じる嚙みあわない感覚に、臣はふと気づいた。

（むかしと似てる。でも――違う）

じっと、七年まえを思いださせる翳のない彼の顔を眺める。整った横顔、伏せた目。

あのころ、不安定だったのは臣のほうだった。いま揺れているのは、閉じているのはどちらだろう？

長い睫毛の奥に感情を隠しているのは？

肩を抱いた慈英の手に自分の指を這《は》わせて、臣は唐突につぶやいた。

「慈英、しよっか」

はっとしたように慈英が顔をあげた。笑いかけると、彼は困ったように眉間《みけん》に皺《しわ》を寄せる。

その額に指を押し当て、その皺を伸ばすようにこすってやると、そっと目が閉じていく。

（気持ちがぐらぐらしてんのは、俺じゃなくておまえか）

かつてとはまるで逆の立場になったことがひどくふしぎで、臣はそっと笑った。気配に気づいて、慈英が目を開ける。なんでもない、というように臣はかぶりを振り、額に口づける。

いまは、うまくない言葉を無理やり引き出すべきではない。

引き寄せられ、正面から抱きすくめられる。探るように手をつなぎあい、さきほどよりもしっかりと指をからめた。

「……お仕事は？」

静かな声で問いかけられ、臣は眉をさげたまま笑った。

ポケットに入ったままの無線や、駐在所を離れる際に一応携帯してきた警棒や銃などが、じっさいの質量より重たく感じられた。

けれどいま、つなぎあった手を離すわけにはいかない。壁にかかった時計を見ると、ちょうど昼時。これを言い訳にさせてくれと、目を伏せる。

「休憩時間ってことで。……それとも慈英、したくない？」

携帯防具の留め具をはずしながら問いかけると、臣のシャツに慈英が手をかけてくる。無言ではずされていくボタンを、じっと見守った。

こめかみに唇を押し当てられ、なめらかな感触にぞくりとする。鬚を伸ばさない慈英に対する違和感は、いまだに慣れない。彼のなかにある屈託が原因なのだろうけれど、臣はそれに触れていいのかどうか、判断がつかないのだ。

（そういえば、さっき、アメリカがどうとかって言ってた）

クリスティーズ香港での落札についても聞かされたばかりで、それらのことがらが、あながち関係ないとも思えない。

なんの話なのか、訊くべきだったかもしれない。けれどいまさらそんなことを問えば、おずおずと差し伸べあった気持ちがまた、ずれてしまいそうな気がする。

「どうしました？」

一瞬泳いだ目に気づいたのか、慈英が問いかけてくる。胸に這わされた手のひらの熱さに、臣はごまかすことを決めた。

「いや、その、したに、壱都がいるんだよなと思って」

慈英はその言葉に疑問を抱かなかったのか――もしかすると、抱いていてもごまかされてくれたのか、ただ静かに笑った。

「この部屋、防音は完璧ですから」

もともと倉だったものを改装したこの借家は、壁も厚く丈夫だ。そのうえ、音漏れを気にする臣のために慈英は移り住むまえに寝室には防音加工を施していた。

「でもなるべく、静かにする」

「……それは、無理かもしれませんね」

臣の身体を倒しながら、首筋にきつく吸いついてくる。表情や声の穏やかさと裏腹、抱きしめてくる腕は強い。

応えるように、臣もまたその広い背中をきつく抱きしめた。

湿った音が、部屋に響く。

首筋を噛んでは舐《な》めながら、うつぶせた臣の尻へとローションを垂らした慈英は、両手でそれを揉《も》みしだいた。ぎゅっと摑んだかと思えば、片方ずつ動きをずらして肉をこね、寄せたり広げたりと好き放題にいじりまわす。

「あ、あ、あ……」

たわむ肉から奥へと伝わる振動が、快楽を覚えた粘膜を刺激し、臣はもじもじと腰を動かした。大きな手で痛いくらい摑まれる圧迫感もまた、快感になる。ローションのせいですべりのよくなった肌は火照《ほて》り、薄赤く染まっていく。

「強くすると、俺の指のあとが残る」

「い、やんっ、あ、やめっ、やめろって」

白く浮いた手形を確認するように、何度も摑んで離される。じらされているかのような愛《あい》撫《ぶ》に腰を浮かすと、肉のあわいを押し広げるようにされ、外気に触れた場所がひやりとした。

「う、あ……慈英、じえ、それっ」

両手の親指の腹を使って、すぼんだ粘膜の入口を刺激された。押し揉むような動きにますます臣の腰はあがり、指でいじられるちいさな口が次第にひらいていく。くぼみにはめるように右の親指の腹を押しこまれ「あああぁ」と臣はうめいた。

「二日も空けたのに、まだやわらかい」

ぬるついた液体をかけ流す慈英の指が、ぐりぐりとそこを押し、小刻みに震わせる。喉声をあげた臣は、たまらずにシーツへと自分の勃起をこすりつけはじめた。

卑猥《ひわい》な動きに、慈英がちいさく笑う。

すこしずつ火をつけられていく官能のあまさに、鼓動が乱れて肌が濡れる。

内部に侵入されたときには、うっとりと長いため息がこぼれ、半開きの唇からは絶え間なく声が漏れ続けた。

「いれて、いれて」

「まだです」

「いやだ、ほしい……」

やわらかいと言ったくせに、慈英はいつまでもそこを拡げることをやめようとしない。指が三本に増え、持ちあがった臣の腰はひっきりなしに揺れ、シーツにいくつも淫《みだ》らな染みを作っていく。

「ああ、あっ」

唇で指で、さんざんいじめられていた胸のさきもまた、シーツに押しつぶされてひりひりした。むずがゆくて、思わずそこをつねりあげると、かすれた意地悪な声が耳にからみつく。

「乳首、自分でいじるんですか」

「あ、だって、かゆい……あああ！」

揶揄《やゆ》の声とともに、ざらついて感じる指の腹が小刻みに粘膜の襞《ひだ》をこすった。まとめた指を圧するように押しつけたかと思うと、楽器でもつま弾くようにばらばらに動かし、感じるところを撫でさする。刺激に反応した身体は、意志とは関係のない不規則な動きで淫蕩《いんとう》にくねる。

いや、だめ、いや。いれて、いれて、しないで。

意味もない言葉だけを繰り返し、突っ張った足が攣《つ》りそうなくらいに力をこめて快感に耐える臣は、ぜいぜいと息を切らしながら目のまえにあったものに嚙みつく。ぐっと歯に力をいれても、質のいいリネンは破れることはなく、臣の唾液《だえき》を吸う。

予告もないまま指が引き抜かれ、いきなり挿入された。衝撃にぎりっと奥歯が音を立て、そのままはじまった律動にベッドがきしむ。

「え、あ……んふうう！」

（うあ、すごいっ……）

無言の慈英は、臣を感じさせるというよりもなにかをたたきつけるように腰を使った。いつになく乱暴で激しいそれに、執拗な前戯はこのためだったかとぼんやり思う。

「なにを、考えてるんですか」

「んああ！」

荒い言葉と同時に腰を強く突きだされ、奥をえぐる動きに臣は噛んでいたシーツを離す。ぐいと肩に手をかけられ、両腕をうしろに摑まれて上体が浮いたかたちのまま、容赦がない突きに翻弄《ほんろう》された。

「い、いやっ、やっ……！」

切れ切れのあえぎ、肉をたたく音、粘膜をこねまわし粘液を混ぜあわせる音。丈夫なベッドはきしむことこそないが、スプリングの反動でさらに揺さぶられ、臣は唇を噛んでかぶりを振った。慈英が、腰を送りこみながら息を切らして問う。

「いやなんですか？」

「ちが、ああ、す……すご、すごく、て」

「なにが」

「あう！」

言うなり、つかまえられていた手を離され、臣はどっとシーツに倒れこむ。がくがくしている膝を伸ばされ、ぺったりと寝そべった状況でさらに慈英に責め立てられ、身動きできない状態と、閉じた脚のせいで締まった内部を侵される感覚に泣きわめいた。

（慈英、硬い……ああ、そんな、そんなに）

うえから突き刺されているような強い刺激、臣を気遣うでもなくたたきつけてくる力強い腰。理由はまだわからないけれども、荒れた慈英のセックスはひさしぶりだった。

（おまえ、なんでそんな、苦しそうなんだよ）

やはり、なにがあったのかと問いただすべきだったのかもしれない。言葉すくなな、ひたすら激しいセックスは、出会いのころを思いださせてすこし胸が痛む。

けれど、これは違う。ただ臆病《おくびょう》で、言葉から彼から逃げまわっていたころとは違う。

「い……よ、慈英、いいよ」

「臣さん？」

臣は震える指を伸ばし、自分の身体の脇についた慈英の手に触れた。びくりと慈英の動きが止まる。

言葉では埋められないものを、つなぎあわせたい。ごまかすのではなく、肌をあわせたときの一体感を思いだして、安心を与えたかった。

「ぜんぶ、すき。だから、なにしても」

ぜんぶ許すよ。かすれきった声で告げ、顔をかたむけて微笑んだ臣の髪を、同じように震える慈英の指が撫でる。

「どこも、痛まない？」

「いまさら。そのために、しつこくしたくせに」

ふふっと笑うと、慈英はまだむずかしい顔のまま、それでもかすかに笑った。身体を倒し、背中にぴったりと身を寄せてくる。彼の胸のさきも硬くなっていて、それが臣の肌を押すのがぞくぞくした。

「……やさしいほうがいいですか？」

裸の肩に額をつけて問う慈英に、臣はしばし黙りこんだあとかぶりを振った。

「激しいの、きらいじゃないって知ってるだろ」

思わせぶりに笑ってやると「やらしいひとだ」と慈英が喉で笑う。シーツのうえで指がからみ、横を向いた臣の頰に口づけが落とされた。

「じゃあ、遠慮なく」

「ん……いい、めちゃくちゃ、し、て……っああ、あああ！」

言葉のとおりめちゃくちゃに突かれながら、握った指を離さなかった。どんな格好も許したし、どんな激しさも受けとめた。

逃避ではなく、言葉のいらないコミュニケーションとしてのセックス。何度も繰り返した夜が、かすかなずれを埋めてくれる。

いずれは対峙《たいじ》しなければならないことがあるとしても、お互いを覚えた身体の熱が、揺らぐ心を支えてくれると信じたい。

慈英もそうであってくれればいいと、臣は強く願った。

性急な行為は、一時間にも満たなかった。汗みずくになった身体を濡れタオルで拭《ふ》いて、皺にならないように椅子の背にかけてあった制服を手に取る。

「本当にご休憩コースだな」

慈英はまだ上半身は裸のままで、下着もつけずにジーンズだけを穿《は》いていた。タオルを用意するために一度、階下に降りたとき、取り急ぎと身につけたものだ。

ベッドに座る彼は、片足を投げ出し、もう片ほうの膝を曲げてそこに肘を突き、手のひらで顎を支えている。その目はどこか遠くを見ているような気がした。

物憂い表情を気にかけつつ臣が制服のズボンを穿いていると、慈英がぽつりとつぶやく。

「さっきアトリエを覗いてきましたが、壱都さんは、まだ寝てました。薬がきいてるんでしょうね、ぴくりとも動かない」

「薬？」

「三島が痛み止めと抗生物質を飲むように、念を押してましたから。ああいう薬の眠気ってふつうじゃないので」

シャツを羽織りながら、そういえば彼もつい最近まで、そういうものの世話になっていたことを思いだした。

臣は着替えの手を止めてベッドに膝をつき、慈英の髪をかきあげた。

「なんです？」

「うん、傷。あんまり目立たなくてよかったと思って」

こめかみから生え際にかけての傷口を縫合するため、髪の一部が剃《そ》られていた。前髪を被《かぶ》せることで隠していたが、不揃《ふぞろ》いながらもすっかり生えそろっている。

「もう痛んだりしないのか？」

「天気が悪いと多少、疼《うず》く程度ですね。心配はいりません」

ならいい、と傷のうえからそっと撫でた臣は、その手首を握られて驚く。はだけたままのシャツの隙間に鼻先を突っこんだ慈英が、いきなり鎖骨から胸をべろりと舐めた。

「ひ!? ちょ、なにやって……あん！」

あげく、まだ尖ったままの乳首を噛まれ、大あわてで彼を突き飛ばす。慈英はくすくすと笑って、長い膝を抱えた。

「時間がないんでしょう。早く着替えてくれないと。目の毒で困ります」

「わ、わかった」

「いたずらされたくなければ、アンダーシャツを着てください」

「だって暑いし……」

頬を膝に乗せた彼の乱れ髪と流し目は、まだ晴らし切れていない情欲がけぶっている。大あわてでボタンをはめる臣に、慈英がため息をついた。

「なんだよ」

「……いえ、なんだか慌ただしいので。いかにも昼下がりの情事って感じだと思って」

しどけない格好でつぶやく慈英に、臣はかすかに眉をひそめた。

（なんか、ほんとにくすぶってんなあ）

いっしょに暮らしたい。時間がほしい。何度も訴えてくれた彼の言葉に応えきれないのは自分の仕事のせいでもある。その件では臣にしても罪悪感は覚えている。

けれど、きょうの慈英はなにかが変だ。

入籍についても、一生を決めることなのだから、あわただしくすませるのではなく、ふたりできちんと届けたいことは伝えてあった。上京まえに言い合いになったとはいえ、一度は折れてくれた話なのに、今朝になってふたたび追いつめてきたこと、あれがそもそもおかしいのだ。

「なあ、ほんとに慈英、なんか焦ってないか？」

三島の来訪でうやむやになってしまっていたことを蒸し返すと、慈英は今度も黙りこんだ。また答えないのかと臣が顔をしかめる。ややあって、彼はぽつりとつぶやいた。

「焦ってる、かもしれません」

「理由は？　東京で、なんかあったのか？」

きっちりとボタンを留め終えて、臣は慈英に向き直った。自分の膝のうえに顔を伏せた慈英は、無言で目を閉じた。

やわらかい拒絶を示す態度に怯みそうになりながらも、臣はそっと問いかける。

「エージェントがどうとかって、三島が言ってた。あれってなに？」

「厳密に言うとエージェントではなくアドバイザーですけど」

「どういう話があったんだ？」

「まだ、話というほどのものは、なにも」

目をあわせようとしない慈英に、嘘のにおいを嗅《か》ぎとった。けれどそのとき、臣はやはり以前のように「なんだよ、言えよ」とつめよれなかった。

「……ちゃんと決まったら、話してくれるか？」

できるだけ穏やかに声をだすようつとめたのに、慈英はほんの一瞬、痛みをこらえるような顔をする。臣が譲ったことを苦痛に思うような表情に、さきほど肌をあわせた時間に感じた一体感が、もう薄れてしまったことを知る。

「慈英？」

「話します。ことが、はっきりしたら」

こちらを見ないままの慈英は、かたくなな気配を隠しもしない。

（言いたいこと言えっていうなら、受けいれる態勢を作ってくれよ）

なんでこう無意味に頑固なのだかとなかばあきれつつ、臣はそっとため息をかみ殺した。

「あの子のことは、とりあえず浩三さんにも説明して、気をつけてもらえるように言うよ」

「どこまで、話します？」

「あんまり詳しいこと言ってもあれだから、適当に言い訳考えておく」

シャツをたくしこんで、ベルトを締める。携帯防具の留め具をしっかりと留めて、臣はもう一度慈英を振り返った。

「とりあえず、帰るな」

ええ、とうなずいた彼は、こちらを見ようともしない。しばしためらったあと、臣はもう一度口を開いた。

「あのさ、慈英。アメリカって」

口ごもったせいで、不明瞭《ふめいりょう》な発音になった。慈英は「え？」と顔をあげる。ようやく目があったのに、問いただす勇気はしぼんでしまった。

「なんです？　すみません、ぼうっとしていて聞こえなかった」

「……いや、なんでもない」

それじゃあ、とできるだけ明るく笑い、臣は部屋を出た。ふだんなら、玄関まで見送ろうとするはずの恋人は、その場に座ったまま動こうとしなかった。

「あっちい……」

午後の陽差しはまだきつくて、冷房の効いた室内から一歩踏みだしたとたん、ぶわっと汗が噴きだした。頭のうえに手をかざしながら歩いていると、背中に視線を感じる。振り返り、窓を見あげると慈英がじっとこちらを見ているのがわかった。手をあげて、一度大きく振ってみせる。慈英もまた軽く手を振り返してくれて、ほっと息をついた臣は、今度は振り返らずに歩きだした。

その表情には、さきほど彼に向けて作ってみせた笑顔はない。

駐在所に戻る道すがら、臣は小声でひとりごとをつぶやいた。

「……ゲイのくせに、か」

あのときは驚きがさきにたって、ショックもなにもなかった。だいいち、慈英が記憶をなくしている間に見せつけられた傲慢《ごうまん》さや拒絶に較べれば、この程度は本当にたいしたことではない。

(いや、たしかに腹はたつんだけどさ。なんであそこまでうろたえるんだ？)

いちいち混乱する慈英が、いったいなにを気にしているのか、よくわからないのだ。

どんなに好きでも、どうあっても共有できないこともあるという事実が、最近の臣にはよく見えるようになっていた。

たとえば、過去の三島や照映の言動の違いを話したとき、慈英は腑《ふ》に落ちないような顔をしていた。それは彼が、圧倒的強者の立場に常にいたからだ。

無意識の差別主義とも言える感覚を、ひとは誰でも持っている。優位にたって見下したいという気持ちも大なり小なりあって、他人にそれを向けられて不快になったり、自分自身が知らないうちにやってしまって恥を覚えたりする。

そんなのは自意識が芽生える小学生から大人になるまで、誰もが経験するものだろうと臣は思っていた。だが、平均値から大きくはみ出た人間や、恵まれていることを自覚できない人間は、案外そのことがわからないのだと、最近になって学んだ。

彼はしたから見あげる人間の感覚というものを、理解しない――できないのだ。思いやりとかいたわりとかという次元ではなく、敗北感というものが『わからない』。

七年まえの件で多少の挫折は知っただろうが、臣のような劣等感と疎外感に埋もれた思春期を引きずった人間とは、根本的に違う。見下されることが前提にないから、自分がそういう扱いを受けることが想像もできない。

生まれてこのかた見たことがないものを絵に描けと言っても無理なのと同じだ。想像で描いたものは、けっきょくのところ実物とは違ってしまう。

これは慈英自身のやさしさや性格の問題ではない。彼が、彼であるがゆえに理解することができない――むしろ知ることがあってはいけないことだ。それは、慈英に敗北を知れというのと同じだからだ。そして臣は、彼にそんなものを味わってほしいと思ったことはない。

だから多少傲《おご》った物言いをされたところで、いちいち傷ついたりはしないのに。

（でも、慈英は納得しない）

なにもかもつまびらかにするのが信頼ではない。わかりあえない苦さはあっても、やりすごせないほどの亀裂ではないと思っているから、嚙みあう部分を大事にできればそれでいい。そんなことは、とうにわかっていたはずなのに、いまの慈英はあまりに性急に、すべてを欲しがろうとしているように思える。

入籍を焦ることにしても、あまりにも彼らしくない。もっと踏みこんでくれと言うくせに、壁を作っているのも慈英だ。

「……あいつはいったい、俺に、どうしてほしいんだ？」

つぶやいても、答えを返す誰もいない。そして脳裏をめぐる、クリスティーズ、アメリカ、というぞっとするほど距離のある言葉たち。

初夏からずれているなにかが、ここにきてまた、さらにかけ違った気がする。

臣はうだるような暑さのなか、ぶるりと震えた。

＊　　＊　　＊

臣の背中を、慈英は窓からじっと眺めていた。

視線に気づいた彼が、振り返って大きく手を振る。表情は笑っているけれど、この距離では彼が本当に心から笑っているのかどうか、たしかめることはできない。

さきほど、隣にいてすら感じたもどかしさと同じだ。なんだか腑に落ちない顔をして、それでもそれを飲みこんで帰っていった。なにかを抑えこんだ、穏やかな微笑。それをもたらしたのが自分だという自覚はあるだけに、慈英は苦い思いを噛みしめる。

——あのさ、慈英。アメリカって。

あからさまな聞こえないふり、気づいたのか気づかなかったのか、臣は追及することもなく、取り繕うような笑みを浮かべて去っていった。

「三島も、よけいなことを」

うめくように言って、まだ臣のぬくもりが残っている気がするベッドに転がる。

耳に残るのは、不可解さを滲ませた臣の声だ。

——慈英、なんでそんな焦ってんだよ。

「本当ですねえ」

脳内の問いかけに答えた声は低くひずんでいる。自分でもよくわからない、としか言いようのない混乱に、慈英自身が疲れを覚えているのは事実だ。

(なんでこんなに気持ちが揺れるんだ……これも後遺症のひとつか?)

二カ月あまりの期間、まるで別人のようだった自分が残した記憶のせいで、慈英の感覚は振りまわされていた。

臣もうすうす気づいているようなのだが、自分の発言が自分のものであるのかどうか、瞬時に判断がつかなくなることがある。違和感というか、ぶれを感じるのは、記憶というより感受性、感性の部分に近いものがあるかもしれない。

（あのひとに向ける言葉には、ずっと気をつけてきたのに……）

過去のトラウマが山のようにあって、取り扱い注意、と貼られているかのようなコンプレックスの多い臣を傷つけまいと、言葉を選ぶのはあたりまえになっていた。

自分でも意識しないレベルでできるようになっていた気遣いが、しかし、いまではまったくうまくできない。

そもそも反射的に妙に尖ったことを口にしてしまうのは、学生時代、ねじれたウイットを楽しむ連中が環境的にも多かったせいだ。三島や、何代かあとの後輩である弓削碧《ゆげみどり》がいい例で、美術やアート関係の世界に身を置く人間は、一般的な感性を持つ人間よりも言動に攻撃性が高いことが多い。

そのなかにどっぷりと浸《つ》かっていた慈英は、周囲に較べれば穏和なほうだと言われていたし、いつの間にか自分自身、そうだと思いこんでいた。けれど、臣を通じていろんな人間と知りあったこの数年で、相当に自分が変わっているという自覚を持たざるを得なかった。

それでも、この七年でそれなりに常識を学び、折り合いをつけてきたはずなのに、たった二カ月半の記憶の混乱で生じた違和感を、受けとめきれずにいる。

なにより怖ろしいのは、あの時期の慈英が完全に失っていたのは臣にからんだ部分のみの記憶だったが、そのことで、人格までもが極端に変化してしまったことだ。

（あのひとをなくすと、俺は本当に違うものになるんだな）

臣に対しての執着が尋常でないことくらい自覚していたが、自分ではまったくコントロールできない状況に陥ったことで、慈英のなかにあった堅牢ななにかに罅《ひび》がはいってしまった。

けっきょくはいまさら、怖くなっているのだ。臣がそんな自分を受けいれてくれているとわかっているのに、どうしようもなく彼に対して焦燥感が募る。

――いまのおまえは、打ちのめされたこととか負けたことがないまま、育っちゃった慈英なんだと思う。俺に会うはずがない、俺を好きになるわけがない、そういう慈英だ。

――あのころの俺も、そういうおまえのまんまだったら、好きだったかどうかさすがにわかんねえなあ。

蟬時雨の降りそそぐなか、苦笑混じりに言われた臣の言葉が脳裏にこびりついている。

あのとき覚えた喪失感と絶望感。あくまで『あのときの』慈英に向けられたものでしかないというのに、鳩尾《みぞおち》が冷えるようなあの感じは、『いまの』慈英にも残されたままだ。

描きかけの絵をしあげながら記憶が完全に戻った瞬間、これほどに彼がほしかったのだと気づいた。

七年まえの恋と同じ相手に対して落ちた二度目の恋、それが自分のなかで融合したとき、手にしたものの大きさに打ちのめされ、涙が出た。

あの瞬間のおののきと感動は、いまだに手のひらをひりつかせている。

真っ青なキャンバスに浮遊するイコンのなか閉じこめた臣。あんなふうに自分のなかに彼を取りこんでしまえたらいいと、本気で考えて胸が苦しい。

(どうかしている)

時間をかけて飼い慣らし、ゆっくりと穏やかに変化させたはずの恋情が、あの事件のおかげで再燃してしまった。おまけに、二カ月以上の間臣を傷つけ続けたという罪悪感も伴って、情動はぐらぐらと揺れているままだ。それを表にだすまいとするあまり、言動が不安定になっている。

なにより、臣もまたそんな慈英に対して距離を測りかねるような態度をとる。あの遠慮がちな、思慮深い表情を見るたびに、不毛な嫉妬を覚えるのだ。

(あんな顔をさせるようになったのは、俺だけれど、俺じゃない)

臆病で不信感もあらわ、極端なくらいに自分に自信がなかった臣の心。それを時間をかけてほどいたのは自分だ。けれど、七年のうちに一度としてないくらいに彼を拒絶し、傷つけた『自分』のおかげで、彼はついに覚悟を決めてくれた。

――もう関係ないって言わせたくない。次におまえが忘れたら、養子縁組の届書突きつけて、おまえの父親だって言ってやるから。

あの言葉は嬉しかった。あの日のうちに、書類の準備だけでもしてしまいたかったし、今回の東京いきのついでに、提出してしまおうとすら思っていた。

けれど、状況が落ちついたとたんに臣はまた、「そのうちに」とでもいうような態度に戻ってしまって、肩すかしを食らっている気分は否めない。

焦りすぎだとわかってはいる。それこそ、まだたったの十日で、本当は彼の言い分が正しいことも理性では理解しているのに、感情がすこしもままならない。

おまけに入籍を引き延ばされているうちに、奇妙な嫉妬がさらにこじれてきた。

けっきょく、臣にあの覚悟をつけさせたのもあのころの自分なのかと、そんなふうにすら考えていることに気づいたときには、さすがに愕然とした。

（ばかか、俺は）

あのころ照映にも久遠《くおん》にも嫉妬したけれど、記憶がないときの自分に対してまで、どうしようもない嫉妬を覚えてしまうなど、常軌を逸しているとすら思う。

七年まえから現在にかけて臣を慈しんできた慈英と、記憶を失いもがきながら、あらためて臣を見つけ、恋に落ちた慈英とがせめぎあっている。

おまけに、ふたり揃って根深い独占欲を主張したがり、気持ちばかりが先走る。そして臣は毎度、しかたのない、とでも言いたげな笑みで許してしまって、その大人な態度のおかげでよけいに焦燥感が募る。

だが、この日の慈英が不機嫌だった理由については、臣にまったく要因がないとは言いきれない。

「……あのひとは、たいがいひとがよすぎる」

三年まえ、自分が三島になにをされたのか忘れているわけでもなかろうに、あっさりと許し、受けいれているのは知れた。あまつさえ、三島と壱都がうまくいけばいいなどと、暢気なことを言いだしたときには、いったいどうしてくれようかと思ったほどだ。

慈英が思いもよらないことで傷つくくせに、奇妙なところで図太い臣の考えは、単純明快すぎて却って読めない。

本当は、あんな厄介なものを引き受けて、なにかあったらどうする気だと言いたかった。けれど、壱都の境遇を聞いた臣が意地でも引き取ると言いだすのはわかっていたし、へたに反対すればひとりで背負うと言いかねない。

そして慈英もまた、三島のほのめかしたことについて臣のまえであれ以上言われたくない理由があった。

(オークション……『SONGDOG_70_1』。あれは、なんだ、なにが引っかかる)

ナワトル語、ネイティブアメリカンという言葉がさっと出てきたのは、きのう会ったばかりの人物が、そのネイティブの血を引いていたからだ。

——Good to see you……Mr.Hideshima.

きのう御崎に紹介されたとき、なめらかな声で挨拶したアドバイザー。彼女の紫がかった青い目は、猛禽《もうきん》を思わせる鋭さで、慈英をまっすぐに見つめていた。

——はじめまして、秀島先生。わたくし、アイン・ブラックマンです。

(アイン・ブラックマン。……アイン……そうか!)

飛び起きた慈英は、書架に近づいて分厚い資料本を引っ張り出した。

ここ数年、宗教画をモチーフに作品を作ってきたため、みっしりとつまった本棚には世界中の宗教や民俗学、呪術《じゅじゅつ》などに関する書籍がある。

記憶を探り、該当の本をめくる。カバラ——ユダヤ教に基づいた神秘学に対しての項目を紐解《ひもと》くと、数秘術についての記述があった。

黙示録で有名な『666』のように、いささかオカルティックな意味で有名なそれは、ヘブライ語の文字を数字に置き換える暗号だ。慈英の持っている本自体は、あくまで雑学としてさらりと触れているだけのことだったが、暗号一覧のなかに自分が探すものと合致する数字を見つけたときには怒りでうなじの毛が逆立った。

70に置き換えられる言葉は——アイン。そして1はドイツ語でアインという。

むろんヘブライ語とドイツ語では表記も意味も違う。カタカナ読みにした場合の語呂合わせにすぎないが、日本語にも堪能《たんのう》な彼女のことだ、ある種のサインとしてあのIDをつけたに違いない。

「やられた」

顔がひきつり、慈英は片手で分厚い本をばん！　と閉じた。それをベッドに放り投げるなり、財布にしまいこんだままだった名刺を引っ張り出して、電話番号をたしかめる。

逸《はや》る手でナンバーを打ちこみ、二コールもしないうちに回線はつながった。

『Hello ?』

「ソングドッグはあなたですか」

『早いですね、秀島先生。あそこであの絵を見たときから、いつ気づくかと思ったけれど』

挨拶もないまま切りだすと、アドバイザーは低く蠱惑《こわく》的な声で笑い、しゃあしゃあと言ってのける。歯がみするような気分で、慈英は詰問した。

「いったいなにが目的で、習作なんかを落札したんです？」

『投資よ。あれ自体はさしておもしろいものではなかったけれど、いずれブレイクするアーティストの作品を入手するのは、ふつうのことだと思うけれど』

含み笑う声に、あからさまな嘘を感じる。慈英はいらだたしさに目を細めた。

「それだけですか。あの絵がオークションに出るまでの経緯を知ったうえで？」

『経緯？　なんのことかしら。わたしは、正式な手続きを踏んであれらを落札しただけ』

このコヨーテは、すべてをわかっていて、あえてにおわせているのだ。それを慈英に知らしめたのは満足げな彼女の声だった。

『なんでもいいわ。あなたから連絡をくださったのだから。せっかくご挨拶にうかがったのに、けんもほろろだったから、がっかりしていたのよね』

「……それが目的ですか」

『なんでもいいと申しあげたでしょう？　少なくともこれで、あなたの電話番号だけは手にはいった』

番号を変えてやる、と慈英は携帯を握りしめる。みしりと手のなかでちいさな機械が音をたてた。それが聞こえたかのように、くすくすとアインは笑う。

「あのとき、わざわざ自分のルーツを語ったのは、これに気づかせるためですか」

『ヒントくらいは、さしあげてもいいかと思って』

彼女は日系とあって日本語も堪能だ。この国籍不明なエキゾチックな美女が一筋縄ではいかないことは、御崎のオフィスで引きあわされた瞬間からわかっていた。

顔をあわせていた小一時間の間、ろくな会話はなかった。慈英はむっつりと押し黙ったままでいたけれど、彼女はほがらかに、ひとりでしゃべった。

あまりに慈英が黙りこんでいるものだから、気遣う御崎がひとりでその相手をしていた。

――アインさんは、いい色に焼けていらっしゃいますね。どこかあたたかいところに？

――いいえ、わたしはアメリカ人と日系ユダヤ人のハーフなんです。肌がこういう色なのは、祖先にスー族がいたからで、どれくらいの人種が混じりあっているのか、正直わからないわ。

いかにも世間話めかしたあの言葉が、すべてここにつながっている。

「まさか、三島に落札させるように仕向けたのも——」

『ミシマ？　ああ……3islandsは、そういう名前なの。有名な作家と同じ名前ね。彼とオークションで競り合ったこと自体は偶然よ。そこまで企《たくら》んだと考えるのは、ちょっと陰謀論がすぎるのではない？』

勘ぐりすぎだと笑われ、慈英は鼻白んだ。さすがに自分でも穿《うが》ちすぎかとは思ったからだ。

『わたしにそこまでの力はないわ。ただ、見つかったのねと思っただけ。それにあなたの連絡先くらい、訊けば教えてくれるもの。こんな面倒な手段なんかとりません』

「御崎さんは俺に無断で教えるような真似はしませんよ」

顔をあわせた際、握手にだけは儀礼的に応じたが、慈英は彼女とほとんど話そうとはしなかった。御崎を通じてでなければなんの取引もしないと暗に告げ、老画商にも、いっさいの連絡先を教えるなと念を押してあったのだ。

『そうね、彼はあなたに対しての忠誠心がとても強い。でも同時にわたしという人間を引きあわせたのが御崎さんだということも忘れないでほしいわね』

鼻で笑うような声に、慈英は顔をひきつらせた。本当に、いやな女だ。

『ただオークションで見かけたときから、3islandsはもしかしたら、あなたの近しいひとかもしれないとはうっすら思っていたけれど』

「なぜ？」

慈英はけっして声を荒らげはしなかったが、低めた声になにかを感じとったのだろう。アインはくすくすと笑っていた声をあらためる。

『そうでなければ、あんなつまらない贋作を、躍起になって落とそうとしたりしないでしょう。だから競り合ってみたの。どんなかたちであれ、あなたにつながると思って』

「そうじゃない。なぜ、こんなまわりくどい真似をしたのかと訊いているんだ」

『正攻法で紹介を求めたとき、一時間、完璧にわたしを無視したあなたがそれを言うの？』

慈英はぐっと黙りこんだ。

『言ったでしょう。すくなくともいま、あなたは私と会話をしている。そこからはじめなければなんにもならない。インパクトを与えるには、充分だった。オークションに関わったのも、その手はじめ。そうでなければ、秀島慈英は片田舎に引きこもったまま出てきやしない』

アインの声に、媚《こ》びるようなあまさはもうなかった。鋭く切りこんでくる彼女に、慈英は苦々しい思いを禁じ得ない。

「そちらに関わるつもりはないと、あのとき言ったつもりだが」

『ええ、わたしも引く気はない。ねえ慈英、あなたが、こんな片田舎に埋まっているのは気が知れない』

ファーストネームの呼びかけは、彼女の育った国の文化だとわかっていても不快だった。馴れ馴れしく呼ぶなとむかつきを覚えながら、慈英は話を切りあげようとした。

「どこに住もうが俺の勝手だ。だいたい住んでいる場所を教えた覚えは——」

『そんなミニマムな話はしていないわ。日本にいること自体が不毛だと言っているの。いつまで、古くさい狭い世界で縮こまって身を護っているつもり？』

「なにを——」

慈英の反論を許さないというように、アインはたたみかけてくる。

『日本式の文脈で語られる芸術なんて、もうなんの意味もないの。知らないわけではないでしょう。ジャパンアートは世界のなかでは取り残されている。一部の若手アーティストはすでにそれに気づいている。皆、新しい時代に向けて必死なのよ。なのに、あなたはなにをしているの。御崎さんはもう老齢よ。いつまで彼にあまえて隠れているつもりなの』

「あなたには関係のない話だろう」

もっと海外で大きく打って出るべきだと熱弁を振るったアインは、慈英の言葉を無視して、あからさまな挑発を続けた。

『最近はオファーを受けて描いているそうだけれど、あなたは考えることを放棄したお抱え画家になりたいの？　もっと自由に、自分自身を追求していこうとは思わないの』

「アドバイザーなんて仕事をしているわりに、ずいぶん使い古された芸術論を語るんだな」

自由。慈英自身、美大に身を置いていたころよく耳にした青臭い理想論だ。なににも縛られず、おのが感性で勝負したいといえば聞こえはいいが、けっきょくのところそれは、『あるがままの自分を認めろ』という、あまえにも通じる。

「芸術家、アーティストと言ったところで、クライアントがいなければ存在価値はない。方向性の見えない概念だけの自由など、意味はないだろう」

『そこまでわかっているのに、勝負に出るつもりもないの？　すでにできあがったマーケットのなかで安穏と作品を作るなんて、ただのルーチンじゃないの。みずから語ることを億劫がって、その若さで老人みたいに楽を選んで、終わっていくつもり？』

侮辱的な声に、すっと慈英の体温がさがる。

「本当に、安い挑発しかできないんだな」

この程度の言葉で乗せられると思っているのなら、あまりにあまい。

ため息をつき、電話を切ろうとした瞬間、アインは聞き捨てならないことを言った。

『恋人がいるそうね』

慈英はぴくりと眉を寄せ「それがどうした」とうめいた。

『そのひとのために描くと言ったそうじゃない。素敵な話だわ。それが同性なのも、スキャンダラスでとってもいいわね』

あざける声に、冷えていた身体が一気に熱くなった。

御崎には、慈英の恋人が誰かとまでは語ったことはない。知っているのは照映たちくらいで――けれど、積極的に隠すようなこともしていなかった。

片田舎の刑事と、秀島慈英を結びつけるものはほとんどない。画家として活動するために、プライベートを切り売りする気もいっさいないと告げ、インタビューのたぐいも最低限に留《とど》めてやってきたし、そこまで踏みこもうとする者もいなかった。

アインの言うとおり、日本の画壇で大きな力を持つ御崎の庇護が慈英にはあったからだ。また、七年まえに鹿間とこじれ、個展をつぶされた件が業界に知れ渡っていたのも幸いした。御崎の秘蔵っ子である慈英に難癖をつければ、ろくなことにならない——そんな話が、暗黙のうちにまかりとおっていたからだ。

だが、まったく違う世界から飛びこんできたこの女には、そんなセオリーは通用しない。多少の金を使ってひとを雇えば、臣の素性などあっという間に調べあげられる。

——あなたの連絡先くらい、訊けば教えてくれるもの。

教えてくれる誰か。それは、御崎に限ったことではないのだ。慄然《りつぜん》として、慈英は携帯を握る手に力をこめた。

「……あのひとに関わるな」

地の底を這うような慈英の声に、アインは一瞬黙りこみ、そのあと声をあげて笑う。

『いやだ。どこまでわたしを悪人だと思ってるの』

「そちらが想像しているとおりだろう」

『おばかさんね。あなたの恋愛を邪魔したりしないわ。……ただ、彼には気の毒だと思うだけ。そんな重たいものを負わされて』

彼女のほのめかしに、理由もわからないまま、ぎくりと慈英はたじろいだ。

『黙るってことは、心当たりがあるんでしょう。ずいぶんと余裕のないことね』

「なにが、言いたい」

ざわざわと肌が悪寒を覚え、無意識に首筋を手でこすった。容赦のないコヨーテは、慈英のいちばん弱い急所に噛みついてくる。

『狭い場所でひとつのことに固執するようでは、いずれつぶれてしまう。そのとき、たったひとりの人間に、失墜した天才の責任を負わせる気？　それとも罪悪感で引き留めたい？』

そのひとことは慈英の胸を撃ち抜いた。

『彼は、自分のためにあなたがチャンスを捨てたと知って、本当に喜ぶかしら』

それ以上を聞いていられず、慈英は電話を切った。

携帯を放り投げ、乱暴にベッドに腰を落とし、そのまま身体を投げ出した。

裸の腕で、目元を覆う。動揺させられた事実が、ひどく不愉快で許せなかった。わななく息を吐いて、両手で顔を覆う。

「くそ……」

なにを焦っているのか、と臣は言った。入籍を急ぐ理由はいったい、なんだと。

辞令が出るかも、でたら、という臣の言葉を待ちきれないのは、アインの出現で、否応なしに変わってしまいそうな現状が、不安だったからだ。

紫の目が自分を見据えたとき、ぜったいにあきらめないと語っているのがわかった。いくらその気はないと言ったところで、アインは引かない。どんな手段をもってしても、慈英を引っ張り出そうとするだろう。

そして、それを臣にいっさい知られずにすむとは、とても思えない。

――なあ慈英。変な意地張ってないで、おまえは本当にもう、東京に帰れよ。……おまえはおまえが必要とされるところにいけよ。

誰よりも自分が、慈英を必要としているくせに、臣はそう言って何度も背中を押した。かつてのように、俺なんか――と卑屈ぶっているわけではない、まっすぐで真摯な目がひどく怖かった。

その理由がわかったのは、記憶を取り戻し、ふたりの慈英が重なったあとのことだ。

臣は、慈英のためであれば、慈英をあきらめることができると、あの言葉で知ってしまった。そして慈英が臣のためになにかを捨てようとしたら、彼は彼自身をぜったいに許さないだろうと、悟ったからだ。

(早く、はやくしなければ。もっとたしかに、あのひとをつないでおかないと)

やさしさで、愛情で、彼は彼自身から慈英を護ろうとしてしまう。そんなことをさせてはいけない、自分が揺らいでいてはどうしようもないと思うのに、以前のような確信を持てないのはなぜだ。

「俺は、いったいどうしたいんだ」

力なくつぶやいた慈英は、ふと階下に感じた気配に目を開く。

臣に告げたとおり、この部屋は防音が効いている。けれど、ふだんは臣以外に立ち入らせないテリトリーで、他人も同然の相手が動きまわっていることはなんとなく知れた。

(壱都か)

起きあがった慈英は、部屋を出て階段をおりていく。

不器用な足音を立てながら歩く彼は、廊下の壁に手をついて、のろのろと進んでいた。

「どうかしましたか」

声をかけると、壱都はほっとしたように振り向いた。

「お手洗いにいきたいのですが、どこかわからなくて」

「そこの奥です。手を貸したほうがいいですか」

じっと慈英を見つめてきた壱都は、しばらくの間を置いて「いえ、いいです」とかぶりを振った。腰の近くまである、きれいに手入れされた髪がさらさらと揺れる。またよろよろと歩きだそうとする彼に、慈英はすこしあきれながら手を差し伸べた。

「意地を張ってもしかたないでしょう。摑まったら?」

「意地ではないのだけど……」

ん、とひとさし指を唇に添えた壱都は、困ったように慈英の姿を見たあと、ため息をついて言った。

「申し訳ありませんが、あなたが身体を洗うまで、さわらないでいただけますか？」

いきなりの言葉に、慈英が目をまるくする。潔癖性かなにかか、と一瞬考えたそれを、壱都のストレートな言葉が打ち砕いた。

「秀島さんはさきほどまで、小山さんと交わっていたでしょう。そういうかたに、わたしは触れてはいけないから」

「え……ああ、そういうことか」

言われてはたと気づいたけれど、慈英はまだジーンズ一枚を身につけただけで、しかも行為のあとシャワーも浴びていない。

「教団では、同性愛は禁止ですか？　穢《けが》れるとか？」

「いいえ。ただ、縁を結んだかた以外の肌だとか、精に触れてはならないので。この状態で触れてしまったら、あなたがわたしの伴侶になってしまう」

なるほど、と慈英は両手を挙げてみせた。彼らなりの独自ルールについては尊重すると態度で示せば、壱都はにっこりと微笑んだ。

「ありがとう。ついでに、なにか飲み物をください」

図々しいことをあっさりと言われて、不快になってもおかしくはなかった。けれどさらりと言った彼に、慈英は一瞬あっけにとられ、そのあと苦笑した。

「命令するのなら、敬語はいりませんよ」

「え？」

「あなたはいま、俺にお願いをしたわけじゃないでしょう」

言われた言葉がよくわからないように、壱都はきょとんとなった。ややあって、「ああ、そうか」とつぶやく。

「そうですね、いまのはお願いではなかった」

うん、と素直にうなずくのがひどくおかしく、慈英は笑った。

（違うことは認めるけど、失礼だと詫びる気はないわけか）

三島から突然押しつけられた経緯をつぶさに見ていたのに、壱都はそれをまったく申し訳ながるでもない。穏やかな尊大さが見てとれて、あきれるよりも感心してしまった。

壱都の笑顔と言葉には、相手を従わせるようななにかがある。おそらく、ひとこと頼めばかしずいて言うことを聞く人間が周囲にずっといたせいだろう。

「俺も喉が渇いたので、お茶を淹れます。さきにシャワーを浴びてくるので、すこし時間はかかりますが」

「秀島さんも、敬語はいりません。だってあなたは、べつにわたしに対して敬う気持ちはないでしょう？」

すっぱりと返されて、それが嫌みでないのがまたすごい。

「そうだね、きみのほうが年下だし、そのほうが自然だ」

「では、それで」

微笑んだ壱都は、ふっと真顔になって慈英を見た。黒目の大きな瞳は、吸いこまれそうなくらいに澄んでいる。臣以外に美醜についての感嘆を覚えたことなどなかった慈英だが、壱都の優美な顔だちには妙に心を動かされるものがあった。

正直、アインも相当な美女だと思うけれど、なんの感慨も覚えなかった。だが目のまえの幼い教祖には、ふしぎな引力がある。

「顔に、なにかついてる？」

あまりに長いこと見つめられ、慈英は沈黙に耐えられずに問いかけた。壱都は、ん、と唇を指でさわりながら、「やっぱりふしぎだ」とつぶやく。

「なにが？」

「いま、あなたのなかで、あなたがふたつにわかれてぐるぐるしている」

ぎょっとして、慈英は顎を引いた。壱都はその反応にかまわず、まだじっと慈英を見つめ続けている。

奇妙な感覚が慈英を襲った。ざわざわと肌が粟《あわ》立ち、自分の足下が急激に頼りなく感じる。これ以上見つめられていると、神経が保たないかもしれない——そう思ったところで、壱都がぱちぱちと目をしばたたかせ、ふっと慈英の肩から力が抜けた。

「だいじょうぶ。もとは同じだから、落ちつけばひとつになる」

「……なにを言ってる？」

「見えたものを話しているだけですよ？」

邪気のない顔で告げる彼に、慈英は理由のない寒気を覚えた。この目はなにもかもを見通す目だと、不意にそんなことを感じたからだ。

慈英自身は多くの日本人がそうであるように、とくに特定の宗教を持たない。宗教画をモチーフに選ぶくらいだし、神——見えざる大きな存在について否定する気はない。オカルト的なものだとか、霊感がどうとかいう話についても、個人のファンタジーは尊重すればいいと考えている。

だが、壱都のこれはなにか、受けいれがたいものを感じた。気づけば、背中にじわりと冷や汗が浮いている。声が震えそうになるのをこらえ、無邪気な顔をする彼に問いかけた。

「そういえば、さっき」

「はい？」

「俺と臣さんが寝ていたと言ったが、……なにか聞こえたのか」

三島に訊いたのかと問おうとして、その言葉を慈英は引っこめた。あの男が崇拝している相手に、そんな俗な話まで吹きこむかどうか、考えなくてもわかる。

「違う。知っている、だけ」

壱都は、ごくあたりまえのことでしょう、という口調で言った。

「誰にも聞いてはいない。ただ、知っている、というか、わかっただけ」

「……勘がいいってことに、しておく」

「では、それで」

さきほどと同じ言葉を口にして、壱都は壁に手をつき、ギプスのはまった足を引きずりながら廊下を進んでいく。慈英はその細い身体を見送り、無意識にそそけだった首筋を撫でた。

（さすがに、伊達《だて》で教祖のあとを継いだわけじゃないってことか）

新宗教のなかには、不老不死だとか超能力だとか、常軌を逸した奇跡を売り文句にしているところもある。だが上水流ヒトツ、先代である彼の母は、これといって奇跡をうたったわけではなく、あの教団もひどく地味な存在だった。慈英もいままで、どちらかといえば人望で集まった集団だろうととらえていた。

けれど、いま壱都の目に見据えられたとき、魂の底を覗きこまれたような感覚があった。心底ぞっとして――けれど、どこか安堵《あんど》するような、不可思議な気持ち。

（なんだろうな、これは）

鳥肌がたっているのに、なぜだか口が笑みのかたちに歪《ゆが》む。さきほど、アインによって引き起こされた憤りの混じる興奮や、それと裏腹に冷えた身体が、穏やかに鎮まっている。

これはこれで、面白い。じっと手を見つめ、いつものあの、『なにか』が摑めたような感情がわき起こってくるのを感じて、慈英はふっと息をついた。

壱都のもたらした不可思議を、自分なりのかたちにするのには時間がかかるだろうが、挑んでみたいと感じる。疼いた手を握りしめた慈英は、無意識に笑っていた。

（……と、まずはシャワーだ）

浴室へと向かうまえに、着替えをとりに寝室へ戻った。ふだんならば自宅のなかだ、シャワーのあとにタオルひとつでうろついていても問題はないが、壱都がいる以上そうはいかない。いささか面倒に感じるが、これから数日はしかたがないだろう。

一日も早く、三島がかたをつけてくれるといい。アインも、はやくあきらめてくれればいい。臣といる日常、それ以上はなにも望んでなどいない。

──だいじょうぶ。もとは同じだから、落ちつけばひとつになる。

あの言葉にすがりそうになっている自分を、慈英は嗤《わら》おうとした。けれどさきほどまでの焦燥も不快感もふしぎなくらいに薄れていて、冷えた感情を思いだそうにもできない。

それは奇妙な、とても奇妙な気持ちだった。

＊　＊　＊

三島が去った翌朝、気になって慈英のもとを訪れた臣は、アトリエのソファにちんまりと座った壱都をまえに声を裏返す。

「えっ、着替えとか、ほとんどなし⁉」

「はい、とにかく急いで出てきたので……」

うなずく壱都の答えは当然ながら、臣は「そりゃ困ったな」と頭を掻いた。

きのうはとにかく壱都の具合が悪そうだったので、着の身着のまま寝かせる羽目になっていた。まっさきに思いつくべきでもあったのだが、なにしろ事態が事態だっただけに臣も慈英も気がまわらなかったのだ。

壱都が持っていた――というか三島が彼とともに置いていった布袋にはいっていたのは、浴衣《ゆかた》に似た寝間着が二着のみ。それから、数日間の生活費が五万円だ。

「一カ月近く逃げまわってたんだろ？　その間は、どうしてたんだ」

「ホテルやウイークリーマンションを移動していたのですが、最初のうちは、わたしは動ける状態ではなかったし、寝てばかりだったのです」

脚を折られたのち、すぐにも慈英たちのもとへ逃げこんでこなかった理由には、壱都の体調もあったのだという。

「ずっと熱を出していて、三島がいないとどうしようもなかったのです。動けるようになったのがようやく最近のことで、ずっと外には出られませんでしたから。寝間着とこれを洗って、着回していました」

「……そっか」

いまではギプスだけが目に見える傷として残っているけれど、脚を折られるに至るまで、むろん壱都は抵抗しただろうし、殴打による傷も負ったはずだ。精神的なショックも大きかったに違いない。

だというのに、眉をひそめた臣に対して、壱都はなんら屈託のない顔で微笑む。

「もう治ってきましたから、だいじょうぶですよ」

「そうか？　もう、病院とか、いかなくて平気かな？」

壱都は首をかしげ「どうなのでしょうか」とつぶやいた。

「どうなのでしょうか、って……最初にかかったお医者さんは？　入院とかしなかったの？」

「ギプスをはめていただいたあと、すぐホテルに移りましたので。ちいさい病院でしたから、入院する部屋などはなかったと思います」

臣はますます顔をしかめた。靱帯損傷に剝離骨折となれば、通常であれば手術をし、入院するレベルの話だ。もしかすると無免許などの医者にかかって、とりあえず固定しただけなのだろうか。

「……落ちついたら、もう一回ちゃんと医者にかかったほうがいいと思うよ」

「ご心配ありがとうございます」

壱都はにっこりと笑った。明確な答えをはぐらかしている彼に、臣もそれ以上を強くは言えない。

「ともあれ、着替えですね。壱都の服を一式、買ってこないとどうしようもないでしょう」

壱都をさらりと呼び捨てた慈英に、臣は「あれ」と思った。

「いつの間に呼び捨て？」

「きのう、それでいいかなという話になった。ですよね？　慈英」

「はい」

平然と年上の男を呼び捨てる壱都に、慈英はおもしろそうに笑った。ひと晩の間に、なんらかのコンセンサスがあったらしい。

「ああ、じゃあ、俺も呼び捨てでいいよ。敬語も……ま、いいや。好きに話せ」

「わかった、ではそれで。臣？　でよい？」

「いいよ」

遠慮もせずに、さっそく呼び捨てだ。こういうあたりが世間とずれているのだなあ、と臣もおかしくなった。

壱都は一見礼儀正しいし賢そうに思えるのだが、ほとんど外部との接触を断ってきたためか、ふしぎな性格をしている。

「さて。とりあえず一週間ってことだし、いくらなんでもあの格好じゃ外に出られないな」

「サイズはSでいいと思いますが……下着も替えがないのか」

慈英がすこし小声になってつぶやいた。臣も「え、まじで？」と面食らう。

しばらくの間なら臣の着替えを貸すことも考えたが、なにしろ壱都は細くてちいさい。へたをすると、子ども向けの服でないとあうものがないだろう。

「……えっと、壱都、パンツのサイズわかるか？」

二十歳の男子だとわかっているのだが、なにせ見た目が十代美少女という壱都を相手にすると、妙に気を遣ってしまう。もごもごと臣が問いかけると、壱都は照れる様子もなく、けろりと言った。

「わかりません」

「えと……それって、三島が買ってきてたから、とかか？」

いささか引きつつの臣の問いに、箱入りのお姫さまは、またとんでもない返答をする。

「パンツというのは穿いたことがありません」

「え⁉」

「既製服も着たことがないです。わたしはずっと、斎服でいたので」

おそらく、いま纏っている民族風の衣装が、コミューンの草木染めで作ったその斎服なのだろう。

「うーん、じゃあ本当に、一式買ってくるしかないなあ。なにか着たらだめなものとか、あるのか？」

「いえ、べつに」

　とくに服装などの問題はないと壱都は言ったが、問題は彼の脚のギプスだ。着脱を考えると、ゆったりした服で前開きのものが好ましいのは間違いない。

「ハーフパンツくらいしか穿けないよなあ。スウェット系とかか？」

　臣がうなると、慈英が「それよりも」と言った。

「壱都について、いっそ町のひとに話しておいたほうがよくないですか？　一週間もいるとなると、町のひとに見られる可能性はありますよね。駐在所ほどではないにせよ、俺の絵画教室なんかで、家に誰かがくる可能性はある」

「うあ、そうか……完全に匿うっていっても、こんな町だしなあ」

　妙な話だが、壱都が訪れたことで買いこむ食料などの量も増える。この町ではそうしたことがめざとく、すぐに「誰かお客さんかい」と問いただされてしまうのだ。

「布団借りた浩三さんに、来客があるってばれてるわけだし……どうすっかな」

　うなった臣に、思案するように自分の顎をさすっていた慈英が言った。

「提案なんですが、いっそのこと、壱都は女の子で、俺の知人からのあずかりものという話にしては？」

「え……そりゃ、見た目的にはそっちのほうがしっくりいくけど」

「へたに男だと言うより、女の子として振る舞ったほうがいいと思うんです。年齢も本当の歳を言うのはよしましょう。壱都は中学生の美少女だと言ったほうが、二十歳の男というより無理がない」

たしかに、と臣はうなずいた。

「だいたいその髪、男の格好すると浮くだけですし、目立ちすぎますよ」

「あー、だな。切るわけにはいかないのか？」

臣が問うと、壱都は「それはだめです」ときっぱり言った。

「わたしの髪は、以前は先代が……いまは、三島しか削《そ》いではいけないから」

壱都たちの決まりでは、髪は神聖なものだとされ、ことに主査とそれに近しい壱都は、年に一度、新年を迎えたときだけ整えることしか許されないのだそうだ。

「結ったり編んだりは？　それもだめか？」

「飾り立てることは、なるべくしないほうがいいのですが、必要に応じてなら……最初は三島も、鬘《かつら》で隠すことを考えたようなのですが、量が多くて」

たしかに、腰まである長さの髪をウイッグに押しこむのはかなり無理がある。

「じゃあ、女装案でいくしかないか。えーと、壱都、女の子の服、着るのはあり？」

いくらなんでも、ひとつの新宗教を統べる教祖にそんな格好をさせていいのかと臣はためらったが、壱都はあっけらかんとしていた。

「わたしはかまいません」

二十歳くらいの男子が性別を偽り女装しなければならないとなると、多少の抵抗感はあると思ったのだが、壱都はまったくこだわらないようだった。感覚が違うというのか、そもそも自分の性別というものを意識したことすらないように、臣は感じた。

「それに、きれいなものは好きですよ。服装の性差というのは、しょせんはその時代の文化が決めているだけのことですし。なにを着ても、わたしが変わるわけではない」

けろりと言った壱都の落ちつきぶりに、臣はひたすら感心するしかなかった。

「しかし、女の子の服って、どこで買えばいいんですかね」

「ここらじゃ、ろくに売ってるとこないしなあ」

変装の方向性が決まったはいいが、三十代の男ふたり、さすがにそういうものに詳しくはない。どうしたものかと頭を悩ませたところで、はたと臣は気がついた。

「あー、壱都？　悪いんだけど、ちょっと立ってみ」

「はい？」

慈英が手を貸し、壱都を立ちあがらせる。正面に並び立って見ると、身長が一七六センチの臣よりも、頭ひとつ以上ちいさい。

（一五五くらい……かな？）

「臣さん？　なにしてるんです？」

頭のうえで手のひらを水平にし、自分の胸あたりにようやく届くかどうかのサイズを確認したのち、「うん」とうなずいた臣は携帯をとりだす。

「どうしたんです、臣さん」

「うん、あいつに訊いてみるわ」

「あいつ？」

手早くメールを打ちこんで、送信。返事があったのは数分もしないころだった。

「ん、とりあえず、なんとかなるよ」

返信を確認した臣はそう言って笑い、慈英と壱都はふしぎそうな顔を見あわせた。


数時間後、慈英宅にはめずらしい来訪者の姿があった。

「臣にいちゃーん。持ってきたよお」

「お、悪いな和恵《かずえ》……って、おま、どんだけだよ！」

両手いっぱいに抱えた紙袋の中身は、溢れんばかりの服でいっぱいだった。

「だって、どういう服がいるのか、よくわかんなかったんだもん。ちょうど、いらない服処分しようと思ってたし、ぜんぶ持ってきた。……よいしょっと！」

女子大生、まだぎりぎり十代だというのに、おばちゃんじみたかけ声とともにどさりと紙袋を玄関におろした彼女は、臣の上司であり親代わりでもある堺の娘、和恵だ。

臣が壱都の身長を確認した理由は、きゃしゃな彼が小柄な和恵と同じくらいの体格だと感じたことだった。

【悪いんだけど、ちょっと事情《わけ》ありで、中学生くらいの女の子の服ほしいんだ。おまえの服、なんかおさがりない？　脚に怪我してるから、着るのが楽なやつ、何着か送ってくれると助かるんだけど】

さきほど送ったメールの内容はそんなものだったのだが、現在、長野市内の大学に通う彼女は長い夏休み。暇を持てあましていた和恵は【送るとかまどろっこしい、持ってくよ】との返事をよこし、車を運転してここまでやってきてくれた。

「んっとねえ、これ夏物ワンピでしょー、キャミでしょー、カットソーに、スカート。あとこれボレロで……」

「待てっ、ここで店ひらくな！」

あがり框《がまち》に腰かけ、ばさばさと服を取りだす和恵をあわてて止める。

「つうかおまえ、初心者マークまだ取れてねえってのに、こんなとこまでドライブして……車どうしたんだ、まだ自分のもってないだろ」

「お母さんの車借りてきた。ちっさいけど馬力あんだよね……あ、秀島さん、おっす！」

玄関に顔を出した慈英に、和恵は片手をあげて挨拶する。

「こんにちは、和恵さん。お世話かけました」

「いやいや、なんも。運転の練習にもちょうどよかったしさ。カーナビのおかげで、迷わずにこられたし」

からからと笑う和恵に慈英がいささか苦笑気味の顔になる。それを気にした様子もなく、和恵はまた、持参したバッグのなかに手を突っこんだ。

「ついでにこれ、お母さんから。お煮付けと、豆ごはんと、漬け物でしょ……保冷剤いれてきたから、すぐ冷蔵庫いれてね！」

「……だからさ、玄関でひろげんなって……」

制服姿のまま臣は頭を抱えるが、大ぶりなバッグからひょいひょいと大量のタッパーをとりだした和恵は気にする様子もない。

「だって、すぐに帰るしさ」

「え、でもお茶くらい……」

臣が驚くと、空になったバッグと紙袋をたたみながら和恵は言った。

「いい、いい。この服着る子の顔見ないほうがいいでしょ」

さらっと鋭いことを言う和恵に、臣は黙るしかない。和恵は笑って立ちあがる。

「臣にいちゃんが事情ありってんだから、なんかあんでしょ。一応、好奇心は旺盛《おうせい》なほうなんで、会ったら事情訊きたくなるからさ。答えられないことに首突っこむのはよくないし」

幼いころから刑事である父がいろんな問題児を家に連れてくることが多かった和恵は、年齢以上にわきまえたところがある。臣もまたその問題児のひとりだったが、思えば、なにがどうしたとか、彼女が無神経に訊ねてきたことなど一度もない。

そしていつでも、無条件に臣の味方であろうとする。

「おまえ、ほんとできた娘だなあ……」

「父と母の薫陶のたまものでございますよ。……まあ、臣にいちゃんについては、いらんくちばし突っこんだこともあるけどさ」

にや、とひとの悪い顔で笑って、和恵は慈英を見る。慈英はまた苦笑し、ふたりの間で無言のやりとりがかわされたのを臣はなんとなく居心地悪く見つめた。

「とりあえず、元気そうでよかったよ。ふたりとも。仲よくしなよ？」

ひとまわり以上年下の女の子にびしりと指さされ、慈英と臣は神妙な顔になった。んふふと笑って、「ほんじゃ帰るねえ」と和恵は去った。

小型台風のような彼女に深い感謝を覚えつつ、微妙に気まずくなった臣は、目をそらしながらぽつりとつぶやくように言った。

「えーと、ごめん」

「なにがです？」

「あいつ、ビンタとか……その」

もそもそと臣が告げるのは、あまりに和恵があっさりしていたせいだ。

記憶を取り戻してすぐのころ、迷惑をかけた相手に詫びをいれてまわった慈英は、和恵に思いきりはり倒されていた。理由は、臣を忘れたせいでさんざん彼を泣かせたから、というもので、当該メールを読ませてもらった臣は絶句するしかなかった。

【臣にいちゃん忘れるとか、どういう了見ですか】

【記憶戻ったら、ぼっこぼこにボコるから！　思いだしやがれ、くそばか！】

長文の、憤る感情そのままに綴《つづ》られたメールを読んだ臣は、よけいなことをするなという あきれと、こうまで自分に肩入れしてくれる和恵へのありがたさ、そしてこの感情をそのま まぶつけられた慈英への申し訳なさで、なんともつかない顔になった。

あっけらかんとした彼女は、一発殴ったら気が済んだとみえ、それ以来慈英にも臣にも、くどくどと文句を言ったりはしていない。

「あれは殴られて当然のことでしたし、終わったことですから」

「いやでもさ……」

「本当に、いいですから。あれは俺が悪いので、臣さんが気を遣う話じゃないです」

「……ん、ごめん」

すこし強く言われて、臣は眉をさげてしまった。そしてまた、慈英がはっとした顔になる。

唇を噛んだ臣は、和恵の残した山盛りの服を抱え、そこに顔の半分を埋めて隠し、ため息もまたそのなかへと逃がした。

(もうほんと、おまえ、慣れろよ。俺、そこまで弱くねえから)

ちょっとの失言くらい、どうでもいい話だ。過剰に気を遣う必要などないのにと、臣はかすかないらだちをこらえて笑ってみせる。

「あー、とりあえず、壱都に着られそうな服、着せてみるか」

「……そうですね」

目を伏せた慈英も大量の服を抱える。ぎこちない空気をごまかす壱都の存在が、妙にありがたく感じた。

* * *

三島《みしま》から駐在所にいる臣《おみ》のもとへとようやく連絡がはいったのは、彼が東京へ向かってから五日目のことだった。

使われた電話回線は公衆電話。雑踏の音を背景に、すこし疲れた声の三島が淡々と状況の報告をする。

『ひとまず、死亡届についての提出は終わりました。親族のかたにもすべて、ご挨拶はすませましたので、役所関係の手続きについては終了いたしました』

駐在所で電話を受けた臣は、ほっと息をついた。

「そうか、それならよかった。じゃ、すぐ戻ってこられるのか？」

『いえ……もう少々、やらなければならないことがありますので』

低くなった声のトーンに、臣の眉が寄る。

「やらなければならないって、なんだそれ」

『今後の運営について、東京支部のほうと協力態勢をとることになったんです。役員会合を開くために、いろいろ準備がありまして』

「おまえ……まさか」

支部の責任者を巻きこんで、重田《しげた》を引きずりおろすつもりか。臣の推察を、三島は笑い声で肯定した。

『代表役員は、規則に別段の定めがなければ、責任役員の互選によって定める。……法の規定に則《のっと》って、動かすつもりです』

「簡単に言うけど、根まわし相当大変なんじゃないのか？」

『それなりの手はずは整えていると申しあげたでしょう。きのうきょうで考えたことではありません』

自信に満ちた声に、臣は「なら、いいけど」と顔をしかめる。『ご心配いただき、ありがとうございます』と、三島はくすくす笑った。

『なにごともなければ、三日後には本会議となります。重田の強引なやり口に反感を持っている役員も多い……ことに、壱都《ひとつ》さまへの暴挙については、全員が憤りを覚えております』

ひっくり返すのはむずかしくないと言う三島に、臣はますますわからなくなった。

「待てよ。そんだけ簡単に票が動かせるなら、なんでおまえと壱都は逃げまわったりしてたんだ？」

『……総本部が、重田派のなかでも武闘派の連中に見張られていますから』

長野県の山中にあり、生活の糧《かて》でもある草木染めを作るそのコミューンは、『光臨《こうりん》の導き』の施設のなかでも女性が多い場所なのだそうだ。

先代の葬儀のどさくさをいいことに、ごく穏やかなコミューンだったそこには次々と重田の息がかかった、体格のいい男たちが送りこまれ、女性信者たちはなにをするにも見張りをつけられた状態だという。

『もともとあの場所は、伴侶や家族から逃げてきた女性たちも多い。いまのところ、暴力行為などはありませんが、睨《にら》まれるだけで、身動きがとれなくなっているんです』

「人質とられてるってことかよ！」

臣はうめいた。DV被害に疲れて逃げだしたさきに、いかつい男がいるだけでも最悪だ。

「それ、軟禁状態ってことじゃねえか。それこそ警察に――」

臣が気色《けしき》ばむと、三島は『無理です』とひややかな声を発した。

『わたしたちは自由意志で、私有地にコミューンを作っている。いわばあれは、ごくちいさなムラ社会なんですよ。しかも軟禁といったって、武器を手に脅しているわけじゃない』

具体的な威嚇行動はなにもなく、ただ声をかけ、外へ続く道の付近をたむろしているだけ。強制的に外に出ることを止めたりもしない、ただ「どこへいくのですか」と、プレッシャーをかけているだけ。気弱な人間にとっては、充分に拘束力がある。けれど違法行為はなにひとつない。

『ちいさな集落で、気まずい人間関係がある。共同体のなかで、弱いものと強いものが力関係を作っているだけの話だ。それを取り締まる法がどこにあるんです』

「そ、れは……」

淡々と告げる三島の声。だが、臣のいま感じている理不尽さと悔しさの百倍も、彼は嚙《か》みしめているのだろう。

「逃げる手だてはないのか?」

『あなたのいまのお住まい以上に、へんぴなところにあるんです。そしてコミューン内にいる人数は、およそ三十人。一気に逃げだすのは不可能です。だからこそ、まずは重田の権限を剝奪したのち、しかるべき筋に協力をあおがなければむずかしいんです』

「しかるべき筋って、なんだ」

『東京支部の役員には、在家信者がいましてね。そこそこ、ひとを動かせる力がありますので、対抗策はとれるかと。どういう人物かは訊《き》かないでいただきたい』

「訊きたくもねえよ！　つうか、おま……それ、ほんとにクーデターじゃねえか！」

『荒事になっても、警察のかたにご迷惑をおかけすることはいたしませんので、ご安心を』

「ばか！　安心できるか！」

臣はどんと机をたたいた。そして三島がなぜ、壱都とともにいる慈英《じえい》の携帯にではなく、駐在所の固定電話に連絡をいれてきたのかを悟る。

「それぜんぶ、壱都は知らないんだな？」

沈黙の肯定に、臣は深々と息を吐きだした。

「どっちにしろ、内部事情だろ。いまの時点で、俺が知ったところでなにもできねえけどさ。おまえ、本当にだいじょうぶなのか」

『ご心配なく。多少ごたつくかもしれませんが、わたし自身は違法なことはいたしておりませんし。しかるべきときがくれば、ことを正せるようにはしてあります』

相変わらず抽象的な言いまわしに臣は鼻白んだが、続く三島の声は、それまでとがらりと変わっていた。

『それより……壱都さまは、元気にしていらっしゃいますか』

「あー、元気、元気。つうかおっそろしくなじんでるよ」

『……と言いますと？』

「とりあえず、わけありで田舎に遊びにきた、慈英の親戚の子って話にしてあるんだけどさ」

慈英と話しあい、壱都の身が危ないことについて、この町の有力者であり、青年団団長の浩三《こうぞう》に相談するのがベストだろうという結論になった。

むろん『光臨の導き』の権力争いについては話せないけれど、とある事情で匿《かくま》わなくてはならないこと、学校には通っていないことなどを告げたところ、浩三がまず気にしたのは壱都の脚の怪我《けが》だった。

――学校にもいってねえって、もしかして……親にやられたとか、か？

――そんなようなところです。怪我をさせられてまして……あの子を探しに、変な連中がくる可能性もあって。

臣の歯切れの悪さと身元は明かせないことなどから、浩三は虐待を想像したらしい。

――あんなちいさい子に、ひどいことをしやがる。

憤った彼は、快く壱都についてのことを了承してくれた。

――駐在さんは忙しいし、先生も仕事があるだろう。なんだったら、うちにきて畑仕事でも手伝うかい。

そうすれば四六時中誰かしらがいるし、見晴らしもいい場所で悪さをする人間はいないだろうと浩三は提案してくれた。

「正直、俺は迷ったんだけどさ。壱都が、外に出ていっていいの？　って、えらく嬉しそうにしてたから、その案に乗ることにした」

『……では、いまも？』

「うん、浩三さんのうちで遊ばせてもらってる。脚があの状態だから、座ったまんまでできるお手伝い、野菜の仕分けとか、楽しそうにやってるよ」

この二日間だけでも、田んぼ近くの川で釣りをさせたり、畑仕事を手伝わせたりとこまめに相手をしてくれて、非常に助かっていた。脚の怪我もあるのでむろん無理はさせず、ちゃんと見張ってくれてもいるらしい。

「あっという間に仲よしになってさ。浩三さんはよいおとうさんになりますね、とか壱都に言われて、真剣に『嫁欲しい』とかつぶやいてた」

くすくすと笑いながら報告した臣は、『そうですか』というため息まじりの三島の声で、はたと気づいた。

「あっ、もしかしてあいつにそういうのさせたらまずかったか？」

考えてみれば、彼にとっては神に等しい存在の次代教祖でもあるのだ。田舎の体験学習気分でやらせてみたけれど、失礼だとか言われるのかもしれない。ひとりであわてていた臣は、『いいえ』という三島のおかしそうな声で我に返った。

『壱都さまは、もともと自分でなんでもなさりたいかたですから。気になさらずとも』

「そ、そっか。ならいいんだけど……」

『どうか、好きにさせてあげてください。ずっとホテルやマンションにこもりきりでしたし、緑のあるところはきっと、あのかたの心にはいいはずだ』

ふわりとやわらいだ三島の声に、臣はなんとなくむずがゆくなった。

（あまったるい声出して、まあ）

壱都に対して完璧な庇護者《ひご》である三島だが、こんなあまい声を出すから、信奉し、献身的に尽くしているというよりも、溺愛《できあい》していると言ったほうがしっくりくるのだ。

『ただ、問題はそこで目立ったり、よそからの人間に見つかることなのですが』

懸念を口にする三島に「問題ないだろ」と臣は請けあった。

「この町ってよそ者はいってきたら一発でばれるし、うさんくさいやつがいればなおさらだ」

すこし以前、幡中奈美子《はたなかなみこ》という女性が、夫の弟、文昭《ふみあき》からの性的ないやがらせと暴力で悩んでいたとき、文昭が町の外からきた悪い仲間を引き入れたことは噂で伝わったし、去年、浩三の兄が潜伏した折りにもすぐに痕跡《こんせき》は見つかった。

「この間、おまえが駐在所と慈英の家にきてたことも、やっぱり噂になってたし」

『人気《ひとけ》はないように思ったんですけど……』

驚いたように言う三島に「おばちゃんセンサーはいちばん怖いんだよ」と臣は笑った。

「それと観光客とか増えちゃいるけど、そういうひとたちが出入りするゾーンは決まってるから。浩三さんの家と畑は完全にあのひとの私有地なんで、許可がないと誰もはいれない」

だから安心しろと告げると、三島はほっとしたように息をついた。

「あの顔で目立たないようにするのは無理があるだろ。逆に慈英の親戚ってことで面通ししたほうがやりやすいんだよ。町ぐるみで『先生んとこのお嬢さん』て、かわいがられてっから、安心しろ」

『……お嬢さん？』

「あ……ああいや、あだ名だよ、あだ名。ほら、ぱっと見女の子みたいだし」

農作業のお手伝いまではいいにしても、女装させていることまでは三島が受けいれるかどうかわからず、臣はとっさにごまかした。

「それよりさ、おまえ、壱都と話さなくていいのか」

これだけ気にかけているのに、声を聞かなくてもいいのかと問えば、三島は口ごもったあとにぽつりと言った。

『いまは、……いいんです』

「壱都と話して、なんかばれるのがいやなのか？　あいつ、異様に勘いいもんな」

饒舌《じょうぜつ》な男は、なにも答えずに口を閉ざした。電話越しのくぐもったノイズにまじり、クラクションの鳴り響く音、車の走る音が聞こえてくる。

（こっちとは、大違いだ）

臣は、駐在所のなかから明るい外を見る。しゃわしゃわと鳴く蟬《せみ》の声と、扇風機がまわるのんびりした音。暢気《のんき》でのどかで、ひどく平和な光景。けれど遠く離れた場所にいる三島は、いっさい安らぐ時間など持てないのだろう。

「伝言、あったら聞くけど」

『もうしばらくお待ちいただくよう、伝えてください。三島は、だいじょうぶだからと』

「おい、もうしばらくって、どんくらいだよ」

『あさってには、迎えにあがります。電話はあまりできないと思いますが、必ずまいりますからと』

わかった、と臣が答え、電話は終わった。額に浮いた汗を手の甲で拭《ぬぐ》う。妙に冷たくて、これは暑さのせいではないなと臣は思った。

「なんもできねえな……くそ」

聞かされた話のややこしさに、無力感を覚える。ただでさえ介入するのがむずかしい宗教関係、しかも内部の派閥争いとなれば、警察ではどうにもできない。

うめいて、机に顔を突っ伏していると、駐在所の戸がノックされた。

「あ、はいっ……。なんだ、慈英」

「なんだはひどいですね。お昼、差しいれにきたんですが」

「もうそんな時間か。悪い、ありがと」

どうぞ、と出されたのは、玉子焼きに唐揚げ、野菜の肉巻きなど数種類のおかずに、俵型のおにぎりがはいった弁当だった。

「どうしたんだ、これ。えらい豪華じゃん」

「壱都が浩三さんの家にお出かけするので、持たせるついでに」

「あ、そうだよ。壱都は？」

慈英は苦笑して、「あそこに」と親指のさきで外を指さす。なんだ、と臣が顔を覗かせたところ、なんとも珍妙な光景に出くわした。

「あ、臣だ。こんにちは」

「よ、駐在さん」

「……おまえ、なにやってんの？　ていうか、浩三さんも、それ」

スモックのようなワンピースのしたに膝丈《ひざたけ》のゆるいハーフパンツをはいた壱都は、荷物運搬用の大きな手押し一輪車のうえ、弁当を膝に抱えてご丁寧に座布団まで敷き、ちょこんと座っていた。

「なんで一輪車!?」

顎《あご》をはずしそうな臣に対し、浩三はからからと笑って、日焼けした顔をほころばせる。

「まだ壱都ちゃん、歩けないだろう。きょうは若いのが荷物運びにトラック使っててさ。迎えにくるのに足がなかったんで」

「乗せてもらいました」

無邪気な顔でけろりと言う壱都に、臣は愕然《がくぜん》としたままかぶりを振った。

「いや、畑にいくにしたって、慈英に送ってもらえばいいだろ……」

慈英は気まずそうに「俺もそう言ったんですが」と頬《ほお》を掻《か》く。

「農道は狭いし、先生の車じゃ途中までしかいけないしさ。どうせ近くだし」

「それに慈英の車は、座席が高いから、座るのも大変なのです」

「おりるのも乗るのも面倒そうだなと思って、これなら抱っこすりゃすぐ乗れるし」

ね、と顔を見あわせる浩三と壱都は、まだ知りあって三日しか経《た》っていないというのに、ずいぶん息があっているようだ。

（なんつうか、このふたり、ちょっと波長が近いんだよな）

臣にしても浅いつきあいでしかないが、もともと三島に護《まも》られてきたせいか、壱都は警戒心というのがあまりないのはすぐにわかった。また青年団長として子どもたちの指導にあたることも多い浩三の、おおらかな性格になつくのもわかる。

わかるのだけれど、と臣は頭を抱えた。

（さっきまでこいつの側近と、クーデターの話をしてたんじゃねえか、俺……!?）

小規模なほうとはいえ全国各地に信者のいる新宗教の教祖が、一輪車に積載されて運ばれているとは。

電話で聞かされた話とのギャップに、なんだか眩暈《めまい》すら覚えてしまう。

「ま……まあ、浩三さんが迷惑でないのなら……」

「平気平気。んじゃあ、適当な時間に送ってくるから」

首にタオルを引っかけた浩三は、手にしていた麦わら帽子を壱都の頭に乗せて、一輪車の取っ手を握る。壱都はにこにこ笑って手を振った。

「臣、慈英、いってきます」

「い……いってらっしゃい……」

「気をつけて」

脱力した臣と、微妙な顔の慈英も手を振り返す。まっすぐな道を運搬されていく壱都を見送ったのち、臣はのろのろと駐在所内の机に戻り、椅子に座って頭を垂れた。

「……いいのかな、あれ」

「まあ、本人たちは楽しそうですし……むしろあの様子なら、絶対に正体がばれることもなくて、いいんじゃないでしょうか。いくらなんでも『光臨の導き』の教祖が、一輪車に乗ってはしゃいでいるとは思わないでしょう」

「ああ、うん。そだな……ははは」

物事は明るい面を見るべきだと、臣はどうにか気持ちを立て直した。

「にしても、初日とのギャップがありすぎっつうか……」

幼く見えるのは外見だけ、聡明《そうめい》で理知的な言動はさすがと思っていたのに、浩三に遊んでもらっている壱都はまるっきり見かけどおり、子どものようだ。

なんだかふしぎだ、とつぶやく臣に、慈英は静かな声で言った。

「すこし話をしたんですけど、壱都はどうやら、あんまり子どものころ、遊んでなかったようです。ともだちらしいともだちも、いなかったようだ」

「コミューンは大人ばかりだったとか？」

「同世代の子どももいないわけではなかったようですが、……立場が違うでしょう」

慈英は、さきほどまで壱都がいたほうへと視線を向け、外の明るさに目を細めた。

「いまの壱都は、なんの重責もない子どもでいられる。嬉しくて、はしゃいでるんでしょう。とくに浩三さんは見た目そのままに扱うから」

慈英の苦い声に、臣は、彼がどこか壱都の特殊な環境に共感しているような響きを感じた。ふつうと違う子ども――そういう意味では、彼もまた似たようなものだ。

臣もまた、一般的な幼少期をすごしたとは言いがたい。

あらかじめ失っていたなにか。それが、環境も来し方も違うはずの三人に共通するものかもしれない。

「外に出るだけであああも喜ぶのは、一カ月の逃亡生活の揺り返しもあるんでしょうけど」

「……そうかもな」

だからこそ、無邪気な顔をする壱都を見るにつけ、驚くと同時にせつなくもなる。

そして三島が歯ぎしりせんばかりに言った言葉の意味を、噛みしめた。

――この二年、先代が倒れられてから、あのかたは急激に変わってしまわれた。これ以上はなにも、変わってほしくない。

「以前の壱都があんなふうだったんなら、三島の必死さもわかる気はするんだけど……」

さきほどの電話の内容を思いだし、臣の表情が曇った。気づいた慈英は「どうかしましたか」と訊《たず》ねてくる。

「うん。さっき、三島から電話があったんだけどさ……」

臣はさきほどの電話で、かなり大がかりに組織を動かすつもりでいるらしいこと、コミューンでの軟禁状態のことなどを、簡潔に慈英へと語った。

「予想以上に厄介《やっかい》そうですね。役所関係の手続きなんて、一日あれば終わるところを何日もかかっていたのでおかしいとは思ってましたが……おそらく、引き入れる相手への根回しの行脚だったというところでしょうか」

「武闘派の連中もいるっていうから、できるだけ目立たないように行動してんだろう」

わざわざ公衆電話を使ってきたりするあたり、徹底している。

じつは、あれ以来連絡のない三島が気がかりで、臣は駐在所の電話のナンバーディスプレイに残った番号にかけてみたこともあった。だがその番号はすでに使われていない、というアナウンスが流れるのみだったことで、かなりやばいのではないか、と思っていたのだ。

「すんなり政権交代ができればいいですが」

ため息まじりに言う慈英に、臣は笑った。

「なんだかんだ言って、慈英、壱都のこと気にいってるよな」

「そうですか？」

彼は、なんだかいやそうな顔をして振り向いた。

「あずけるって言われたとき、正直、おまえはもっと突っぱねるかと思ってたんだけど」

「そうしようかとも、思ったんですけどね」

なぜかできなかったとつぶやく慈英に、臣は静かに言った。

「いいと思うよ、それで。面倒ごととか、うっかり抱えちゃうのも」

「臣さん……？」

「面倒くせえな、ばかなこと引き受けたなあって、そういうふうに悩みながら見捨てられない気分、俺はわかるから。それに、俺自身が、いろんなひとにそういうふうに、してもらってきたからさ。堺《さかい》さんとか……おまえとか」

茶化しながら言うと、慈英はなぜか顔を険しくした。

「俺は、あなたを面倒に思ったことなんてありません！」

「え……」

強い口調に驚いて、臣は目をしばたたかせる。慈英はまたあの、自分の言葉に後悔でもしているかのような、いらだちを無理に抑えこんでいるような顔で「すみません」とつぶやいた。臣も、口ごもりながら「いや」と返すのが精一杯だ。

(へんな話、ふっちゃったかな)

壱都を交えて話をしているときはいいのだが、ふたりきりとなると急に、お互い口が重くなる。だんだん定番になってきたやりとりに、疲れを覚えた。

(なんでこんな、うまく話せなくなっちゃったんだろう)

慈英が東京から戻った日の口論で感じた、微妙な噛みあわなさ。あれから数日が経ったけれど、妙にぎくしゃくした気配はいっこうに解決していない。

いまは幸か不幸か壱都のおかげで、恋人同士の微妙ないさかいは棚上げにするほかないけれど、いずれ話をしなければならないことはわかっている。

(いや、訊けばいいんだけどさ……アメリカってなんだ、とか)

けれど、それを考えただけで胸がざわざわする。ことさら、その話題を避けたがっていた慈英の様子もわかっているだけに、理由のわからない不安がこみあげてきた。

いまはまだ、確認してしまいたくない。まだ、自分は完全に平静にはなりきれていない。そう言い聞かせながら、だったらいつなら冷静に聞けるというのかと自嘲《じちょう》した。

(慈英にからむ話で、俺が落ちつききれるようになる日なんて、くるのか?)

ため息をついた臣は、じっと見守る視線を感じて顔をあげる。慈英の目にもまた、複雑な、言葉にしきれないものが渦巻いている。

まだ言い争いたくはない。火種はずっと埋まっていて、きっとなんらかのかたちで空気にさらされたら、一気に燃えあがるのだとしても……いまはまだ、胸の奥で灰をかぶせ、熾《お》き火のままにしておきたかった。

＊　＊　＊

渋谷駅、ハチ公口前。ずらりと並んだ公衆電話ボックス。吐き出されたテレホンカードの残額がないのを確認して、備えつけのリサイクルボックスに突っこんだ。

電話ボックスから出てきた三島は、びっしりと汗をかいていた。夏場の電話ボックスはまるでサウナだ。息苦しさを覚えたため、なかば扉を開いていたけれど、話を聞かれまいとすれば身体《からだ》は奥に突っこんでいるほかない。

(あの町は、涼しかったな)

清涼な風がふいていて、ひとものどかだった。あの山間の町とは違う土地だけれど、先代がなぜ北信に本部をかまえたのかがわかる気がした。

淀《よど》んだ空気の都会とは違う、清浄な気に満ちた山。ほとんど自給自足状態であっても、満ち足りた顔をしていたかつてのコミューンを、壱都の手に返してやりたい。

いまの三島は、支部の役員との打ち合わせのため、例の変装はしていない。だが都会の雑多なひとごみに身をひそめるために、わざとくたびれたスーツを着て、長身が目立たぬよう、できるだけ猫背になって歩いた。

この変装術は、学生のころ、演劇部にはいっていた同期に教わったものだ。

慈英に対して抱えたコンプレックスや、未熟だった醜い自分の苦い思い出ばかりで、正直振り返りたくもない過去ではあるが、けっきょくいまの自分を助けているのは、無駄ばかりだと思っていたあのころに身につけたものが多い。

スクランブル交差点を渡り、道玄坂を登る。数メートル歩いただけで、べっとりとした汗が髪を額に貼りつかせた。

渋谷に密集するビル群は、ひとつ通りを違えるだけで顔つきががらりと変わる。文化的でお洒落《しゃれ》な最先端のファッションを見せつけるかと思いきや、すぐ隣の通りには風俗まがいの店が建ち並ぶ。

ごみごみした狭い路地を何度も曲がると、ひとの姿が徐々にすくなくなっていく。古い雑居ビルの並ぶ狭い道のさきに、三島の目指す場所はあった。

現在では『光臨の導き』東京支部となっているその雑居ビルの一室は、かつて、先代である上水流《かみずる》いち子が最初の『勉強会』を開いた場所でもあり、最古参の在家役員がまだ数名残っている。

（もうあと、すこしだ）

根まわしはすでに完了した。きょうの会合で、重田を役員からおろす決定をするのは、ほとんど出来レースのようなものでしかない。あとは書類に捺印し、それを持って三島が本部に戻る。

その後は、役員のひとりが私的に抱えている警備員たちの手を借りることになっていた。

——ほんとにクーデターじゃねえか！

臣の声が耳によみがえり、くすりと三島は笑う。自分でも、さすがにこんな陰謀じみた真《ま》似《ね》をする日がくるとは思っていなかったし、きなくさい話に積極的に関わることになるなど、考えたこともなかった。

けれど、壱都に救われ、壱都を傷つけられた日に、三島は本当に変わったのだ。

「本当に……なんでも、いたしますから」

すべてを見通す壱都に、声を聞かれてしまうことを避けた。直接話したり触れあったり、ということさえなければ、壱都のあの勘のよさがそこまで働くことがないのは知っている。終わったあとに顔を見られれば、なにをしたかもばれてしまうだろうけれど、それは謝って許してもらうしかないだろう。

「あと、すこしですから。壱都さま」

ちいさくつぶやいた三島は、目的のビルにはいった。古くさいエレベーターのボタンを押し、粘ついた汗を手の甲で拭う。

到着のブザーが鳴り、重たい音をたててエレベーターのドアが開いた。そこには先客がいて、よけようと三島が右にずれたとたん、がつんと衝撃が襲う。

「な……」

脇腹にあてられているのはスタンガン。ショックを受けた理由に気づいたと同時に、後頭部になにかが振り下ろされる。

わずか数秒で、三島の視界はブラックアウトした。

＊　＊　＊

その夜、慈英の家には臣と壱都、そして浩三の姿があった。

昼間、太陽のしたではしゃいでいたせいか、壱都の鼻の頭は赤くなっていて、臣はずいぶんとそれを気にしていた。

女性や子どものように、自分よりちいさいもの、儚《はかな》く見えるものに臣は弱い。じっさいには彼ら、彼女らのほうがずっとしたたかな面もあると慈英は思うのだが、彼が生来持っているやさしい性質と、そして――かつて自分がそうしてもらえなかったことへの埋めあわせのように、必死になって護ろうとする。

「うっかりしたよなあ、日焼け止めとか塗らなくてだいじょうぶだったのか？」

「だいじょうぶ」

彼の顔を見おろした臣が、小ぶりな鼻をつんとつつく。びっくりしたように壱都が目をつぶり、微笑《ほほえ》ましい光景に慈英は思わず笑った。

「じっさい。かなり赤いですからね。痛くないのか」

「へいき」

壱都はかぶりを振るけれど、その頬もなんとなく赤い。せっかくのきれいな肌が、赤剝《あかむ》けでもしたらかわいそうだと臣は顔をしかめた。

「軟膏《なんこう》でも塗っておいたほうが……」

臣がつぶやくと、ほろ酔い加減の声が「ああ、平気、へいき」と告げた。

「奈美子さんが塗ってやってたよ。若いころから紫外線に気をつけておかんと、アンチエイジングがどうとかこうとか言って」

「はは、さすが女性だ」

「壱都はべっぴんさんだからなあ」

浩三がからからと笑った。めずらしく酒盛りが決まったのは、この数日世話になった礼を兼ねて酒を届けにいったところ、彼が言ったひとことのせいだ。

——なんだよ、気を遣われちゃこっちが困る。だったら先生んちで飲もうよ。

壱都は飲まずに、慈英の作ったつまみをおかずにごはんを食べている。

教義で食べられないものなどは特に決まっていないそうで、その点は助かった。清貧をモットーとする生活を送っていたらしく、なんでもめずらしそうにおいしそうに食べる。

「先生、これうまいけど、なんだい？」

「鶏ささみをづけにしたんです。新鮮なのをいただいたので」

半生になるよう湯引きしたあと、流水で冷ましてしょうゆとわさびに漬けこんだささみに、ごまと刻んだ青じそを乗せる。

壱都のぶんは、それをこぶりの丼によそったごはんのうえに乗せ、づけ丼にした。

「ああ、これ村島《むらしま》さんとこの鶏か。しめたばっかりだったからな」

近所の農家で飼っていた鶏だと言われ、臣がなんとなく顔をしかめるのがおかしい。

「なんです、臣さん」

「あ、いや……そういえば警邏《けいら》中によく見たからさ。あのうちの一羽か、と思ったんで」

箸《はし》でつまんだ赤い肉を、しみじみと眺める。

「生き物、食ってんだよなあと」

「あたりまえだろ。駐在さんは妙なとこが繊細だな」

ばしんと浩三が背中をたたき、臣が噎《む》せる。きれいな箸使いで黙々と食べていた壱都は、最後の一粒まできっちり胃のなかに放りこんで、手を組みあわせた。

「ごちそうさまでした」

瞑目《めいもく》し、じっと祈るような壱都の姿に、浩三が「長くないか？」とつぶやく。慈英は苦笑して、かぶりを振った。

「親の教えらしいので、放っておいてあげてください」

壱都が慈英らの日常に、自分の信じる神についてのルールを持ちこむことはほとんどない。ときおり、ひとりでいる夜に部屋を覗《のぞ》くと、座禅を組んで瞑想していることはあるけれど、それ以外はいたってふつうだ。

ただ、食事のあとのこれだけは欠かしたことがない。図らずも臣が言った、生き物を食べている――命を食することについては、感謝を忘れないよう長い祈りを捧げるのだ。

「教えって……ああ、もしかして宗教かなんかか」

「ええ、まあ、そんなような」

そのものずばりではあったのだが、はっきりと口にするわけにもいかず慈英は笑ってごまかした。だが浩三は逆にそのことで、はたと思いだしたような顔をする。

「宗教っていえば、ほら。あの『光臨の導き』、あそこの教祖、亡くなったんだってな」

突然、核心を突いてきた話に、慈英と臣は一瞬身がまえる。だが、あくまで世間話のつもりなのだろう浩三は、のほほんとした顔をしていた。

「ずいぶんまえに亡くなってたって、新聞で読んだよ。教団での密葬にしたせいで、発表が遅れたとか、なんとか」

「いろいろ、あるんでしょうねえ……」

適当な相づちを打ちながら、臣がちらりと壱都をうかがった。じっと祈りを捧げている壱都は聞いているのかいないのか、なんの反応も見せない。

酔ってすこし大きくなった声で、浩三は「じつはさあ」と言った。

「あの連中には、俺はちょっと思うところがあるんだわ」

臣が「えっ」と声をあげ、壱都はぱちりと目を開く。気づいた様子もなく、浩三は続けた。

「むかしの話だけどさ。オダカさんちの近くに、変な汚い空き家があるだろ」

「ああ、なんか……バラック小屋みたいな」

「あそこに、一時期住んでたのが前田和夫《まえだかずお》ってやつでな。もともとは、この町の人間じゃなくて……兄貴が、連れてきたんだけどな」

浩三の声のトーンがさがり、臣と慈英は口をつぐんだ。彼の兄である丸山裕介《まるやまゆうすけ》は、現在、べつの名前の人物となって服役中だ。浩三は何度か会いに行こうとしたようだが、相手に拒まれ、どこの刑務所にいるのかも教えてもらっていない。

臣が調べようかと言ったこともあるのだが、彼はうなずかなかった。

――死んだと思ってくれっていうんだから、そうするしかないね。

哀《かな》しいことだが、浩三がこの町で生きていくためには縁を切らざるを得ない部分もある。

——兄貴が弟のためにしてやれる、いちばんのことが、『死んでやる』ことってのは……なんていうか、哀しすぎるな。

やりきれないと言っていた臣の表情が、ひどく痛々しかったことを慈英は思いだした。

「この間文昭が連れこんだ、博打《ばくち》仲間と同じさ。悪い遊び仲間ってやつで。市内から連れてきて、それこそ、大月《おおつき》のばあちゃんが言う愚連隊よろしく暴れまわってたよ」

「問題、なかったんですか？」

「あったあった、ありまくりだった。青年団とも揉《も》めに揉めて……けど、そのうち兄貴がいなくなっちまってさ。あいつが悪い連中のリーダーみたいなもんだったから、大抵の人間は、同じ時期にいなくなったんだが」

「前田は、残ったんですか？」

「体格はいいけど、あんまり頭がよくなくてさ。言いなりに動くことはできるけど、こうしろって言われないとなにもできないやつだったんだ。兄貴やほかの連中は三々五々、消えちまって、行く場所もなかったんだろうな」

パチンコの腕だけはあったらしく、ときどきふらりと町へ降り、ある程度稼いではまたこの町でだらりと暮らす、という生活をしていたそうだ。つるむ相手がいなければ、日がな酒を飲んで寝ているだけだったため、浩三らも放っておいたらしい。

「その前田が、いまの話とどうつながるんです？」

「うん、じつはさ……しばらく経ったころかな、それこそ『光臨の導き』のやつらが、前田に声をかけたらしくてさ」

「えっ、でも、あそこが本部をかまえたのって、まだ三年まえのことですよね。山奥のコミューンにしたって、五年とか六年くらいだと……」

三島の件についての記憶もなまなましいため、忘れてはいない。時系列がおかしいと慈英が指摘したところ、浩三は「違う、ちがう」と手を振った。

「そりゃ、本格的に教団の名前で村をかまえたときのことだろ？　最初は二十年近くまえからだ。ちっちゃい土地買って、畑作ってただけだったからさ。ちょっとずつ買いたして、あれっと思ったころには宗教団体のもんになってたんだわ」

「……なんで、浩三さん、そんなことご存じなんです？」

警察ですらよくわかっていなかったことを、浩三はあたりまえのように言った。臣が目をまるくしていると、彼はなんでもないことのように笑う。

「だってあそこんちの山、むかしは俺んちの山だったからさあ」

意外な事実に臣が「えっ!?」と声を裏返し、慈英も目を瞠《みは》った。

「ほ、本当ですか、それ」

「ほんと、ほんと。相続税だなんだで面倒だなって言ってたところ、けっこうな値段で買ってくれたんで。草木染めやるって話だったから、すんなり譲ったんだけど、あとで驚いた」

「まじでか……」

啞然《あぜん》としている臣に代わり、慈英は話を本筋に戻した。

「それで、前田はその後、どうなったんです？」

「ああ……何回か、その男もこの町にきてさ。顔つきがどんどん変わってって、早起きもするようになって。いきなり、近所の連中に挨拶しはじめたときは驚いたけど……草木染めを押し売りしたり、いっしょに勉強しようだの言いだして、ますます鼻つまみになって」

けっきょくは、総スカンをくらってでていくことになったのだそうだ。「兄貴が消えたあと、居場所がなくなっちまったんだろうけど」と浩三はため息をついた。

「あいつがそんなものにはまってるとは思えなくてな。迎えに来た男もうさんくさくて」

吐き捨てるような声は、彼にはめずらしく悪感情をあらわにしていた。酔いも手伝っていたのだろう、浩三はぼやくように言った。

「かみさまを信じるのは悪いことじゃねえんだろうけど……弱みにつけこんで金を巻きあげるようなやりかただの、あれこれ売りつけるような真似だのするのは、ネズミ講だろう。ばかを引っかけて儲《もう》けをあげるようなのは、俺は好きじゃあねえよ」

「……そのひとの、名前は？」

澄んだ声で問いかけたのは、慈英でも臣でもなかった。はっとして壱都を見ると、静かに微笑んでいる。

「浩三さん、名前、覚えていない？」

「名前？　誰の？」

「前田というひとを、迎えにきていたひと」

ああ、とうなずいた浩三は、酔いで鈍った頭を叱《しか》るように、自分の拳《こぶし》を打ちつけた。

「なあんだったかなあ……前田は、シゲさん、シゲさんって言ってた気がするが」

「……シゲさん、ですか」

「うん、なんかそんなような。ちゃんとした名前は聞いたことなかったな」

悪い、と頭を掻く浩三をよそに、慈英は、一瞬でいやな予感を覚えた。

（まさか、代表役員の重田のことか）

まったくつながりがないと思っていたからこそ、三島はこの町に壱都を連れてきた。だがしょせん彼は東京出身、都会の人間で、田舎の、地元のつながりがどこでどう根を張っているのかまで、把握しきれてはいない。

（もしかして、思う以上にまずいんじゃないのか？）

臣もまた同じ考えだったようで、鋭い目になった彼は、浩三にわからないよう目配せをしたあと、かすかにかぶりを振った。

壱都は、それからまた無言になり、静かに笑んでいた。臣はなんと言えばいいかわからないようで、目を伏せている。

ほろ酔いの浩三は、奇妙な空気には気づかないようすで、冷や酒の徳利を振った。

「……と、もう酒が切れたな。お開きにするか。先生、ごちそうになりました」

「ああ、いえ。たいしたおもてなしもできませんで」

「とんでもない。うまかったです。それじゃ壱都、またあしたな」

にこやかに帰っていった浩三を見送り、慈英と臣は壱都のいる部屋へと戻った。

「壱都」

アトリエのソファに座り、じっと慈英の絵を眺めていた壱都は、臣の声で振り返る。

「先代のことが発表されたなら、三島はもうすぐ帰ってくると思うから。ほら、昼間もさ、あと三日くらいって言ってたし……」

なんと声をかけていいのかわからないように、臣がしどろもどろで言葉を綴《つづ》る。じっとそれを見ていた壱都は、にこりと笑った。

「だいじょうぶ」

それだけを言って、壱都はまた慈英の絵へと目を向ける。声をかけることすら阻むような気配が、薄い背中から滲《にじ》んでいた。

「間違ったことが、ときどき起きるのは知ってる。わたしはぜんぶを知ることはできなくて、だから、いま、こんなふうになっているけど」

静謐《せいひつ》なたたずまいとその目つきは、昼間、一輪車に乗せられてはしゃいでいた子どものものとは、まるっきり違っている。

壱都のあのまなざしには、いったいこの世界はどう映っているのだろう。なにより、慈英はその目で自分の絵を見られることに畏怖《いふ》を覚えた。こんな緊張を覚えたことはついぞなく、身を硬くしていた慈英を、壱都はもう一度振り返る。

「慈英の絵は、よいね。饒舌に語りかけてくる。わたしにも今度いちまい、なにか描いてほしい」

どきりとしながら、慈英は「なにかって、なにを」と問いかけた。壱都は、すっと正面にある絵を指さす。

「これはもう、むかしの慈英でしょう。いまのあなたが見ているものを、見てみたい」

抜けるような青に舞いあがるイコンを描いたそれは、つい先日完成したばかりのものだ。臣を思い、彼だけのために情熱をたたきつけたそれを、壱都はけろりとした顔で断じた。

慈英の目が、きつく狭められた。壱都は微笑んでいる。

まるで睨《にら》みあってでもいるかのようなふたりをまえに、臣はどうしていいのかわからないような顔をしている。

「慈英、どうした？　顔、怖いぞ」

「いえ……」

こんな顔をさせていてはいけないと思うのに、口にするべき言葉が見つからない。一瞬でも壱都から目を離したら、負けるような気さえする。

（この、目——）

壱都の目に宿った、澄んだ闇《やみ》のようなものを見つけるたび、胃の奥をぞろりと、こごった熱が舐《な》めていくのを感じる。居心地が悪く、叫びだしたいとすら思うのに、そのさきにあるものを摑《つか》んでえぐり取りたいとさえ感じる。

「それは、わたしじゃないよ」

頭のなかを読んだような壱都の言葉に、息を吞《の》んだ。

ちりりと右腕のあたりが痛む。とっさに押さえたそこは臣と出会ったころ、傷つけられた場所だ。かつて彼を知らなかったころには、失うことなどけっしてできないと思っていた、おのが創作のすべてを握る腕。

おそらく彼の言うとおりだ。いま壱都の目に映ったのは、混沌《こんとん》とした慈英自身の心だ。

悠然と微笑んだ壱都は、ふたたび慈英の絵に目をやった。つられて目を向けたさき、キャンバスに切り取った空がやけに狭苦しく感じ、まるでそのなかに押しこめられたのが自分自身のような気がして、慈英はあえぐ。

「……慈英」

自分の腕に爪《つめ》を立てるほどに握りしめた手に、あたたかいものが触れた。はっとして振り返ると、臣がそっと手のひらを重ねている。

「だいじょうぶか。なんか急に、顔色悪くなった」

「ああ、……いえ」

急激に肩が軽くなる気がした。こわばっていた背中から力が抜け、添えられていた臣の手を強く握る。慈英は、その手を自分の頬へ強く押しつけ、はっと息をついたあと、手のひらに唇を押しつける。いきなりの動作に、臣はぎょっとしたように目を瞠った。

「おい、ちょっ、ちょっと」

手を振りほどこうともがく臣に「じっとしていて」と慈英は言った。

「ちょっとだけ、こうしていてください」

「い、いいけど」

おろおろと横目で壱都をうかがい、それでも臣はもがくのをやめた。細いけれど力強い、しっかりした男の手のひらに唇を触れさせて、慈英は目を閉じる。険しく寄った眉に、もう片方の臣の手が触れて、いつかのようにやさしく撫《な》でた。

どっと肺から空気の固まりがこぼれ、急に我慢ができなくなった。

「臣さん、ちょっとこっちに」

「え、あ、な、なに」

強引に腕を引っぱり、アトリエから連れ出す。振り返りもしない壱都が、ふふ、と笑った気がするけれどどうでもいい。

「ちょっと慈英、いきなりなん――んっ」

廊下の壁に押さえつけて、唇を奪った。心が息苦しくてたまらず、酸素の代わりに臣を貪《むさぼ》る。最初は抵抗していた臣も、激しく舌を吸い、音をたてからめるうちに、押し返すのではなく背中を抱いて引っ掻いてくる。

五日ぶりのキスに、なにも考えずに溺《おぼ》れた。腰を抱き、尻を摑んで腰を強く押しつけると、腕のなかの身体がびくっとこわばる。

「ちょ、それ、まずい……っ」

赤らんだ顔で押し返してくる臣の唇は、互いの唾液《だえき》で濡《ぬ》れていた。てらてらと光るそれを舐めとると、息をひきつらせた臣が身を仰《の》け反《ぞ》らせて逃げる。糸を引いて離れた唇を隠すように手の甲で覆った彼は、壁に背中をあずけたまま息を切らしていた。

「こんなことするんじゃなくてさ、なんか言いたいことあるなら、言えよ」

かすれた声でなじる臣に、慈英もまた軽く息を乱して答える。

「言えって、なにを」

「知らないけど、なんかだよ。なんかあんだろ」

「いまはとくにないですよ。ただ……キスをしたかっただけで」

笑って身体を離すと、臣は眉を寄せてうつむいた。嘘ではないが本当でもない、あいまいな言葉に納得していないのはあきらかだ。

腕一本の距離がやけに遠く、もう一度ふれたくてもできない。臣がこぼしたため息は、無音の廊下にやけに響いた。

「……帰るわ」

「ええ」

言葉すくなやりとりで、臣は背中を向けた。アトリエに顔を出し、壱都に「またな」と挨拶をするのが聞こえる。なにごともなかったかのような明るい声に、ふと思った。

（むかしはもっと、素直にうろたえるひとだったのに）

慈英のことでもっと取り乱して、もっとめちゃくちゃになっていた。彼はいつの間にあんな、なにもないふりがうまくなったのだろうと考え、すぐに、そうさせたのは自分だったと自嘲して、さきほどの臣が背中をあずけていた壁に、腕を組んでもたれかかる。

アトリエから出てきた臣は、一瞬だけ慈英を見た。黙ったまま目を伏せ、去っていく背中を見送る。

沈黙のなか、ドアの閉まる音がやけに耳についた。

＊　＊　＊

鼻先をかすめた悪臭に、三島は目をさました。うっかり深く吸いこんだ空気に悪心を覚え、軽く咳《せ》きこんだあとに重たい瞼《まぶた》をしばたたかせた。

（どこだ、ここは）

起きあがろうとして、ご丁寧にナイロン製の薄いテープのようなヒモで手足が縛られていることに気づく。頬にはささくれた畳の感触がして、拉致《らち》されたことはすぐに把握した。

もう一度目を凝らし、薄暗い部屋を見まわすと、安いアパートの一室のようだ。家具などはほとんどなく、部屋の灯《あか》りを吊《つる》すためのコードには、傘どころか電球すらついていない。生活の気配はない。埃《ほこり》にまみれた、古い扇風機が一台、ぽつんと残っているのみだ。

部屋の隅には、食い散らかした弁当のごみがビニール袋に突っこまれて放置されている。においのもとはこれか、と顔をしかめた。

遮光性のないカーテンから差しこむ光。まだ外が明るいことがわかる。気絶させられてから、さほどの時間は経っていないのか、それともまる一日が経ったのか。

「会合は中止になったぞ」

うっそりとした、くぐもった声で告げられ、ごまかしても無駄かと目を開ける。見覚えのある、ごつい体格の男の姿を眺め、三島は笑った。

「なんだ。重田の手下か」

「前田だ。何度名乗っても覚えないやつだな」

「金魚の糞《ふん》の名前なんて、覚える必要がどこにある」

あざけったとたん、いきなり顔を蹴《け》られた。ぐらりと脳が揺れて、続けざまに鳩尾《みぞおち》へと靴先がめりこみ、激しく咳きこむ。胸にすさまじい激痛が走り、もともと罅《ひび》のはいっていた肋《ろっ》骨《こつ》が、ぱきんと音をたてた。

「状況をわかってんのか。でかい口ばっかりたたきやがって。むかしから気にいらなかったんだ、おまえのことは」

「むかし、と、言うほど、つきあいも長く、ないはずだが？」

「うっせえ、俺がむかしっつったら、むかしなんだよ！」

今度は蹴られるまえに、とっさに横に転がった。それが腹だたしかったのか、ふんふんと鼻息を荒くして前田が三島の足を踏みつけてくる。

「おい、殺すなよ」

「わかってる！」

「わかってないだろう。さがってろ、動くな」

乾いた声が、いままさに顔面を殴りつけようとしていた前田の腕を止めた。痛みにつぶっていた目をどうにかこじ開けてみると、痩《や》せた顔色の悪い男が前田の背後から現れる。

「及川《おいかわ》か」

重田が本部役員と兼任している布教部の、副部長である男だ。

(前田より、こっちのほうがよほどやばいな)

理系の大学を出ているのが自慢で、以前は思想的に危険な団体にいたとか、服役経験があるだとか、うさんくさい噂が絶えなかったけれど、この周到さを考えると、あながち噂だけではすまないのかもしれない。

「役員選任の見直しについての会合は中止になったよ。責任役員の三島氏が欠席したのでね」

「さっきも聞いた」

「振替の会合は、来週だ。そしてそのころには、責任役員の欠員がでるために、再選することが決定する」

三島は顔をあげた。ずきずきと首が痛むのは、いま受けた暴力でなく殴られて意識を失わされたせいだろう。痛みをこらえて睨みつけたさき、及川がせせら笑った。

「なんでそんな顔をする？　欠席裁判をさきにやろうとしたのはそちらのほうだろう」

「自分たちが、壱都さまになにをしたか考えろっ……」

及川は、壱都の脚をへし折った人間のうちの、ひとりだった。

前田はそのとき、あの場にはいなかった。あんな体格の男がいたなら、壱都は剝離骨折程度ですまなかっただろうが、すくなくとも前田は『上水流ヒトツ』とその教えを信じてはいるからだ。

だが、及川は違う。重田が引き入れたこの男は、教義を信じているわけでもなんでもない。神の存在など認めてすらいないのだ。

「一代でたちあげた新宗教だぞ、世襲制というわけでもなし、なにをそんなにムキになる。世間知らずの子どもひとりに入れこんで、気味が悪い」

「教団を私物化して、私服を肥やしているきさまが言うことか……っ」

せせら笑った及川を睨みつけ、不自由な状態で三島は身体を起こそうとした。とたん、及川に肩を蹴られる。それでももがこうとしたところで、今度は頭を踏みつけられた。

「法人のうまみは最大限に利用するべきだろう。その程度の頭もない連中に仕切られるのは我慢できないんだよ」

しゃあしゃあと言うこの男が一部の信者に強烈な奉仕――要するに献金を強制的に求め、重田とともに着服していることも調べはついていた。

「俺になにかあれば、おまえらは終わるぞ」

「吠《ほ》えるだけは立派だな」

さきほど前田に蹴られた腹を爪先《つまさき》で小突かれたが、三島はにたりと笑った。口の端が切れているらしく、ひりひりと痛む。

「法人のうまみ、と言ったな。狭い世界で偉ぶっているうちに、世間の常識を忘れたか？」

ある意味では世間と隔絶した教団のなかで、役員さま、部長さまとあがめられるうちに、万能の力を手にいれたように思いこんでしまった、哀れな人間。

ほんのすこし外に出ただけで、自分の持つ権力や影響力など、なにも意味をなさないことすら気づけていない。

「法人の会計が世間に対して不透明だからといっても、業務上横領は立派な犯罪だ」

三島が告げれば、及川は鼻であしらう。

「税務署や行政からの監査もないのに、どうやってそんなことが立証できると——」

「内部告発の用意はある」

冷ややかに告げると、及川の表情が凍った。いきなりおろおろと目を泳がせはじめ、パニックになったように「そんなばかな」と繰り返す。

「役員連中にしても、腑抜《ふぬ》けばかりだ。できるわけもないことを言って脅すな」

「脅しじゃない。きょうの会合で、俺が現れなかったら、東京支部代表にあずけた書類が検察に渡ることになっていた。ザルな真似をするから、証拠も証人も山のように集まった」

「そんなことをつまびらかにしたら、教団そのものが崩壊するぞ！　最悪の場合、法人資格も剝奪されて、解散だ！」

せせら笑おうとしたのか、及川は奇妙にうわずった声で、唾《つば》を飛ばしてまくしたてた。三島は憐れみすら覚えながら、事実を突きつける。

「俺が信じるのは先代の残された教えであり、壱都さまであり、あのかたを信じるひとたちの心だ。肩書きや団体の名前ごときが消えたところで、痛くも痒《かゆ》くもない」

大きくなった組織が壱都を害するものならば、いっそつぶれてしまえばいい。ぎらぎらと目を光らせ、三島は言った。

「先代が金に無頓着《むとんちゃく》なのをいいことに、適当な二重帳簿であそこまでの金を引き出す。顔の見える人間相手に恫喝して、どうしてばれないと考えられるのかふしぎだ。壱都さまへの暴力行為にしても、診断書からなにからすべてとってある。暴行傷害で起訴することも……」

痛めつけられた壱都の写真を撮った記憶がよみがえるとともに、脳が煮えるかのような怒りがこみあげ、三島は一瞬息を止めた。

(落ちつけ)

いまはまだ冷静でいなければいけない。自分に言い聞かせ、こわばっていた表情をゆっくりとほどく。

「ふざけるな、三島! なんでそんな真似をした!」

横たわった三島にまたがり、及川は襟首《えりくび》を摑んで揺さぶってくる。「違法行為を告発するのは、当然のことだろう」と笑えば、焦ったように手を離した。

大胆な真似をしたわりに、中身はただの小心者のようだ。それとも、重田にいいように言いくるめられ、諾々と着服の片棒をかついできたのかもしれない。

見ていて滑稽《こっけい》なほどのあわてぶりに、三島は喉奥《のどおく》で笑った。

「観念しろ。もう終わったことだ」

ひっとひきつった及川は、わななく指で三島を指さした。

「ひ、ひとのことが言えるのか！　お、おまえだってうしろぐらいことを――」

「……俺が、なんだって？」

手足を縛られ、転がったままだというのに三島は不敵に笑った。及川はますます顔をひきつらせる。

「おまえが教団に貢いだ金の額は尋常じゃない！　ふつうの手段で、あんな金額が手にはいるわけがないだろう！」

「言いがかりはよしてくれ。自分の持っていたものをオークションにかけたら、たまたま高額で売れただけだ。あとは株の配当金だ」

三島が行ったのは、せいぜい美術品の転売や株を転がした程度のことだ。

じつのところ、来歴が怪しいスレスレの品を扱ったこともあるし、インサイダーまがいの取引も行ったが、すべてギリギリのグレーゾーンで踏みとどまっていた。

壱都を慈英らにあずけたあと、取引に使用していたパソコンのハードディスクは粉砕して廃棄した。ネット上にも痕跡が残らないよう周到にやっていた。

それらがまったく良心に訴えることもないと、壱都をまえにしては言いきれる自信がなかったけれど、及川相手ならばかまわない。

「だから法律上、俺のやったことはなんら、問題がない。告発文も、すでに検察に渡ったはずだ。ついでに、新聞社にも」

「なっ……会合の場所は、押さえてっ……本部事務所も、なにもできないよう……！」

やはり、ほかの役員らもなんらかのかたちで行動を制限されていたらしい。それもすべて想定内だと三島は唇を歪《ゆが》めた。

「だから、時代遅れもはなはだしいと言ってるんだ。理系出身なんだろう？　どうして、指定した時間に自動送信するメールの存在を思いつかないんだ？　日本のどこにいようと、いや海外からだって、指示はだせる」

ひ、と及川は息を呑んだ。

「代理人として弁護士も立ててある。メールはその告発文を提出するよう求める指示書だ。いまごろは、しかるべき機関がおまえらの捜査を——」

及川が悲鳴をあげ、拳を振りあげた。闇雲に振り下ろされるそれをあまんじて受けとめた三島は、背後にいた前田のほうが驚いた顔をしているのに気づく。

（ああ、弱そうなやつが切れたときって、驚くよな）

他人事のように考えながら、視界が徐々に、自分の血で染まっていった。

＊　＊　＊

壱都が、慈英たちのもとへとあずけられてから十日がすぎた。

三島が最初に告げたのは迎えにくるまでに一週間。予定から三日すぎても彼は現れる様子もなく、電話の一本すらないままだ。

逆に、アイン・ブラックマンからの連絡はしょっちゅうだ。面倒くさくて拒否設定にすらしていないが、日に最低でも三度は電話をかけてきて、感情の読めないなめらかな声で『またお電話いたします』というメッセージを残している。

彼女がまだ日本にいるのか、それとも海外を飛びまわっているのか定かではないが、いままで知りあった業界の人間のなかでも、群を抜いてしつこく、押しが強いのは間違いない。

（うっとうしい）

着信履歴と留守電を確認したのち、携帯のフラップを閉じてベッドに放り投げる。軽くはずんだそれをいまいましく思いながら、すぐ近くへと腰をおろした。

午後の陽差しが部屋を白く染めている。波打つシーツの陰影にぼんやりとした目を向けた慈英は、自分の思考のなかに沈みこんでいた。

壱都はいない。子どもたちのグループで、近場の沢での水遊び大会が開催されるということで、そちらに遊びにいっている。

近隣に住む子どもたちにくわえ、里帰りなどで訪れた住民親族や中高生もいるらしい。いささか警戒しないではなかったが、いずれも身元ははっきりしたひとばかりだ。浩三ら青年団や保護者に臣をまじえて監視するため、問題はないだろうということで送りだした。

むろん、ギプスのとれない壱都は泳ぐことなどできないのだが、たまには子どもにまじるのもいいだろうと浩三が提案してくれた。

——壱都も、おっちゃんとばっかり仕事するより、年の近い子と遊んだほうがいいだろ。

本当の年齢を知らない彼の言葉に臣と慈英はなんともつかない顔になったが、壱都はにこにこしながら「そうですね」と言った。

慈英は、仕事をすると言って残った。とはいえ、朝から鉛筆の一本も持ってはいない。

壱都をあずかって以来、慈英はアトリエでの制作はしていない。もっぱら自室でアイデアをまとめたりスケッチをするようになっていたが、いまひとつかたちにならずにいた。

——これはもう、むかしの慈英でしょう。いまのあなたが見ているものを、見てみたい。

あの言葉の意味は、なんだったのか。深く受けとめすぎる自分にこそ問題があるのか。

壱都にも臣に対しても、いまいち腰の引けた対応になっていたのは否めず、煩悶《はんもん》するばかりで思考はまとまらない。そのくせ、「もうすこし、なにかが」という気分で軽い高揚感を覚えてもいるから、自分でもタチが悪いと思う。

（なんでもかんでも、俺は）

手のひらをじっと見つめる。ここ数日、じりじりした熱がこもっているようなそれを握ってほどき、骨が白く浮くほど強く、拳を作った。

動いた情動のすべてを画布に塗りこめないと気が済まないのは昔からだが、腹のなかでとぐろを巻いている熱のようなものは、いったいどんなかたちの発露を迎えるかわからなくて、気持ちが悪い。

このところくせのようになってしまったため息をついて、頭を抱える。腿《もも》のあたりに微妙な振動を感じて目を開けると、マナーモードの携帯がバイブレーションしていた。

確認すると、臣からのメールだった。

【三島からなにか連絡あったか？】

短い文面に、監視の合間を縫ってメールしてきたことがわかる。慈英は【残念ながら】と返信した。

【電話にでた事務所のひとには、連絡をくれるよう携帯の番号とメールアドレスを言づけておいたんですけど】

三島からの連絡が途絶えたことで、いやな予感を覚えていたのはふたりとも同じだ。

どうにか事情を知ることができないかと考えたすえ、まずは長野市内にある本部事務所へ電話をかけ、所在を確認してみた。とはいえ警察官の臣がいきなりかけて警戒されてもまずいため、芸大の連絡網を装うことにした。

――学生時代の友人なのですが、今度同窓会がありまして。はがきが宛所不明で戻ってきたし、携帯にかけてもつながらないので、こちらにご連絡したのですが……。

それらしい嘘まで用意しての電話は、残念ながらかんばしくない結果で終わった。

——現在、三島はこちらにおらず、個人的な連絡は受けつけられません。

——では、伝言だけでもお伝え願えませんか。

——申し訳ないのですが、そうしたことはいたしかねます。

問い合わせの電話にでた相手からは、ひどく歯切れの悪い返事しか返ってこず、「とにかく、不在だ」との一点張りだった。だが、どこか怯《おび》えたような声で対応するのが気にかかり、なんでもいいから、わかったら連絡をくれと強引に告げた。

それがもう三日まえのことになる。

【壱都は、どうですか】

【夏満喫中、って感じでご機嫌。浩三さんに抱っこされて、足先だけ水につけて遊んでた……あ、いま、高校生男子にナンパされてる。ぽかんとしてる】

突然、実況中継になったメールに慈英は思わず顔をほころばせた。

【ひょっとして尚子《なおこ》さんの甥御《おいご》さんですか？　市内の進学校に通ってるっていう】

【そう。でも、いま浩三さんに威嚇されてすごすご引っこんだ。弱え（笑）。動画録っておけばよかった】

メールとはいえ、ひさしぶりに臣とかわしたたわいもない会話に、きりきりとしていた神経がゆるんでいくのがわかる。同時に、必死になって日常を保とうとしている臣の気持ちもわかるだけに、もどかしさが募る。

壱都に問われたらどう答えればいいのかと慈英も臣も頭を悩ませていたけれど、彼は予定の期限だったその日が終わっても、なにひとつ訊ねてこようとしない。だが、あきらかに口数は減り、元気がないようだと浩三も心配していた。

きょうの水遊びも、黙って待ち続ける壱都を見かねた臣が、気晴らしになればと提案したことだ。

【本当に動画、録っておいて三島に】

そこまでを入力したところで、慈英の携帯に着信があった。表示は公衆電話。どきりとしながらあわてて電話をとると、ひどくちいさくくぐもった、男の声が聞こえてきた。

『秀島《ひでしま》慈英さんですか』

あたりをうかがうような怯えた声で確認され、慈英は緊張を覚える。

「そうです。事務所のかたですか」

『先日は失礼しました。本日は代表補佐……三島さんのことで、ご連絡いたしました。時間はないので手短に。あのかたは現在、本当に行方がわからない状態です。また、事務所内であのかたの名前をだすことは、いまはできません』

口早に告げた相手の言葉に、慈英はやはりと目をつぶった。

「いったい、なにが起きているんですか？」

『わたしにもわかりません……。あの、壱都さまは、お元気でいらっしゃるのでしょうか』

答えていいのかどうか、慈英は一瞬迷った。この電話が罠《わな》である可能性も否定できない。うかつなことを言えば壱都の身が危ないかもしれない。逡巡《しゅんじゅん》した慈英の心境を察したのか、彼はあわてたように『いえ、答えていただく必要はないです』とつけくわえた。

『脚が痛まれないかと、沢村《さわむら》が心配していた。それだけ、あなたに、お伝えいたします。聞き流してください』

怪我を負わされた直後に壱都をさらって逃げたことを考えても、壱都の脚のことを知るのは重田サイドの人間と、三島の協力者以外にない。

確信はないが、この怯えかたが演技とは思えない。おそらく彼が三島に壱都の危機を知らせた相手なのだろうと判断し、慈英も言葉すくなに答えた。

「……承りました」

沢村は、ほっとしたように息をついたあと、ごくりと息を呑んだ。

『それと……東京での会合は中止になりました。三島さんは、もしかしたら』

そこで突然言葉を切った彼は、荒い息を漏らすだけになった。慈英が「もしもし？」と問いかけたとたん、通話途中でめちゃくちゃにボタンを押したかのような妙な音が聞こえ、たたきつけるような音とともに、突然電話は切れた。

「沢村さん！」

焦った声で呼びかけても、聞こえてくるのは回線の音だけだ。慈英は茫然《ぼうぜん》として携帯を眺め、いやな胸騒ぎをこらえるために深呼吸する。

「会合？　中止ってどういうことだ……」

つぶやいた声に答えるものは、当然ながらいない。慈英は舌打ちをして立ちあがる。携帯電話の短縮番号を呼び出そうとしたところで、ふたたびの着信だ。ぎくりとしながらディスプレイを見ると、今度は臣からのものだった。

「臣さん、なにか⁉」

『悪い！　壱都がはしゃぎすぎたらしくて、暑気あたり起こした。迎えにきてくれるか？』

あせったような声に一瞬心臓がひっくり返ったが、内容を聞いてむしろほっとした。急《せ》いた気分をこらえながら階段を駆けおりる。

「いま、迎えにいこうと思っていたところでした」

緊迫した低い声に、臣は『なにがあった』と声をひそめる。

「三島は、相当やばいかもしれません。事務所のひとから電話があったけれど、途中でいきなり物音がして、切られました」

口早に伝えると、電話の向こうで、臣が息を呑んだ。

『すぐ、こい！』

ぶつりと通話が切れる。慈英は携帯をポケットに押しこむと、玄関脇に引っかけてある車の鍵をとり、外に駆け出した。

＊　＊　＊

沢村から電話があった二日後の朝、新聞の朝刊に目を通していた慈英は、社会欄に載った記事の見出しに凍りついた。

【宗教団体『光臨の導き』着服容疑の役員を逮捕】

あわてて記事に目をとおすと、幹部のうち重田を含む数名が法人の運営金を横領していたことが内部告発により発覚した、とあった。現在は業務上横領の容疑で逮捕された重田らを、長野県警で取り調べ中であることなどが書かれていた。

「どうなってるんだ、いったい」

焦りを覚えつつ、そっと足音を忍ばせてアトリエに向かう。なかをうかがうと、まだ眠っている壱都の姿にほっとした。

水遊びをしていた壱都を迎えにいってからというもの、慈英も臣も、彼を家からださないように気をつけていた。幸い――というと語弊があるが、暑気あたりを起こしたあと、夏風邪を引いたらしく微熱が続いて寝こんでいるため、壱都にも浩三にも言い訳はたっていた。

慈英はとっさに、新聞の記事をねじってまるめた。壱都にはまだ、この記事は読ませたくなかった。この家にはテレビもラジオもないため、あとは浩三らの口から聞かされさえしなければ、どうにかなるだろう。

（ほかは、どうすれば）

考えこんだ慈英の耳に、遠慮がちなノックの音が聞こえた。誰何《すいか》の声をあげるより早く、早朝の来訪者の正体を察して、そっと玄関のドアを開ける。

制服を着た臣が、そこに立っていた。案の定、手には新聞を持っている。慈英はそっと指を唇に立て、「寝てます」と口の動きだけで伝えた。うなずいた臣は、軽く顎をしゃくって慈英を外へと誘った。

すこし離れた、慈英が駐車場に使っている場所でふたりは足を止めた。砂利が敷かれた空き地のようなその場所の近くには家もなく、周囲を囲むように常緑樹が植えられている。強い陽差しに、影がくっきりと映る。ざわざわとする風の音にまぎれさせるように、臣は低くつぶやいた。

「まだ、壱都は見てないよな？」

「だいじょうぶです。それより臣さん、これ、どういうことなんですか」

木漏れ日にまだらに染まる臣の顔がこわばった。

「俺も寝耳に水だ。つうか、横領だと堺さんとか俺のいた一課じゃなくて、二課の管轄になるんで、情報くれっつってもむずかしいんだ」

臣はすでに県警に電話をかけ、どういうことだと訊いたらしい。だが管轄外の駐在所員がなんなのだと、まったく取りあってもらえなかったそうだ。

「三島の知りあいだとか言うわけにいかねえし。それに取り調べ中なら、新聞に書いてある以上のことは、まだわかってないと思う」

悔しげに言った臣は、いらいらと淡い色の髪をかきまわした。

先日、三島が駐在所に電話してきた際の彼の言葉は、慈英も覚えている。

――しかるべきときがくれば、ことを正せるようにはしてあります。

臣に告げたというこれが三島の言う『手はず』だったというわけだ。内部告発のために、周到に準備をしていったのだろうけれど、こんな真似をした三島が無事である可能性はぐっと低くなってくる。

「あの野郎、なにが警察に迷惑はかけない、だ！　つうか、なにやってんだよ三島っ！」

ぐしゃりと手にしていた新聞を握りつぶし、臣は地面にたたきつける。

「重田の身柄は押さえられたのに、あいつからの連絡がこないのが気がかりですね」

「手下のほうは、勝手に動いてるってことだろ。もしくは……こういうことになったせいで、指示系統がめちゃくちゃになって、暴走してるか」

「いずれにしても、三島が危険な状態にある可能性はさらに高い」

緊迫した面持ちで、臣はうなずいた。

「二日まえの時点で、無理にでも聞き出していれば……」

「あっちも切羽詰まってたみたいだし、無理だろ。本部事務所はいまたぶん、家宅捜索の真っ最中だ。それどころじゃねえだろうな」

風が強く吹いた。ざわりと木が揺れ、大ぶりな雲が夏の陽差しを隠し、世界は一瞬で暗くなる。

言葉を失ったふたりが立ちつくしていると、細い声が遠くから聞こえてきた。

「……慈英ー？　どこですか？」

はっとして振り返ると、壱都が外に出て慈英を探している。あわててよじった新聞を車のしたに投げいれ、ふたりは声のほうに駆けよった。

「どうした、壱都！」

松葉杖《まつばづえ》をつき、額に冷却シートを貼ったままの彼が「あ、いた」と微笑んだ。すこし上気した顔は、熱が引いていない証拠だ。

「臣もいたの。おはようございます」

「いたの、じゃない！　熱があるのに、外にでたらだめだろっ」

叱りつけた臣の声に、壱都は顔を曇らせた。よろよろ、と歩いてきた彼に臣があわてて手を差し伸べると、すんなりもたれかかる。

「でも、起きたらおなかがすいたから……」

情けない声をだす壱都に、臣はため息をついて薄い身体を支えた。

「熱でてるくせに、飯の催促かよ」

「……それ、臣さんにだけは言われたくないと思います。高熱だしてハンバーグ食べたいって言ったことあるくせに」

慈英が雑《ま》ぜ返すと、臣は「うるせぇ」と睨んでくる。その間も、壱都は臣にぺたりとくっついたままだ。

初日、慈英に情交のあとの肌や体液にふれてはいけないと言った壱都だが、服を着ている状態であれば問題ないらしい。むしろスキンシップはきらいでないらしく、大柄な浩三に荷物のように持たれると、おもしろそうに声をあげて笑っていることもある。

（いったいあれは、どうすればいいんだ）

臣を見あげる壱都のあまったれた風情には、慈英の肝を冷やしたあの深遠さのかけらもない。らしくもなく、臣以外のことだというのにこうも気を揉むのは、どこまでもアンバランスな彼にどう接すればいいのか、いまだに迷うせいだ。

「とにかく帰るぞ。慈英、飯作ってこいつ寝かしつけて。俺は仕事にいくから。午前中は警邏でいないと思うけど、午後には駐在所にいるから――」

「……わたしも外にでたい」

上目遣いの壱都が、恨みがましい声をだす。

「寝るの、飽きました。浩三のところにいきたい」

「わがまま言うな、だめ！　おとなしく寝てろ！」

抱きかかえるようにして歩きだす臣や、浩三のように、徹底して彼を子ども扱いできればこんな物思いからは解放されるのだろうか。寄りそって歩く細い背中をふたつ眺めていると、壱都がくるりと振り返る。

「臣はやさしいね、慈英」

微笑むその顔の奥にある、真意が見えない。またざわざわと木立が揺れて、まるで自分の心の音のようだと慈英は思った。

＊　＊　＊

午後になり、臣が警邏から戻ったとき、なぜか駐在所にはにこにこした壱都と、途方にくれた顔の慈英が待っていた。自転車のハンドルを握ったまま、臣はぽかんと口を開ける。

「……なにやってんの」

「おじゃましています」

奥の休憩スペースにちょこんと座った壱都は、礼儀正しく頭をさげた。額には取りかえたばかりとおぼしき冷却シートが貼られ、夏掛けの薄い布団にくるまっている。

「お布団、臣のを借りました」

朝よりもさらに赤らんだ顔で微笑む壱都に、臣はあきれた。

「いやおじゃまはいいけどさ、布団もべつに、いいけど……慈英？」

どういうことだと目で問えば、慈英は疲れ果てたようにため息をついた。

「外にいきたい。ここは息がつまります、って恨めしげに言われて……」

熱があるせいなのか、ふだんよりさらに子ども返りした壱都は、食事をさせたあとも寝ようとしなかったそうだ。

――頭も、もう痛くないし、平気です。

慈英がいくら「そんなわけがないだろう」とたしなめても、布団のうえでむくれる。あからさまな表情こそないけれど、周辺の空気がひどく重くて、手にあまったという。

「せめて駐在所でならおとなしくすると言うので、連れてくるしかなくて」

「なんつうか……慈英をここまで困らせるって、一種の才能だな」

「どこかの誰かさん並ですよね」

あてこすられ、うるさいと睨みながら自転車の鍵をかけ、制帽をとった。

「まあいいや。慈英と約束したんだろ、壱都、寝ろ」

「はい、おやすみなさい」

うさんくさいほどいいこの返事をした壱都は、そのままころんと横になった。いくらも経たないうちに寝息が聞こえてきて、やはり身体がつらいんじゃないかと臣は唇を歪める。

「おとなしく、部屋で寝とけっつうのに」

臣の言葉に、慈英が表情を曇らせた。なにかあったらしいことを察しながら、臣はいつもの椅子に腰かける。

「壱都がだだこねるなんてめずらしいし、おまえが言うこと聞くのもめずらしいな？」

「……さっきはじめて、三島のことを訊かれたんです。いや、訊かれたというか」

――三島は、いま、痛い。

それだけつぶやくと、壱都はぽろぽろと泣きだしたのだそうだ。

「そのあと、どうしても駐在所にいくと、『近いところにいく、つながったところにいく』と言って聞かなくて……意味はよくわからなかったんですが、考えてみると、彼が電話をして、最初に立ち寄ったのはこの場所ですから」

「また、電話があるかもって思ってんのかな」

「どうでしょう。もっと感覚的なものかもしれないですけど。なにしろ、壱都なので」

臣にとっては見た目どおり子どもっぽい子だとしか思えないのだが、慈英から見た壱都は、かなり違う生き物らしい。一般人と違う感性の人間同士、通じあうものがあるようだと思っているのだが、うちとけている、というには距離がある。むしろ慈英はどこか、壱都の存在に畏怖の念さえ抱《いだ》いてもいるようだ。

あどけない寝顔をちらりと眺め、臣は声をひそめた。

「午前中、県警に電話して『光臨の導き』の横領事件について、二課の知りあいにもう一度探りいれてみた」

慈英もまた声をひそめ「どうでした?」と問う。臣は苦い顔でかぶりを振った。

「いま、あの件のおかげで相当の人数が逃げだしたり、連絡とれなくなってるらしい。単純にことの厄介さにびびって逃げたのか、横領に関わってるやつかどうかもわからないって」

「主犯の重田は逮捕されたんでしょう? どうしてそんな」

「弁護士つけて、ずーっと黙秘なんだと。告発文には横領についての証拠やデータのコピーもあったらしいんだけど、事務所が荒らされてて、一部の帳簿がなくなってることもあって、確認が遅れてる」

「荒らされたって、いつ……まさか、二日まえですか!?」

「……沢村って男も、行方がわからないらしい」

やはりあの電話のあとで、なにかが起きたのだ。慈英はうめくように言った。

「なんとかならないんですか? その件にからめなくても、捜索願とか、失踪届《しっそうとどけ》を出すとか」

「近親者しか捜索願は出せない。それに、捜索願を受理されても、警察が消えた人間を探してくれるってことじゃないんだ。あれは、失踪した人間になにかが起きた場合、親族に連絡をするための手続きでしかない」

「なにかって……」

「警察の世話になるときがきたら、ってことだ。本人が犯罪を犯したとか……事件の被害者になったとか、遺体が見つかったときなんかに。失踪宣告を出すための前準備でもある」

残された家族──たとえば夫がいなくなってしまった妻が、夫不在の間に恋人ができたとする。その場合、法定年数をクリアし、裁判所での手続きを踏んで配偶者の失踪宣言を申し立てすれば、婚姻関係が解消されたとみなされ、恋人との結婚が可能になる。

「あくまで家族や利害関係者の、法的手続きのためのものなんだ。……俺も昔、やったけどな。独立戸籍、とりたくて」

「臣さん……」

慈英がはっと息を呑む。臣は「よけいな話だったな」と苦笑して、説明を続けた。

「もちろん届けがあれば、近隣への聞きこみや張り紙なんかもするよ。事件性がある場合は捜査も、むろん。だけど、ほとんどの場合は見つからない。……浩三さんの兄貴も、それで消えてただろう」

さまざまな事情で見つけられたくない人間が、世の中には案外多い。慈英はもどかしげに「なにもできないんですか」とつめよった。

「事件性は充分でしょう。横領事件の前後に、詳細を知る人間が消えたんですから」

「たしかに、身の危険について俺に相談されてる。壱都の怪我も根拠になる」

「じゃあ壱都は、充分に三島の利害関係者ですよね。届出人の資格はある。なんだったら俺が証言してもいい」

「それはそうだけど、壱都を表にだしていいもんかどうかが……、重田が逮捕されたといっても、まだ、あいつの安全は保証されてない」

いまだ姿の見えない重田の配下たちに所在を知られる可能性も高い。

懊悩《おうのう》する臣の表情をじっと見守っていた慈英は、色のない声で言った。

「臣さん。これ以上、壱都をここに置いていていいんですか」

「どういうことだ？」

「それこそ、県警に保護してもらったほうがいいんじゃないですか。三島が、のっぴきならない事態になっているんだとして、彼にもその手が伸びないとは限らないでしょう」

慈英の提案に、臣は「だめだ」とかぶりを振った。

「このタイミングで警察に顔を出すと、壱都も容疑者として尋問されかねない」

「被害者なのに？」

「それを証言できるのは、三島や沢村だろ。俺らはあくまで壱都サイドに立った話を聞かされただけで、物証がないんだ。いままで俺が匿ってたことで、むしろ、ややこしいことになる可能性もあるんだ」

警察の縄張り意識はかなり強く、他部署の人間が介入することをきらう。ことに知能犯や詐欺など、真偽を見極めるのに時間がかかる案件を扱う二課は、粘り強い捜査で犯人を追いつめるのが得意なぶん、関連した人間への取り調べも容赦がない。

「臣さんの立場はだいじょうぶなんですか」

「そんなん、いまさらだ。しらを切るくらいのことはできるし、せいぜい減俸と始末書ってとこだろうけど、……二課の取り調べは、きっついんだよ」

そんな目に、壱都をあわせたくない。眠る壱都を見つめ、臣は唇を噛んだ。

「尋問されていようが、なんだろうが。すくなくとも、署内にいれば襲撃だけは免れますよね。たとえ取り調べを受けたところで、無罪ならいずれ解放はされる」

無表情なまま慈英がほのめかしたことに、臣は目をつりあげた。

「待てよ。あいつを見捨てろって言うのか？」

「しかるべきところに保護してもらうほうがいいと言ってるだけです」

「それってどこだよ。ボディガードでも雇って済むなら、三島がとっくにそうしてるだろ。どうにもできないから、俺らのとこ頼ってきたんだろ！」

壱都を気にしつつ、小声でいらいらと言った臣に、慈英は冷ややかな目を向けた。

「そもそも、俺たちが彼を匿う理由がないでしょう」

「なんだそれ。そんな言いかたあるかよ。おまえだって壱都の面倒見てただろ。寝ぐずられて、わがまま聞くくらいにはかわいがってるじゃねえかよっ」

「……それでも俺は、あなたになにかあるくらいなら壱都を見捨てる」

押し殺した声で言いきった慈英に、臣は一瞬言葉を失った。

「これ以上ことが大きくなって、あなたが巻きこまれでもしたら、どうするんです！　仕事に影響するだけならまだしも、三島も沢村も生きてるかどうかすらわからないのに！」

「ばか、声でけえよ！」

きつい声で怒鳴られ、腰を浮かせた臣はあわてて壱都のほうを見た。一度眠るとなかなか起きない彼は、すうすうと寝息を立てている。

ため息をついて、臣は椅子に座りなおし、くしゃくしゃと自分の髪をかき混ぜた。

「……おまえさ。過保護」

慈英も興奮した感情を鎮めるかのように、うなだれて大きく息をついた。

「臣さんが無防備なんです」

「どこがだよ。こんだけ武装してんだぞ、俺は」

警邏帰りのまま、解いていなかった腰の警棒を軽くたたいてみせる。けれど慈英はまるで信用ならないというように臣を睥睨《へいげい》した。

「そのわりに、毎回毎回、怪我しますよね」

「それが俺の仕事だろうが。そのために訓練してきてんだよ。そのために銃の携帯所持も許されてるんだ。おまえ、いったいなにが言いたい？　どんだけ俺のこと——」

ばかにしているのかと睨もうとして、顔をあげた臣は口をつぐんだ。

ぎらぎらと光る目をした慈英は、音をたてて机に手をつき、臣へと顔を近づけた。その迫力に、思わず顎を引く。

「あなたが怪我するたび、俺が、毎回、どんな気持ちでいると思ってるんですか」

「……どんなって」

「臣さんが強いのは知ってます。それこそ犯人を投げ飛ばすところだって何度も見た。本気で殴りあったら、俺は負けるかもしれない」

ぐっと顎に力をこめ、慈英は目元を歪ませた。

「それでも、まったく無傷でなんかいなかったじゃないですか、この何年も。銃を持ってことは、それだけ危険もあるってことじゃないですか」

せつなくなるような声で訴える慈英に、臣は目をそらすしかなかった。

いままで何度も無茶を咎《とが》められたことはある。けれどこんなふうに切々と訴えてくる慈英ははじめてで、臣のほうが動揺していた。

「俺が入院したとき、あなた泣いてましたよね。あのとき、どんな気持ちでした?」

「……心配したよ。けど、おまえみたいに重症になったこととかは……」

もそもそと言いながら、自分でも説得力がないのはわかっている。

三島に縛られて強姦されかかったり、奈美子の義弟にバットで殴られそうになったりと、派手な場面はいくつも見られた。それ以外でも、怪我はするわ無茶な捜査で肺炎を起こしかけるわと、彼に看病された回数は枚挙に暇《いとま》がない。

「でも、そんなのわかってることだろ」

七年もの間、ずっと彼は見てきたことだ。いまさら不安がるのがどうしても解せなくて、臣はじっと慈英を見あげた。

「これからだって、必要があれば俺は犯人ととっくみあいだってするだろうし、怪我だってするだろ。そんなの、わかってることだろ」

「でも、壱都のことは――」

言いかけた慈英を制するように、臣は手のひらを見せた。

「あいつはたまたま、三島から俺らにあずけられた。けど三島がからんでなくても、たとえば奈美子さんのことでだって、俺は同じように動いた。知ってるよな？」

今度は慈英が黙りこむ番だった。目を伏せた彼に、臣はため息をつく。

心配されることも、叱られることも、彼の愛情ゆえとわかっている。申し訳ないと思う。けれど、ひとつだけどうしても、納得のいかないことがあった。いままでどれだけ危ない目にあっても、慈英がこうも感情を乱し、怯えたことなどない。

「なあ慈英。……アメリカのアドバイザーの話。どうなってるんだ」

突然矛先を変えた話に、慈英は凍りついた。

「なんですか、いきなり」

「いきなりじゃねえよ。そっちが切りだすの待ってたけど、ちっとも口割らないから、尋問することにしただけだ。あれからもう、二週間は経ったよな。なんの進展もないのか？」

壱都のことを言い訳に、ずっとお互い見ないふりで保留にしてきた話を、ついに臣は口にした。だが慈英は答えようとせず、目をそらしたままだ。

長い沈黙が訪れ、さすがに臣もいらだちを覚えた。ふうっと息をついて、奥の手を出す。

「おまえが言わないなら、照映《しょうえい》に訊く」

慈英は間髪をいれず、「あのひとも知りませんよ」と不機嫌そうに吐き捨てた。

「じゃあ照映とおして、御崎さんに教えてもらう」

「臣さん！」

声を荒らげた慈英は、ようやく臣を見た。きつい目で睨まれても怯《ひる》んでたまるかと、臣は腹に力をいれる。

「俺は、この話をまえにも訊いたよな。でもおまえは答えられないって感じでごまかした。だから答えを待とうと思った。しかも俺が話を引っこめたら、不満そうな顔した」

「それは……」

言いよどむ慈英の言葉を待たずに、臣はつけつけと言った。

「なんでも言えって、気を遣うなって言ったの慈英だよな？　で、いざ口にしたらだんまりってのは、なんなんだ？　俺はどうすればよかったんだよ」

また慈英は黙りこんだ。けれど、揺らいだ気配に我慢ができなくなり、臣は軽く慈英を押しのけると立ちあがる。

身長差のある男を見あげ、精一杯対等な目線で語ろうと肩をそびやかす。

「おまえの仕事のことは、本当に俺は知らない。門外漢だし、そういうもんだと思ってたから、詳しく知ろうとも思ってなかった。海外で評価を受けていることすら、まったく聞いてもいなかった。ずっとそれでいいと思ってた。でも正直、いまは、それでよかったかどうかって考える」

手を伸ばし、慈英の頬を両手で包んだ。逃げないように、こっちを見ろというように、端整な顔をつかまえた臣は、彼の目をじっと覗きこむ。

(やっとさわれた)

いまようやく、本音をぶつけあっている。数日間奇妙に気遣いあって遠慮して——逃げて、そこに流れていたのは、記憶をなくしていたころよりなお悪い、他人の空気だ。

引いたら、また繰り返す。それくらいなら怒っても傷つけあっても、胸を開いていたかった。逃げない。それだけが、臣にできる精一杯だ。

「なあ、ほんとにさ。慈英。なにがそんな不安なんだ? なに焦ってるんだ」

「……怖いんですよ」

聞こえた言葉が信じられず、臣は目をしばたたかせる。いま、慈英はなにか、彼に似つかわしくない言葉を口にした。

「なにがだよ」

「あなたが、いなくなるのが怖い」

またそれか、と臣はため息をついた。

「だから、心配しすぎだって。べつに怪我とかしないようにするし——」

「そうじゃない！」

うめいた慈英が、痛いほどの力で臣を抱きしめる。わけもわからず、きつく締めつけてくる腕のなかで臣は目をまるくした。

「……慈英？」

すがるような力のこもった手が、臣の制服に皺《しわ》を寄せる。臣の髪に頬を押し当てた慈英は、くそ、と低いつぶやきを漏らした。

「俺、いなくならないよ」

「それを、信じられたらいいのに」

ぽつりと力なく漏れた言葉は、臣には意味がわからなかった。どういうことだと問いかけても、たぶん慈英は答えない。

「ずっと、いっしょにいる。わかってるだろ？」

広い背中を撫でるけれど、彼はその言葉に答えもせず、うなずきもしなかった。ただ、低

く嗤《わら》ってかすかにつぶやく。

「……くせに」

聞きとれなかったそれを、臣は追及できなかった。抱きあっているのに、どうしてかひどく慈英が遠くて、そして慈英もまた同じものを臣に感じている。

(なにが、起きてるんだ)

三島のこと、壱都のこと、……自分たちのこと。すべてが混沌としてわけもわからず、これからどうなるのかもまるで見えない。

なにか決定的なことがふたりの間に起きてしまうような、そんな不安感にかられ、ぎゅっと恋人にしがみつく。

抱きあったふたりは、そのままじっと長いこと、動けずにいた。

＊　＊　＊

一週間近く寝こんだけれど、壱都の熱は無事にさがった。

さすがに長引いたため、医者に診せたところ、夏風邪と過労だろうという診断だった。

――ちょっと遠いけど、来週もういっかい診せにきてくれるかな。

そのついでに脚の話をしたところ、あとしばらくでギプスをとれるだろうという話も出た。

この町には病院がなく、壱都の通院に関しては、慈英が隣町まで車での送り迎えをするしかない。隣、といっても車で小一時間はかかる場所だが、市内よりは目につかないだろうとの判断からだ。

ただ、以前かかった病院の名前を壱都が口にしようとしないため、なんらかの事情があることはばれてしまったらしい。

——ちょっとね、気になるから。ギプスが取れたら、念のため大きな病院で検査をし直すほうがいいだろうけど。

老齢の町医者はくどくどしたことは言わず、「お大事に」と壱都を送りだしてくれた。

そして全快した壱都は、元気いっぱいだ。

浩三の家の近くにある、無人の野菜販売所。ちいさなバラックの庇《ひさし》のした、壱都は、椅子に座って採れた土のついた野菜を大きさ別に選《え》りわけ、段ボールふた箱もある収穫したそら豆のさやをひたすら剝いていた。

「なんだか、どんどん、って音が聞こえる。あれはなに？」

「ああ。太鼓の練習だと思う」

公民館の方角から聞こえるそれは、おそらく櫓《やぐら》太鼓だろう。あと十日ほどで開催される夏祭りのため、関係各人は皆、準備に練習にと励んでいる。

「お祭り、見たことない。おもしろい？」

「俺もこの町の祭りは知らないけど、かなり派手にやるらしい、とは聞いてる」

「いってもいい？」

寝こんでいる間じゅう、よほど退屈だったのだろう。じとっとした目で見てくる壱都に、慈英は即答をはぐらかした。

「臣さんが、いいと言ったらね」

彼の今後について、臣との話は平行線をたどったが、結果的には現状維持ということでおさまった。ただし三島に関しては堺に協力をあおぎ、できるだけ情報を流してもらうという条件を前提に、だ。

――なんでまた、そんな面倒な話に首を突っこんでるんだおまえは！

いきさつを打ちあけたところ、臣は小一時間説教をくらったそうだが、三島はたまたま慈英の知人であったこと、よくわからないままあずかる羽目になったことを慈英からも口添えすると、不承不承といった体で請け負ってくれた。

――管轄じゃない話に口をだすわけにもいかんが。知りあいが見つかったら、教えるくらいはする。

そんな言いざまで、壱都の存在については二課には黙っておくことと、三島の情報がはいったら知らせることを約束してくれた堺には、また当分頭があがらないだろう。

（しかし本人は、どこまで状況がわかってるんだか）

壱都はひさしぶりの外出に浮かれているのか、鼻歌まで歌っている。いたって暢気な姿に、慈英は苦笑するしかない。だが、あれで案外わかっているのかもしれないとも思った。以前ならば浩三のもとへひとりであずけたりもしたが、いまは慈英か臣が必ずいっしょにいる。それについて、壱都はやはり、なにも問いはしないからだ。

彼から目を離すなと言われ、手持ちぶさたな慈英はスケッチブックを手につきあっていた。とはいえ描こうというモチベーションもなく、ぼんやりと思考に沈んでばかりだ。

（まぶしいな）

目のまえには、ひまわり畑が広がっている。

きょうの壱都はコットンのサマードレスに、麦わら帽子をかぶっている。これは、浩三の手伝いをよくする壱都に、婦人会のひとたちがプレゼントしてくれたものだ。

裁縫の得意な尚子と奈美子が、古い浴衣《ゆかた》をほどいてこしらえたそれは、夏に似合いの大きな花柄。色白の肌も、毎日の農作業でうっすらと健康的に焼けてきた。

いかにも夏、という光景に目を細めながら、せっせと作業をする壱都に声をかけた。

「そら豆っていまの時期に獲れるものなのか」

「本当は五月くらい。でもこのあたりは平地より涼しいから、いまの時期になるって浩三が言っていた」

壱都は大ぶりなさやを両手で絞るようにして、さっさと剝いていく。脚の怪我もあって、あずかっている間は家事などさせたこともない。壱都も面倒を見られることに慣れていて、世話を受けいれる態度はある意味尊大でもあった。

てっきりなにもできない箱入りのように思っていたから、意外な手際のよさに驚いた。

「慣れてるんだな」

「こういうことは、ずっとやっていたから」

コミューン育ち、なかば自給自足に近い生活を送ったこともあると言う壱都は、手を土で汚すことをなにも厭《いと》わず、楽しげに笑う。

彼ひとりが働いているのも、なんだか申し訳なくなって慈英もスケッチブックを横に置き、そら豆のはいったざるに手を伸ばした。見よう見まねでさやをよじりながら問う。

「コミューンの生活は、どうだった」

慈英の言葉に、「どうってなに？」と壱都は顔をあげないまま問い返してきた。

「大学でも勉強しているんだろう。壱都の環境は、一般的じゃないことは、知ってるはずだ」

多少一般常識がない点もあるものの、壱都はまったくのもの知らずではない。テレビや本などからも知識を得て、世間がどういうものかを理解はしている。

「ひとと違う自分に疑問を持ったことはないのか？」

現代日本がどういう世界かを知ったうえで、ちいさく狭い世界の主《あるじ》でいることは、つらくはないのか。その問いに、壱都は答えのような、そうでないような言葉を漏らした。

「……わたしはきっと、先代主査のような存在にはなれないと思うよ」

「どういうこと？」

「先代のようには、いまのかたちをすべて、信じてはいないから」

きゅ、と壱都はさやを絞る。ざるのうえをころころと転がった豆をつまんで、検分するように眺めたあと、「これはちいさい」と大きさべつにわけたほかのざるへ、べつの豆を「おおきい」とまた違うざるへ放り投げた。

「これと同じ。ひとつのなかに、違うものがたくさん。それがいまのわたしたち。いっとうはじめのころとは違って、それぞれのひとが、それぞれの考えを持ってしまっている。だからいま、わたしはここにいるのだし」

幼く見えて聡明な彼は、いまの教団のいびつさにも気づいているのだと、その言葉で慈英は悟った。

しばらく生活をともにしてわかったけれど、壱都は霊能力とか超能力とか、そんなものを持っているというわけでもないし、本人もそんなつもりは毛頭ないらしい。

教団内でも指導者として立ってはいるが、仏教の僧侶やキリスト教の牧師、神父といった立ち位置に、自分を据えているように慈英には思える。

ただ、シャーマン的な体質というか、異様に勘がいいし、見えている世界が他人とすこし違うのはたしかなようだ。

——見えたものを話しているだけですよ？

あれはべつに慈英に対してなにかを誇示したわけでなく、本当にただ『見えた』——そう感じた、ということだろう。ひとにはわからない、共有してもらえない世界を持つ、潜在的な孤独。それは慈英にも、覚えがある感覚だった。

ただしその孤独に対して、慈英と壱都の受けいれかたは、まるで違う。

「でもみんながそうしてほしいのなら、求められたものになれるよう、精一杯にする。法律を学んでいるのもそのひとつ。ものを知らないままのわたしがなにを言っても、誰にも通じないから」

はっきりとは口にしないけれど、信仰のための場が権力争いの場となり、思う以上の諍《いさか》いを引き起こしていることすら、彼は受けいれているように思えた。だが、慈英にはどうにも納得がいかなかった。

「それが、義務だから？　そういうふうに育てられたからって、無理をすることはないんじゃないのか。違う生き方だって、きっとある」

重たすぎる状況に思いこまされているだけではないかと問うても、壱都は笑ってかぶりを振る。

「教えは信じているよ。ただ、かたちが変わってしまうのは止められないと思っているだけ」

言葉がたりなくてごめんなさい。無邪気なほどに、壱都は微笑む。その顔は屈託がなく、そのくせ悟りきったかのようにも見えた。

「かみさまはいらっしゃる。主査も、近くにのぼられた。だけど目には見えないし、もう会えない。だったら近いひとが、そこにいると教えてあげればいいのではない？」

「……いつか、俺に教えてくれたように？」

「教えた？　わたしが慈英に、なにか言った？」

つぶやくと、壱都はきょとんとした顔をした。あれだけ衝撃的なことを口にしておいて、もう忘れているのかとおかしくなる。けれどすこしも笑えなかった。

「まだ、俺はふたつにわかれたままかな」

いつぞやの言葉を蒸し返すと、壱都は「ああ」とうなずいた。

「あれは違う。あれはただ見えただけ。そういうものではないよ」

なんでもないことのように告げる、壱都の感覚は慈英にはよくわからない。もしかしたら彼のそれは、たまたま当てずっぽうだったのかもしれないけれど、揺らぐ心には刺さるものがあった。

そんなにあっさり片づけてほしくないのに、壱都はどこまでも自然体だ。

「かみさまは、もっと大きいし、ちゃんと道はつながっている。慈英はちょっと迷っているようだけど、わたしに頼るような必要はない」

「言ってくれる」

皮肉に嗤うと「だって本当だから」と壱都はまたさっくりと言った。

「それより、そこの袋をとってください」

「それよりって……」

あげく慈英に、さやをまとめるビニール袋をよこせと手を突きだす。作業は途中ながら、山盛りになったさやが邪魔になったらしい。自分の懊悩は、壱都にとって豆の皮ほども重要でないと蹴散らされ、慈英は脱力しそうになった。

「捨ててくればいいのか？」

「だめだめ、これはさやも食べられるから」

ごっそりと袋につまったさやを、壱都はあわてて抱えこむ。子どものような仕種《しぐさ》に、慈英は思わず笑った。

「見た目のわりに食い意地が張っているところも、誰かにそっくりだな」

「臣のこと？　慈英は臣が好きだね」

さらっと言われた言葉を否定するのもばかばかしく「そうだね」と慈英はうなずいた。

「俺はあのひとが好きで、しかたがないよ。あのひとと一緒にあることを邪魔するものは……なにひとつ、許せないほど」

証拠につい先日は、目のまえの人間すら排除しようとした。うっそりと嗤った慈英に、壱都は「んん」とうなって首をかしげる。

「それは、わたしのこと？」

「そうだ」

冷えきった目で見つめても、壱都はなにも動じない。むしろ、ひどく楽しそうに笑いだすから慈英のほうが面食らった。

「本当に慈英は、臣が大好きだね。閉じこめたくてしかたがないのでしょう。でもそういう自分は、あんまり好きじゃないいんだ。だからあの絵は、終わらないのでしょう」

「……終わってるよ」

アトリエにある、空を塗り固めたようなあの絵はすでに完成品だ。眉をひそめた慈英に、壱都は「うそ」ときっぱり否定した。

「終わっているならどうして、あれを片づけないの」

「搬出に手間がかかるんだ。いろいろ忙しくしていたし、壱都が——」

「それもうそ。慈英は片づけようと思ったら、そうする。そうしないのは、したくないから」

ずけずけと決めつけられ、鼻白んだ慈英にも壱都はまったく怯まなかった。それどころか、険悪な顔をする慈英をまえに、またくすくすと笑いだす。

「いろいろひねくれたことを言うけれど、慈英はちゃんと自分のかみさまを持っているでしょう。あなたの絵はそういうものだ」

「え……」

「あれは、慈英の祈りでしょう？　迷わなければ届くよ、ちゃんと」

さらっと言ってのける壱都の言葉は、正直言えばただのきれいごとのようにも聞こえた。だが、このときの慈英はまた、彼になにかを見抜かれたのだと感じた。自分でもよくわからない、うわべの言葉だけで語られないなにかを。

壱都の言葉は図星だった。あの絵を完成だと思いながらも、なにかが邪魔して次に取りかかることができなかった、それが事実だ。

ずっともどかしかったなにかがゆっくりとほどけはじめ、慈英はじっと彼を見つめる。澄んだ闇のようだと思っていた壱都の目は、いくつものひかりがまたたいている。

慈英は考えるよりさきに言葉を発していた。

「……壱都は、そうやって誰かの懺悔《ざんげ》を聞くのか？」

「わたしたちの教えに、懺悔はないよ。お話をしたいのならば聞くことはできるけど、許すのは、わたしがすることではないから」

許しは、もっと大きな存在にこそ与えられるべきだと語る彼に、さらに問う。

「だったら、壱都の信じる教えのなかで、きみの役割はなに？」

ん、と首をかしげた壱都は、唇にひとさし指を添えた。どうやらこれは、彼が言葉を探すときのくせらしい。ややあって、ぽつりと壱都は言った。

「そこに、いること」

「いること？」

「そう。ただ、いること。いつでも、いるの。なにがあっても消えたりしない、そう信じてもらうこと。たぶん、それがわたしのいる、意味かな」

胸の深いところに、壱都の言葉が落ちてくる。

慈英がいままさに迷っている――そして臣を巻きこんで揺れている、その本質の部分を、壱都はなんでもないことのように言ってのけた。

「……そうか。三島は」

慈英のつぶやきに、壱都は「なに？」と首をかしげた。サマードレスと同じ布で作られたリボンが、風になびく。

なんでもない、と慈英は首を振った。

三島は、信じたのだろう。壱都がつねに自分とあることを。物理的な距離ではなく、ただそこにあっていつでも、心の近く寄りそっていることを。

だから三島にとっての神は、やはり壱都そのものなのだ。

愛情をひたむきにかたむける相手として、どうしても必要な、そういう存在だ。その重さを、なんでもないことのように壱都は抱えて、微笑んでいる。

もともと、信仰はひどく熱烈な恋愛にも似ていると慈英は思っていた。だが三島と壱都は、その存在を目《ま》の当たりにしているだけに、知識や概念として知っている信仰よりも濃密で、よりそれに近いものを感じる。

だが彼らの関係が恋愛と決定的に違うのは、彼を求める誰に対しても、同じように壱都が微笑みを与えるのだろうことだ。

「慈英は、なにに困っている？」

幼い顔のまま、壱都は慈英にすらその手を差し伸べた。彼を信じているわけでもないのに、するりと喉から言葉が飛びだしていく。これもまた、壱都の持っている不可思議ななにかのせいかもしれないと、慈英はあまえを自分に許した。

「変わってしまったものが戻らないこと、かな」

「戻りたいの？」

どうだろうか。問われて、ようやく自問することができた。

臣と出会い、ひとつずつ知っていったこと。まわりを傷つけても気づかずにいた視野の狭い自分。幼稚で傲慢《ごうまん》だったからこそ、そういられたことを知ってしまって、慈英は変わった。

そしてあの事件が起きて、揺り返された。以来、慈英は混乱のなかにいる。

「うまく言えないけど……すこし以前から、俺のなかにふたりの俺がいて、バランスが狂ったんだ。そのせいでよけいなことも言うし、迷う」

「そのふたりは反対のことを思っているの？」

「同じことを考えている。だからややこしくて重たい。……欲しいものはひとつで、なのにどちらもゆずらない、そんな感じがする」

信じたいのに信じられない。追いつめたくないのに追いつめてしまう。相反した感情を処理できず、いたずらに臣を困惑させた。

「七年もかけてやってきたことを、いまは片端から壊している気がする。いや……すこし以前、自分の手でめちゃくちゃにしてしまって、どう片づければいいかわからない、のか」

あいまいにすぎる言葉を、壱都はじっと聞いていた。それだけなの、と問いかけるような目に、慈英は口を開かざるを得なかった。

「そんなめちゃくちゃな状態で、俺は、あのひとに選ばせないといけなくなる」

「どっちかの慈英を？」

そうだとうなずきかけて、慈英はかぶりを振った。

「いや……いや、そうじゃなく。そうじゃ、ない」

――慈英。なにがそんな不安なんだ？　なに焦ってるんだ。

教えてくれと言う臣に、アインのことを打ちあけられずにいる理由。靄《もや》のなかにあるような不安と不快感の理由が、ようやく見えた。

「俺は、あのひとと俺の、どちらかを選ばせないといけなくて――」

言葉につまった慈英に、壱都はやさしい声で助け船をだす。

「それが怖い？　そうだろうね。慈英は自分のことは、自分で選ぶし捨てられるもの」

ん、と唇をさわりながら、壱都は言葉を探した。そして彼は「んんん」とうなったあと、足下を見るなりめずらしく眉を寄せる。

「いけない。お豆、残ってた」

「え……」

もそもそと屈《かが》んだ壱都は、段ボールにおさまりきれなかったぶんの豆がつまったカゴを引っ張りだす。「慈英もやってね」と押しつけられ、宙ぶらりんになった気分のまま、しかたなくさやをひねった。

しばらく、ふたりとも黙ったままだった。ちいさなカゴの半分ほども剝き終えたころ、壱都は突然あの、なんでもないことを話すような声で、慈英にとってひどく大事なことを告げた。

「ねえ、選ばないといけないこと？　まとめて愛してあげればいいだけなのに。どうして、どちらかに決めなければいけないの？」

壱都の言葉に、慈英ははっとした。

「……選ばなくて、いい？」

「愛はいくらあってもいいものだから、怖がらなくてもいいでしょう。……よし、ぜんぶ剝けた」

たくさんだ、とむき終わった豆のはいったざるを抱え、壱都は嬉しそうに笑う。

「持っていって、尚子さんに茹《ゆ》でてもらおう。むいたぶんは、おうちで食べていいと言われたの。慈英にもあげる」

またもや、豆だ。深遠な話より、たくさんのそら豆のほうがよほど大事だと言いたげな彼に、慈英は意味もなく負けた気分になった。

「……ありがとう」

力なく笑うと、壱都はこくんと首をかしげた。

「まだ、お話がある？」

「してもいい？」

「いいよ、慈英が話したいのなら。わたしはそういうものだから」

壱都の独特の言い回しに許されて、慈英はゆっくりと息を吸った。背中に感じる解放感は、いままでに味わったことのないものの気がする。

「あのひとのために生きていたいけれど、そんなものを背負わせていいのかと言われて、迷いがでました」

思わず敬語になっている自分に、慈英は笑いだしそうになる。それは皮肉なものではなかったけれど、明るいものでもなかった。

「どうして迷ったの」

「俺がつぶれたとき、あのひとに責任を押しつけるのかと言われて。いままで、そんなふうに考えたことはなかったけれど、……それを、あのひとは本当に望んでいるのかどうか」

言葉もあいまいで、なんの説明もしなかった。けれど壱都には通じるはずだと思ったとおり、彼は「なんのことだ」と問いかけたりはしなかった。

ただ壱都はあのすべてを見通す目で、慈英を見た。

「慈英は変なひとだね。そんなの、つぶれなければいいのではない？」

あたりまえのことを、あたりまえだと言うような、気負いのない声。慈英は、目をまるくした。そんな慈英に、壱都はふしぎそうな目を向ける。

「どうして驚くの？　だって、慈英はつぶれたりしないでしょう」

「え……」

「だからわたしがここにいるのではない？」

「だから、っていうのは、どういう意味？」

「三島はわたしを護ってくれる。最善を考えてくれている。それは絶対だから。そして三島はあなたが強いひとだと知っている。だから連れてきた。臣を巻きこんだのもそのため。だって、あなたはなにがあっても臣を護るから。臣がわたしを護ろうとしたら、それもまとめて、助けるから。三島は、そう、信じたから」

そら豆のざるを抱えて、壱都はようやく癒えはじめたばかりの脚で立ちあがる。

「だから心配はしない。信じているし、そうしてくれるのはわかっているから」

「……壱都」

「三島が痛がっていて、それをわたしが知ったらきっとつらい。でもそのつらさは、ちゃんとわたしが引き受けるよ」

濁りのない目で見られ、慈英は圧倒されていた。

どれほど慈英たちが耳をふさいでも、壱都は三島の身になにかが起きていることをとうに悟っている。おそれてすらいるだろう。けれどもそれをおくびにもださず、ただ信じると言いきった。

薄いサマードレスが日光に透けて、折れそうなくらいにきゃしゃな身体のラインを浮かびあがらせる。壱都の脚には、痛々しいギプスがまだはめられたままだ。

まるで未熟な少女のようで、それなのに、誰より強く、壱都は地面を踏みしめている。

「だから慈英はつぶれないし、臣はあなたを護るよ。臣はそういうひとだと思うよ。そうでしょう？」

青空を背にした壱都の髪が、風に流れる。輝いた笑顔がまぶしすぎて、慈英はきつく目を閉じる。頭のなかで、複雑にもつれていたなにかがほどけていくような解放感を噛みしめる。

肺の奥へようやく酸素がとおっていくような、そんな気分がした。

(ああ、やっと重なった)

ひまわり、空、サマードレスとリボン。長い髪の、ふしぎないきもの。

ゆっくりと開いて見つめた景色は、数秒まえよりもはるかに、うつくしく思えた。

＊　＊　＊

仕事を終えた臣が慈英の家を訪れたのは、夜半遅くになってからのことだった。

重田の逮捕以来、夜半は必ず壱都の様子を見にいくことにきめていた。この日は町内の自警団のひとたちと夜回りをすませてきたため遅くなり、駐在所に寄らず制服姿のまま、顔を出す羽目になってしまった。

「夜回り、お疲れさまでした」

「ん、ありがと。邪魔していい？」

どうぞ、玄関で出迎えてくれた慈英の顔を見て、臣は一瞬、違和感を覚えた。

(なんだろこれ、なんかなつかしい……)

毎日顔を見ている相手に、なつかしいもなにもないものだが。首をひねっていると、慈英がふしぎそうな顔で「どうしました？」と笑いかけてくる。

「いや、なんでも……壱都は？」

靴を脱ぎながら問いかけると、慈英はおかしそうに笑った。

「お手伝いに疲れたらしくて、早々に寝ました。ひどい汗ですね、お風呂は？」

「借りていいかな」

風呂を借り、置いたままの部屋着に着替えた臣は、髪を拭いながら台所へ向かった。Tシャツにハーフパンツという楽な格好をして、ようやく息をつく。

壱都が剝いたそら豆は塩ゆでにして冷やしてあった。ビールを出され、喜びの声をあげる。

「うまそ。いただきます」

「海老といっしょにフリッターにするのもおいしいですよ。食べます?」

「豆づくしだな。でも、わざわざ作ってくれるのか?」

「手間でもないので」

立ちあがった慈英は、手早く下ごしらえしてあった材料をボウルでまとめる。フリッターの生地には水をいれるのではなく、ビールで混ぜるのがいいのだそうだ。

「レシピ本見てやってみたら、おいしかったんで。壱都もさんざん食べました」

相変わらずの手際のよさで、調理時間は本当に短かった。櫛《くし》形切りのレモンと藻塩を添えて出され、「熱いうちにどうぞ」と勧められる。

「ありがとう。うわ、うまそう」

顔をあげた臣は、微笑んだ慈英の目を見て、またさきほどと同じ違和感を覚えた。

慈英の顔つきが、きのうまでと違う。なつかしく思うのは――あの五月よりずっと以前、彼がまだ彼であったころと同じ目をしているからだ。

「慈英、あの……どうしたんだ？」

「食べながら、話を聞いてもらってもいいですか」

うなずいて、居心地の悪さを覚えた臣は、フリッターにレモンを搾《しぼ》ってかけまわす。ひとくちかじると、豆のほっくりした食感と海老のぷりぷりした食感が同時に楽しめて、非常に美味だった。

こんな話をしながらでなければ、もっとおいしく感じたかもしれない。

「東京で、アイン・ブラックマンというアドバイザーを、御崎さんに紹介されたんです。当初は必要ないと突っぱねていましたが」

慈英は、ここしばらく口を閉ざしていたことについて、淡々と打ちあけた。

もう老齢であることを気にする御崎との間で交わされた会話。プライマリーマーケットの限界、海外エージェントをつけるよう勧められたこと。

それから、例の盗難品を落札したのがアインで、それもこれも慈英へと渡りをつけるための布石だったらしいことを聞かされたときには、臣は声を裏返した。

「電話番号手に入れるために、そこまですんのか!?」

「いろいろ、強引な相手でもあります。あれも駆け引きなんでしょうけどね。ほかにも、あれこれと挑発的なことを言われましたが」

アインが具体的になにを言ったのかは口にしなかったが、臣はその他の情報だけでもおなかいっぱいで、頭がくらくらしそうだった。

（いや、たしかにこりゃ、おいそれとは言えないだろうな……）

いままで臣には語らなかったことを、慈英は打ちあけてくれた。それを嬉しく思うと同時に、どうしようもない不安感を覚えた。

「なんか、おまえ、とんでもないことになってたんだな」

「自分でも混乱するくらいでしたから、うまく説明できなくて」

黙っていたことを詫《わ》びるように、慈英は苦笑いをしてみせる。穏やかでやさしい、かつての慈英と同じ笑みだ。だがその表情は、いらだち、困惑していた彼よりもよほど遠く感じる気がして、臣はごくりとビールを飲んだ。

「クリスティーズって……俺でも聞いたことある。有名なオークションなんだよな。三島の言ってたこと、本当なんだな？」

「あり得ない話ではない、とだけ」

クリスティーズ香港での落札による市場価格の変動が、『秀島慈英』という画家にどういう影響をもたらすのかと彼が語ったとき、臣はあまりのことにぴんときていなかった。

――言っておきますが、この程度はまだ廉価なほうですから。

慈英に穏やかに肯定され、三島の言葉は、なんら誇張でもなんでもなかったのだと、いまさらわかった気分だ。

「オークションひとつで、そこまで変わるもんなのか」

「むろん、時流やそのほかの影響も大きいですが……それでも俺は、俺なんですけれどね」

微笑んだ慈英は一度言葉を切り、ややあってぽつりとつぶやいた。

「それを、自分で見失いかけていた。周囲が変わろうと、自分が変わろうと、俺は、俺です」

意味を呑みこめず、「どういうことだ？」と臣は眉をひそめる。

「俺は、あれから変わったでしょう」

問われた言葉に、臣はどう答えればいいかわからなかった。だが、きのうまでの焦りが嘘のように抜け落ちた慈英の目に見つめられ、けっきょくはうなずく。

「臣さんは、どんなふうに感じてましたか？」

やさしくうながされ、臣はビールで口を湿すと、訥々《とつとつ》と話しはじめた。

「怪我、してさ。記憶がなかったころは、おまえがもとに戻ればって、そればっか考えてたんだ。けど、戻ったのに——戻らなかった感じがしてた」

「でしょうね。俺もそうだった」

「でも、きょうはなんか、……まえの慈英みたいな気がする」

うまく言えないけど、と臣がうつむく。テーブルのうえにあった手に、慈英がそっと手を重ねた。じわりと伝わる体温に励まされた気がして、臣は問いかける。

「なあ。いったいきょう、なにがあった？　なんで急に、吹っ切れた顔してるんだ」

「なにが、というか。壱都に、かみさまのことを教えてもらいました」

「へ？」

臣は目をまるくする。慈英は細かいことは言わず、臣の手を握る力を強くした。

慈しむような手、これもまた、かつての彼らしい仕種だ。けれどどうして、こんなに落ちつかない気分になるのかわからない。

「俺はつぶれないし、あなたは俺を護るひとだと言われた」

静かな声だった。なのに妙に胸が騒ぐ。じっとこちらを見る慈英に、信じてもいいかと試されているような、そんな気がした。

「なに、が、言いたいんだ？」

喉に声が引っかかって、臣は空いている手で、またビールのグラスを摑んだ。無理やり喉を潤すそれは、すこしぬるまっていて、舌に苦いだけだ。

「もしも、アインからアドバイザーとして提案されたことを受けいれたら、いろんなことが大きく変わることになります」

「ど、ういうふうに？」

ぎくんと、心臓が痛くなる。慈英が臣の手を握った力もさらに強まり、表情と裏腹な心がそこに表れている。

（ああ。……そういうことか）

唐突に臣は、足下に真っ暗な穴が空いたような気持ちになった。彼が迷い続け、焦っていたすべての理由を、ようやく悟った。いや——本当は、薄々察していて、見ないふりをしていたのかもしれない。

そして慈英は、臣のなかにあったぼんやりとした恐怖を裏打ちする言葉を発した。

「場合によると、ニューヨークにいかなければならないかもしれない」

「どれくらい？」

わからない、という慈英の声が、自分の鼓動の音で掻き消されそうだった。

「できれば避けたいことですが……年単位で移住することも、可能性として、ないわけじゃない」

頭が真っ白になる、という経験を、ひさしぶりに臣は味わった。なにもかも現実味がなくて、言われたことを理解するまでに数分かかった。

どっと冷や汗が背中に噴き出てくる。さきほどまで、暑いと文句を言っていた身体は、冷えきって震えはじめた。

ようやく口を開いたとき、自分の声とは思えないほどにそれは嗄《か》れていた。

「入籍、焦ったのはそれでか」

「ええ」

うなずく慈英に、また言葉が行方不明になった。

状況はぜんぶわかった。でも自分がどうすればいいのか、まったくわからない。

（なんだそれ。ニューヨークって、なんだそれ）

頭をぐるぐるめぐるのはそればかりだ。思考停止に陥る自分を叱咤《しった》し、臣は懸命に、頭を働かせ、声を絞り出す。

「き、訊きたいんだけど」

「はい」

「ずっと、いっしょにいる。……この間、そう言ったときに、おまえなんて言ったんだ？」

こめかみががんがんする。胸が苦しくて、吐き気がしそうになる。それでも臣が笑いながら言うと、慈英はじっと臣を見つめた。

慈英が、ふっと笑った。どうしてこんなときに、そんなやさしい目をするのか、臣にはすこしもわからない。

「すぐに、俺を追いやるくせに」

「……え？」

「あのころのことを、ぜんぶ覚えてるって、いったでしょう。ことあるごとに臣さんが言ったのは、……東京に帰れ、するべきことをしろ、だった」

「それは」

はっとして、臣は慈英を見つめ直す。彼の目に浮かぶ表情が、臣には読めなかった。

ただ静かで、落ちついていて——それが、あきらめでないと思いたかった。

「言ったでしょう、怖かったんですよ。この話をしたとき、あなたがそういう顔をするのが」

「顔って、ど……どんな」

「もう、終わったような、そういう顔です」

慈英の手に爪が刺さるほど、臣は力をこめた。無言で何度もかぶりを振る。違うと言いたいのに、なぜか声が出ない。

「お……れは、俺の、仕事が、好きで」

ようやく発したそれは、臣がいま本当に言いたいこととまるでかけ離れたものだった。なのに慈英は、うなずいてみせる。

「ええ。知ってます」

「おまえに較べたらたぶん、誰でも代わりはいるけど、でも」

「臣さんは、臣さんの護りたいものをちゃんと護ればいい。この間は……いろいろ言いましたけど、あなたのことを、尊敬してます」

心配はするけれど、と苦笑して、慈英は硬く握った手を持ちあげ、力がはいりすぎて真っ白になった臣の手の甲へと口づけた。

「臣さんが臣さんらしくあるには、この仕事は不可欠だと、俺もわかってる。そのままのあなたでいてほしいと思っています。環境も、性格も、なにも変わってほしいとは望まない」

慈英が、いままでにないほどの賞賛をくれている。認めてくれている。なのにどうしてここまで心が重たいのだろう。自分が成長するためにしてきた努力こそが、まるで間違いのように思えるのはなぜだ。

——それが俺の仕事だろうが。

いままで、さんざんそうして、慈英に言い聞かせてきた。それを間違いだと思ったことはないし、文句を言いつつ彼も認めてくれていたと思う。

なのにどうしてこんなに、最悪な後悔を覚えなければならないのだ。

「そして、俺も、俺の仕事が——絵を描き続けることが、不可欠です」

「わ、かってる」

絵画の世界にくわしくない臣でも、現代美術の世界の拠点がニューヨークにあることくらいは知っている。そこで活動することが、慈英の今後にとってどれほど大きな意味があるのかも、いやというほど理解できる。

ただ、なにも考えることができない。言葉が、出ない。

「臣さん、なにか言うことは？」

うながされても、臣はなにも言えなかった。

「どうしたいのか、言わないんですか」

重ねて問われ、かぶりを振った。何度も、何度も、濡れた髪が頬に当たって痛いほど。

これが二カ月まえなら、慈英が自分を忘れ、もうあきらめようと思いつめたあのときなら、もういってこいと背中を押せたのかもしれない。

（でも、だって、やっと戻ってきたのに）

二カ月半、苦しんで、ようやく彼を取り返して、それからまだ一カ月も経っていない。なのになぜこんなことが起きているのか、臣にはわからない。

「か、んがえ、させてくれ」

必死になって絞り出した言葉を予測していたかのように、慈英は言った。

「わかりました」

彼の声はひどく静かで、以前のように不機嫌な顔もしない、責めることも、追いつめることもない。だからこそ、臣はますます恐慌状態になる。

「ただ、なるべく早く、お願いします」

こくりとうなずいて、臣は慈英の手を離そうとした。けれどこわばったままの手がすこしも動かなくて、困り果てた顔でそれを眺めていると、慈英が指をほどいてくれた。

ひとつひとつ剝《は》がされていくたびに、恐怖に似たものが胸に忍び寄ってくる。まばたきも忘れてそれを見つめていると、手をほどき終わった慈英が、椅子を引いて立ちあがる。

びく、と臣は身体をこわばらせた。テーブルをまわって近づいてきた慈英は、なだめるように両肩に手を置き、やさしくさすると、腕を摑んで立ちあがらせる。

爪痕《あと》のついたその手が、臣をゆっくりと抱きしめた。

「臣さん」

広い胸に顔を埋《うず》めて、全身が震えていることに気がつく。きつく目を閉じた臣は、なぜ自分は泣かないのだろうとふしぎに思った。

いままでさんざん、彼のまえで涙を流してきたのに、目は乾ききって痛いだけだ。

「臣さん、愛してる」

染みこむような声が、慈英の本心を告げている。それなのに、いままでいちばん痛い、苦しい愛の言葉だった。

声が出ないいまま、臣が何度も口を開閉する。頬を撫でた慈英は、静かに微笑んで唇を寄せてきた。すがるように抱きついて、自分から舌をいれる。

「んん……んっ」

気づけば、口づけたまま抱きあげられ、寝室に運ばれていく途中だった。

階段をのぼる間も、臣はひたすら慈英にしがみついていた。器用にドアを脚で開けた慈英は、臣をベッドにおろすと、いったん離れて扉を閉めに行く。そのたった数秒すら待てず、臣は彼の背中に抱きついた。

腹にまわし、ぎゅっとシャツを摑んでこわばる腕を、慈英はさきほどと同じようにやさしくほどいて身体を反転し、十本の指をすべてからませながらキスをくれる。

「……愛してる」

長いキスの合間、かすかにあがった息を交えて慈英がささやいた。

服を脱がされ、ベッドに倒れこんで、肌に口づけられる。やさしく、あまく、どこまでも臣だけを大事に思っていると告げるような愛撫《あいぶ》に乱れて、臣は溺れた。

臣は唇をずっと噛みしめていた。キスをするとき、慈英に何度も舐めてほどかされ、食いしばっていた顎を撫でられてやっと、その舌を受けいれることができた。

「愛してる、臣さん。愛してる」

答えたいのになにも言えず、ただ早くと急かしてつながる。穿《うが》たれ、揺さぶられ、濡れたような声だけはいくらでもあがるのに、慈英に返す言葉が見つからない。

つながった身体は、彼を離すまいというように食い締めているのに、心のどこかが受けいれられていない。なのにすがりついている。

惨めで、情けないのに、感情のどこかが凍っている。

ただ、苦しいと訴え、腕に、背中に、彼の傷跡に、いくつもの爪痕を残した。右腕に残る疵痕《きずあと》すらも引っ掻いて、それでも臣は声ひとつあげなかった。

涙もまた、一滴も流れることはなかった。

深夜、下着一枚を身につけた臣は、眠っている慈英を背にして、ベッドの端に座っていた。昼には、このところ吸うことのなかった煙草をくわえている。慈英の机に放ってあったものを拝借したけれど、彼もさほどヘビーに吸うタイプではないから、しけって味は飛んでいた。

手にしているのは、制服着用時に携帯を義務づけられている銃だ。

この仕事についてから、じっさいに銃を抜いたことはない。

緊張しながら、装塡された実弾を一度はずし、サビや汚れがないことを確認してひとつずつ戻す。手入れはかかさずしていたから、さして手間でもない。

「ばれたら、懲戒もんだな」

民間人がいるすぐそばで、こんな真似をするのは完全に違反行為だ。けれど、このいまだからこそ、自分の責任と仕事の象徴であるものを確認したかった。

くわえ煙草をもみ消し、慎重な手つきで手入れを終えた銃をケースへとしまい、そっと制服をたたんだ机のうえに置く。慈英を振り返ると、ごく穏やかな寝息をたてていた。

長い睫毛《まつげ》が影を落とす、整った顔をじっと眺める。穏やかな寝顔に、臣はふと笑みこぼした。寝顔を見るのもずいぶんとひさしぶりな気がして、つきりと痛みを覚える。

ふだんならば、夜をともにすごしても、すぐに臣は駐在所へと戻っていた。いくら夜半は勤務時間でないと建前では言われても、この町に赴任してから二十四時間、仕事に追われることは覚悟していたし、慈英もまたそれを了承してくれていたからだ。

けれど今夜だけは、戻る気になれなかった。壱都がいることすら気にならないまま、貪るように何度も身体を重ね、熱をわかちあった。

脚の奥は重怠《おもだる》く、無理をした筋肉がきしんでいるのがわかる。性的に充足したあと特有の虚脱感もあって、ひどく疲れきっていた。

それでも眠気がまったく訪れることはない。

——怖かったんですよ。この話をしたとき、あなたがそういう顔をするのが。

苦しげな声を思いだし、臣は両手で顔を覆った。

慈英は、一度もついてこいと言わなかった。

臣は臣の仕事を捨ててまで、彼についていくことはできない。彼はそれを、知り尽くしているからだ。この数年、臣がどれだけひとりで立とうと努力し、仕事に打ちこんできたのかを、ずっと見ていてくれたからだ。

けれど、それは、なんのためだったのだろうか。

(なにが、起きてんだろ)

三年まえ、ここへの異動がかかったとき、たかが市内と山間部の距離ですら臣は迷った。

離れたくないと思い悩み、ただ恋に生きたいと思うだけなのにと、あまえたことまで考えていた。

目を覚まさせてくれたきっかけは、父親代わりでもある堺の助言だ。

――プライドは大事なんだ。相手に負けちゃあ、人生いっしょにやってけないんだよ。

――せめて仕事で胸張れることしろ。そして俺はこれだけやったんだという証拠を作れ。

飛び抜けて才能のある男に対して、矜持《きょうじ》くらいは保ってみせろと堺に言われ、自分でも成長しなければと思ったから、精一杯つとめることができた。

慈英がそばにいると誓ってくれたことで、思いきり自分の仕事に打ちこめた。

なによりこの町では警察官は臣ひとりで、ほかには誰も頼れなくて、自分で考え、自分で動いた。それによって、好きになれずにいた自分自身をすこしは変えられたと思う。

なのにいま、その数年のできごとと変化が、重石《おもし》のようにのしかかっている。

臣はただ、慈英の隣で負けた顔をしたくなかった。いっしょにいるために、きちんとおのれ自身に向きあいたかっただけだ。

だがそうして真摯《しんし》に取り組んできた事実こそが、臣を縛りつけ、慈英を振りまわしてきたのだろうか。

――あいつが納得してやってることなら、俺が……邪魔したくないんだ。

――俺につきあって、ずっと描けてないだろ。自分のこと、ちゃんとしていい。

――おまえはおまえが必要とされるところにいけよ。

自分が慈英の創作の邪魔にだけはなりたくないと、ずっと思ってきた。折に触れ、拙《つたな》いなりにもその気持ちを示したつもりでいた。そうなれば、捨てられてやる覚悟など、とうにできているつもりだった。

じっさいには、ただのひとりよがりでしかなかったけれど。

「は……」

息が苦しくなって、喉を押さえた臣は、皺の寄ったパッケージからもう一本煙草をとりだした。煙を忙《せわ》しなく吸いこむと、軽く噎せる。おまけに煙が目にはいって、ひどい痛みを覚えた。

(考えろ)

時間をくれと言ったのだから、泣いてあまえるな。慈英が、どういう答えを出そうと、それはしっかりと受けとめろ。

香りもなにもない、苦いだけの煙を肺にとりこみながら赤らんだ目を臣は見開く。

窓の外に見える月は、大きく明るいというのに、立ちのぼる紫煙のせいで、やけに、ぼやけて見えた。

＊　＊　＊

三島が腫《は》れぼったい瞼をこじあけると、ぼう、と目のまえが赤く染まっていた。

息をするたびに、苦みを覚えた。口のなかには血の味しかしない。

下半身はごわついている。殴られすぎて失禁したせいだ。ほとんど胃のなかのものはなく、便だけは漏らさずにいられた。

（いまは、何日だ）

意識はもうろうとして、状況把握ができない。毎晩のように殴られ、恫喝されているのがルーチンとなっているためだ。

外は薄暗く、何時かもわからない。ざあざあと聞こえるのは、雨音だろうか。そこに、ジジジジ、ノイズのような、虫の羽音のようなものも混じっている。本当に雨が降っているのか、それとも殴られすぎて、耳がいかれているのか、それすらいまの三島にはわからない。

入れ替わり立ち替わりやってくる、及川をはじめとする数人の男たちは、日中にはさすがに目立つと思うのか、それともなにかほかの活動があるのか、動けない三島のもとに見張りをひとり残して去っていく。

わざわざ暴力を振るわれなくとも、冷暖房器具のない部屋は日中、蒸し風呂のようになる。当然、置物のような扇風機が使われたこともない。それでも夕方にはすこし気温がマシになるため、その間は死んだように眠り、夜になるとまた、リンチだ。

ドアの開く音がして、今夜のパーティーがはじまることを知った。

「おーい、死なれちゃ困るんだよ。飲みこめ、ほら」

歯の折れた口を開けさせられ、ゼリー飲料を強引に流しこまれる。これのおかげでどうにか生きながらえてはいるが、苦痛を引き延ばされるということでもあった。

「いいかげん、吐いてくれよ。俺もう飽きたんだよ。早く金欲しいしさ」

いま目のまえにいるのは、教団の信者でもなんでもない男だ。金で雇われ、三島の口を割らせるよう、痛めつけるためだけの役割を担っている。

「なんだっけほらあ、ヒトツサマ？　どこにいんの」

「知らん」

ひび割れた声でひとことだけ告げ、三島は目を閉じた。とたん「寝るな」と頬を張られる。道具も使わず「いてえ」とぼやきながら殴っているあたり、プロではなくただのちんぴらだろうとぼんやり思った。

霞《かす》む目で見ると、さきほど室内に入ってきたばかりの男の、よれたTシャツの肩とデニムの裾《すそ》が濡れていた。雨が降っていることを知り、まだ感覚が生きていることにすこしだけ安堵《あんど》する。

「きょう、は、おまえ、ひとりか」

「んー？　ああうん、そうそう。あんたボロボロだし、俺ひとりでいんじゃね？　ってあちいなここ。扇風機つけていーい？　動くかな？」

「……おそらく、それは、俺を弱らせるために、切ってあるんだと思うが」

「だって俺、あっちーもん」

だるそうなしゃべりかたが示すとおり、やる気もまじめさもない男らしい。

スイッチを押しても、据えつけられた扇風機はうんともすんとも言わなかった。

「……あ、なんだよ動かねえじゃん！　オブジェかよ！」

男がいらだたしげに扇風機を殴る。ぐらぐらと揺れた扇風機は埃をまき散らし、壁際のカーテンを揺らして横倒しになった。かろうじてコンセントはつながっているが、よく見れば絶縁体の部分もほころびている。

「ちっくしょ、使えねえな、もう」

文句を言いながら部屋の端に座った男は、コンビニで買ってきたらしい袋を開け、マンガ雑誌をとりだしてスナック菓子を食べはじめた。

「金はやるから、俺を逃がすのは、どうだ？」

ゼリー飲料のおかげで、さきほどよりはマシな声が出た。しかし結果は同じだ。

「ぶー、それだめー。俺、免許証押さえられちゃってんもん。追いこみガチでかけられるのは勘弁っしょ。でも殴るのもめんどいんで、パース」

どうやら、サボる気満々らしいと三島はおかしくなった。パラパラとマンガをめくっていた男は、舌打ちして「あ、暗くてマンガ読めね」とうめいた。

「電気……はつけてねえんだったっけ。つーかもうさあ、真っ暗ななかで懐中電灯でリンチとか、どういう趣味だよなー」

そのリンチに自分がくわわっていたことを棚上げにする男に、思わず三島は噴きだした。

男は、笑う三島を不気味そうに見る。

「つーか俺、事情あんま知らんけどさあ。あんた、意地張ってても意味ねえよ？　どうせ、もうひとりのほうからばれると思うしさ。あっちは、もう落ちそうだっていうから」

「……あっち？」

ぴくりと三島がみじろぐ。「やべっ」とマンガで顔を隠した男は、目を泳がせた。

「あー、俺が言ったって言うなよ？　あんたの仲間？　シンジャ？　わかんねえけど、サワムラってやつが摑まってるらしくてさ」

ジジジジジ。またノイズが聞こえた。部屋の隅に虫でもいるのだろうか。

それともこれは、三島の心が立てる怒りと恐慌の音だろうか。

「けっこー、がんばってたっぽいんだけどさ。あっちは俺みたいなバイトじゃねえからさ、ガチでゴーモンしたらしくってさ。爪剝がしたとか？　えぐくね？」

「それは、本当の話か」

ジジ、ジジジジジ。ますます音は大きくなっている。そこにかぶさるように、三島の心音も激しくなった。目が充血し、顔が赤黒く染まっていく。

「嘘とかついても意味ねーじゃん。たぶんいまごろ、ヒトツサマのことも――」

ノイズの速度が速まったかと思うと、突然、とまっていた扇風機が動きだす。ぎょっとしたように目を瞠った男の「えっ」という声に続き、バシュッと破裂音がした。

「なんだいま、なんか、花火みたいな音が……うわ、なんだよ！」

それは一瞬だった。扇風機のコードから燃えあがった火花は、薄っぺらい化繊のカーテンに燃え移る。あわてふためいた男は、反射的に手にしていたものでそれをたたき消そうとし、あっという間にマンガ雑誌にも火がついた。

「ばか、なにしてる！」

三島の叱責に悲鳴をあげた男はそれを放りだし、もう片方のカーテンへと投げつけた。ぶつかって落ちたそれは、男が散らかしていたナイロン袋にも燃え移る。

空気は湿っていたというのに、火の勢いはすさまじく、舐めるようにして壁から畳へと範囲を広げる。

「じょ、冗談じゃねえよ……っ。俺、知らねえ！」

叫んで、男は玄関へとかけだしていった。ドアが開き、空気が循環したことで火はますます燃えあがる。三島はどうにか這《は》いずって動くけれど、手足を縛られたままでは数センチ進むのがやっとだ。

「おい！」

それだけでも最悪なのに、なぜか玄関からは鍵の閉まる音がした。

「悪い。でも俺、これであんた逃がしたら、まじでやべえんだ」

信じられない言葉を吐き捨て、男はそのまま逃げていった。

熱に足先が触れ、三島はとっさに逃げようとしたけれど、なぜか足首の拘束が緩んでいることに気づく。

ナイロンのヒモが、熱で溶けかかっていた。迷わず炎へと足をかざし、足を炙《あぶ》られる熱に数秒耐えると縛《いまし》めがはずれる。よろけながら立ちあがり、同じように手首も炙ってはずした。

安普請のドアを蹴破るにしても、火の勢いは早い。部屋に煙が充満しはじめた。火災の死亡原因は焼死よりも煙によると聞く。おそらく部屋は二階、時間は、もうない。

目のまえで燃えあがっている窓にめがけて、三島は駆けだし、そして——飛んだ。

＊　＊　＊

月末に行われる夏祭りまで、あと一週間となった。

町はすっかりお祭りムードで、着々と準備は進む。浩三は青年団団長として忙しくすごしており、ここ数日は壱都の世話すらままならない状態だった。

それでもわざわざ朝から壱都のところに顔を出し、詫びをいれにくるのが浩三の律儀なところだ。

「悪いなあ、壱都。あちこち、打ち合わせがあってさ」

「しかたない。浩三、忙しいけどがんばって」

「おう。がんばってくるよ。ああ駐在さん、例のパトロール関係については、こっちでやるから。壱都のほう、な」

わかっています、と臣はうなずく。

「いろいろ気にかけてくださって申し訳ありません。お忙しいのに」

「いやいや。ここんとこ祭り絡みで、よその人間がまた増えたからさ。荒い連中も多いんで、どっちにしろ注意しないといかんしさ」

ここ数日は屋台の業者などが準備のために集まりだしていて、そのため壱都の外出は控えざるを得なくなっていた。

「しばらく本当に、家のなかにいてもらったほうがいいかもしれませんね」

「そうだな……状況も、まだぜんぜん動かないし」

重田の取り調べは遅々として進まず、三島からの連絡は、いまなお途絶えたままだ。

だが、すこしはいい知らせもある。

「さて、じゃあ病院にいってきます」

「よろしく。ほら壱都、乗せてもらえ」

例の隣町の医者に、壱都のギプスをはずしてもらう日がきた。車高の高いオフロード4W

Dに自力で乗りこむことのできない壱都は、慈英に抱えあげられて助手席へと座らされる。

「終わったら、電話をいれます」

穏やかな声で慈英は告げた。その口元には、ここ数日でようやく伸ばしはじめた鬚《ひげ》がある。

「わかった。気をつけて」

「臣、いってきます」

ふたりを乗せたサファリを明るく笑って見送ったのち、黒い車の姿がちいさくなったところで、臣は笑みをほどいた。

事件は一向に収束に向かう気配がないけれど、慈英と臣もまた、微妙な空気を孕《はら》みつつ、表面上は穏やかに保っている状態だ。

(どうしたらいいんだか……)

あれきり、慈英は渡米のことについてなにも言わない。仕事の連絡については、もともと臣がいない間にすませていたため、これまでも知らないままだった。

すこしまえの彼のように、入籍についてしつこくしたりもしなければ、なんの答えを急かされもしない。

「考える、っつってもさ……なにを考えるってんだよ、俺は」

ただ穏やかに、待っていると目だけで語る慈英に対して、どう対処すればいいのかわからず、悶々とするばかりだ。

ため息をつき、制帽のつばをぐいと引き下げた臣の意識を、駐在所の電話が引き戻した。

「とと……はいはいっ、もしもし！」

『ばかもの。なにを慌ててる』

第一声から、あきれた声でたしなめられた。穏やかでやさしい声なのに、それを聞くたびなんとなく身が引き締まってしまうのは、親代わりの上司のものだからだ。

「あ……堺さん、すみません。どうしました？」

『どうしました、じゃない。……三島さん、見つかったぞ』

驚きに、臣の心臓が跳ねあがる。「本当ですか⁉」と声をうわずらせれば、堺はうるさげにうなった。

『嘘を言ってどうする。さっき、警視庁のほうから連絡があった』

三島が発見されたのは、池袋にほど近い住宅街だったそうだ。

意識不明の重体で、現在は入院、治療中だという。暴行のあとなどから事件性があると見られ、警視庁が厳重警備にあたっていると堺は言った。

「意識不明って……そんなにひどいんですか」

『手足を縛られて、ボコボコにされてたらしい。全身打撲に骨折と火傷《やけど》、栄養失調。おそらく数日間にわたってリンチを受けていたとおぼしき、ひどい状態だそうだ』

「どうやって見つかったんですか」

苦々しげな堺は、『監禁されてたアパートが火事になったことがきっかけだ』と言った。

『監禁してた連中はすぐ逃げだしたようだが、消防署の話じゃ、ドアに鍵がかかっていたらしい。……そして三島さんは二階の窓から飛び降りた』

「飛び降りた⁉」

『飛び降りてきたとき、火のついたカーテンごと窓を突き破ったそうだ。それが逆に、ガラスの破片から彼を護ったそうだが』

壮絶な状況に、臣は絶句した。

『幸い、どしゃぶりの雨のせいで火はすぐに消えたが、そうでなければいまごろ三島さんは命もなかっただろう』

陰鬱につぶやいた堺は、やれやれとため息をついた。

『現場は、身元保証もいらないようなアパートでな。周辺住人も、それなりの人間が多くて。殴る蹴るの音が聞こえても誰も通報しなかったようだ』

けれども火が出たうえにいきなり人間が落下してきては、騒ぎにならざるを得ない。通報を受けた消防署では、消火活動と救急車の手配でおおわらわだったそうだ。

「で、出火の原因は？」

『通電火災だ。配電設備が故障して、数時間ほど停電してた。大雨が降ったせいもあって空気は湿ってた。悪条件が重なったんだ』

通電火災はトラッキング現象と呼ばれるものが原因だ。コンセントに詰まった埃が湿気を帯び、漏電することで発火条件となる。リンチ場だったその部屋にはほとんど電化製品はなかったが、古い扇風機があったのだそうだ。

『昼間の停電だったから、気がつかずに扇風機を回そうとしたんだろう。大家の話じゃ、まえの住人が捨てるのを面倒がって置いていったそうなんだが、数年空き部屋だったんで、ジャックも傷んでたんだろうな』

そして漏電して飛び散った火花が化繊のカーテンに飛び火し、あっという間に燃えあがった。食べもののゴミなども部屋の隅に散乱していたから、ビニール袋などの可燃物が火種をさらに増やしたのだろうと堺は言った。

「にしても堺さん、警視庁管轄の話なのに、えらい詳しいですね……」

まるで管轄内の事件かのような詳細な説明に、臣はひたすら感心してしまった。

『東京で行方不明になったっていうから、伝手《つて》を使ってな』

「そんなのあったんだ」

思わずぼろりとつぶやいた臣に『ばかものっ』と堺は笑った。

『誰が作った伝手だと思ってる。島田《しまだ》さんだよ。あの時期、秀島さんのことでおまえが東京にいくから、面倒がないよう、話を通しておいただろうが』

「……ああ！　鹿間《しかま》の事件の！」

『念のため三島さんの話をしておいたら、ちょうど彼の管轄区域で発見されたそうだ』

それまで島田と堺はなんらの接点もなく、県警の刑事が事件の被害者の見舞に行くことで、組織同士がこじれないよう念のために話を通しただけのことだった。

（こうなると、鹿間の事件が縁を結んだと言わざるを得ないよなあ……）

微妙に複雑な顔になった臣は、はたと奇妙な点に気づいた。

「あの、三島って搬送されてからずっと意識不明なんですよね？　どうやって身元がわかったんですか」

『病院に運ばれてから一瞬だけ、目を覚ましたそうだ。そして、ポケット、裏、とだけつぶやいてまた、意識をなくしたらしい』

「ポケット裏……？」

『彼は、つくづく周到な男だな。そこに、パスワードつきのアップローダーのアドレスと、パスワードを彫り込んだドッグタグが、縫いつけてあった』

アクセスすると圧縮されたファイルがダウンロードされ、なかには重田らがやった横領の証拠や二重帳簿の写真画像、一連の件に関わったとおぼしき人物の名前と顔写真がずらりと並んだデータが同梱《どうこん》されていたそうだ。

『重田の告発を請け負った弁護士に確認したところ、検察に提出するよう指示されたものと同じものだったそうだ。違ったのは、ことの経緯のすべてが記されたテキストが添付されていたことだな。おそらく、自分が証言できないときの保険だったんだろう』

「なんつうか……そりゃ、準備に時間かかるわけだわ……」

二重に証拠を残していたということか。まめまめしさと執念深さはいかにも三島らしく、臣はあきれていいのか感心していいのかわからなくなってしまった。

『そんなわけで、横領事件についてはカタはつくだろう。ただ、問題はすでに重田は逮捕されているが、まだリストにあるうちの数人が見つかっていないそうだ』

堺の言葉に、臣は表情をこわばらせた。

『代表の……壱都さんだったか、彼の警備にも気をつけたほうがいいだろうな。彼に対しての暴力行為についても、告発文にあった。怪我の写真もな』

「彼の保護について、県警で手配はできませんでしょうか」

『そのことだが、……正直いって、むずかしい』

苦い声をだした堺の言わんとするところは、臣にもわかる気がした。

宗教団体が活動をする場合――たとえば数年まえのような、練り歩きなどの行動をとる場合であれば、警察もなにかのときのために警備態勢をとることができる。

だが三島が入院させられ、壱都が怪我を負わされたのは事実としても、これらは個人的な暴行被害者となってしまう。ストーカー被害のニュースなどで批判されることもあるが、日本の警察では、たとえばアメリカの証人保護プログラムのような、事件関係者に『これから起きる可能性のある被害』を防ぐためのシステムはない。すでに起きてしまった事件についてしか、動くことができないのだ。

『三島さんはさすがに警察病院へ入院中だし、これ以上の襲撃はないと思う。だが……壱都さんは、まだおまえのところにあずけていたほうが無事かもしれん』

かつて浩三が言ったとおり、この町は町全体が顔見知りという狭い地域で、よそものが紛れこんだらすぐにわかる。へたに人口の多い市内などより、却《かえ》って安全度は高いというのは堺も同意見だった。

『それに、まさかあんなド田舎にいるとは考えていないだろうしな』

「そうですね……そう、思いたいんですが」

『なんだ、なにかあるのか』

頭をよぎったのは、かつてこの町にいたという前田和夫、そして慈英との電話中に、なにごとかが起きたらしい沢村。手短に堺へと報告したところ、彼は『まずいな』とうなった。

『代表役員が逮捕され、責任役員の三島さんが重体、教祖は行方不明で、すでに教団内の命令系統はぼろぼろらしい。もうなにがどうなってるか、把握できる人間はすくないそうだし、重田はどうやら、ちんぴら連中を金で雇っていた疑いもある』

「命令を出す人間が消えても、実行する人間は別働隊で動いてる可能性は高いですね」

『いまの話、島田さんに通してみる。場合によると、前田らの顔写真、まわしてもらえるかもしれん』

「お願いします」

『そっちも、気をつけろ』

電話を切った臣は、いつの間にか肩に力がこもっていたことを知る。三島が発見されたことは――それがどんな姿であっても――喜ばしいが、姿の見えない襲撃者は、まだ現れる可能性はむしろ高まった。背中に走る緊張、手に冷や汗をかいていることにも気づいて、気合いを入れるために両頬をたたいた。

「しっかりしろ、くそ……！」

まず前田らの顔写真が手にはいったら、町の住民らに注意喚起をする。ほかにもやらねばならないことは山積みだ。

どおん、どおん。遠くから聞こえる祭り太鼓の音が、臣を鼓舞するように響いた。

＊　＊　＊

夕刻近くなって、慈英は壱都を連れて病院から戻ってきた。重たいギプスがとれた壱都はひどくはしゃいでいて、帰路の間もずっと鼻歌を歌っているほどだった。

【診療終わりました。六時には戻ります】

慈英の連絡メールに、臣からは【きょうは早上がりするから、おまえの家で待ってるよ。快気祝いに、奈美子さんと尚子さんがごちそう持ってきてくれた】という返信があった。

それを伝えたところ、壱都は「みんな、やさしい」とご機嫌な顔で笑う。もともときれいな顔をしているため、全開の笑顔になると本当に天使のようだ。

車を停め、さすがにまだ自力では降車できない彼をおろしてやろうとした慈英を待ちきれない様子で、壱都は「早く」と両手を差しだしてくる。苦笑いしながらお姫さまをおろすと、松葉杖を摑んだ壱都は、精一杯の早足で家に向かった。

「臣！　ただいま！　ギプス、とれました！」

急くように玄関を開けた壱都は、大声で臣を呼んだ。

「おう、おかえり。よかったなー壱都」

もともときゃしゃな身体なのに片足の筋肉は見てわかるほどに細っている。きょうのところは松葉杖を使っているが、慣れるためにも、なるべく自力で歩く練習をしたほうがいいと医者は言った。

「まだストレッチとか筋力強化のリハビリが必要ですけど、とりあえず骨も靭帯《じんたい》も経過はよかったようです」

「そうか、ほんとよかった……」

ほっと息をついた臣の表情がこわばっていることに、慈英は気がついた。

「これで、お祭りいけますか？」

「あー、壱都……そのことだけどな」

「お祭りって、テレビで見たことしかないです。はじめて！」

はしゃぐ壱都は、臣のためらいにも気づかないまま、すごいすごいと興奮している。

まだ多少足は引きずるけれども、自力で歩けるようになったことが嬉しくてたまらないのだろう。ふだんよりもずっと子どもっぽく、頰を紅潮させている。

（本当は、祭りみたいなことに連れ出すのは危険すぎるだろうが）

せっかくの喜びに水を差すことはできず、躊躇《ちゅうちょ》しているらしいのはわかる。だがあきらかに、数時間まえよりも表情が暗い。おまけに、いつものように壱都を叱ってたしなめることすらできないまま、臣はもごもごと話をそらした。

「あ……と、喉渇いたな。壱都、なんか飲むか？」

「いただきます」

「冷たいの？　あったかいの？」

ん、と考えた壱都は「あったかいので」と答えたあと、ちょっとはにかんでつけくわえた。

「ミルクとショウガがはいった紅茶がいいです」

それは三島がいつも彼のために作っていたものだ。臣はとっさに顔をそらし「わかった、待ってろ」と台所に向かった。

一瞬だけ歪んだ顔を見られまいとしたらしい。浮かれている壱都は気づかなかったようだが、慈英は見逃さなかった。

「壱都、汗をかいただろ。お茶のまえに手を洗ってうがい。それから、ついでに着替えなさい。びっしょりだから」

素直にうなずいた彼は、着替えにはまだもたつくはずだ。時間を稼ぎ、慈英はそっと台所に向かった。

やかんを火にかけた臣は、シンクに手をついて薄い背中をまるめている。

「臣さん」

声をかけると、振り返った彼はなにかをこらえるような顔をしていた。

「壱都は？」

「着替えさせてます。なにかあったんですか」

背中に手を添えると、「三島が見つかった」と消えそうな声でつぶやく。慈英がなにか言うより早く、「でも、三島をリンチした連中、まだ見つかってないんだ」とつけくわえた。

「あいつむちゃくちゃだよ。火のついたカーテンに自分から突っこんでったとか……」

重苦しい声で、堺との電話の内容を告げた臣に、慈英も顔をしかめた。

「ドッグタグってさあ、もともと軍人の身元確認のための認識票だろ。それ、死ぬの前提ってことだろうがよ」

声を震わせる臣に、慈英も目を伏せる。相当な覚悟だとは思っていたが、現実的に彼に起きたできごとは、本当に死と紙一重の状況だったのだ。

「……壱都は、危ないでしょうか」

臣の背中をさすって問うと、彼は気を落ちつかせるように長い息をついた。

「可能性は高い。堺さんとも話しあったけど、やっぱりこの町で匿っているのがいちばんマシな気はする」

「そのとおりかもしれませんね。ここなら、誰かしらがいつも壱都を見ていられる。当初の予定どおりってことで、あとは警戒を強化するしかないと思います」

「このまえは、県警に投げろとか言ったくせに、なんだよ」

顔をしかめて突っこみをいれた臣に、慈英は苦笑した。

「現実的に考えて、そのほうがいいと思ったんです。……というか、壱都本人にね。あっけらかんと言われてしまったので」

「なんて？」

「俺は臣さんが好きで、あなたといることを邪魔するものを許せないと。そうしたら、それはわたしのことかと、けろりと言われました」

驚いたように、臣は目をまるくしていた。あまりに素直な顔をするから、慈英は笑う。

「そして俺は、なにかをしようと思ったらそうする人間だと。そうしないのは、したくないからだと。だから壱都を積極的に追い出さないなら、それは俺のしたくないことなんです」

じっさいに壱都に言われた言葉のニュアンスとは違ったけれど、間違いではない。

それに、確信を持って言える話だ。慈英は壱都をきらいではないし、見捨てられない。そしてそういう自分を——それこそ、きらいではないのだ。

「できる限り気をつけましょう。浩三さんたちにも、協力してもらって」

「……うん」

ほっとしたように息をついた臣が、一瞬だけ弱い笑みを浮かべる。その後、決意したように「うん」とうなずき、目に強さを取り戻した。

「俺は二度と、あんなひどい目にあわせたくない」

自分に言い聞かせるかのような臣を背後から抱きしめ、慈英は彼の髪を撫でる。

「でも臣さんも、ひとりで無茶はしないでください。本当に」

「わかってるよ」

しゅんしゅんとやかんが音をたてる。火を止めようとした臣の手を制し、慈英がそれを止めた。

「あの、紅茶……」

「すこしだけ、このまま」

しばらく無言で抱きしめられているうちに、慈英はそっと問いかける。

「あの件、答えは、でましたか」

「……っ」

あれから五日間、一度もそのことを訊ねようとしなかった慈英の言葉に、臣はごくりと息を呑んだ。瞬時にこわばった薄い背中に、慈英は痛ましさを覚える。

それでもこれは、彼が考えるべきことで、いまはなんの手を差し伸べることもできない。

すでに、慈英の答えは決まっている。あとはその回答をすりあわせ、結果をだすだけだ。

けれど慈英の胸の裡《うち》など知らない臣は、悪あがきをするように「あのさ」と口ごもった。

「慈英さあ。俺、思ったんだけど」

「なんでしょう」

「答えをだすのは、俺じゃないんじゃないか」

ゆっくりと抱擁をほどき、臣は慈英に向き直る。じっと見つめてくる臣の目は、慈英の危《き》惧《ぐ》したような不安定な揺らぎはない。けれどこれは予想したとおり、思いつめたような色になっていた。

「おまえは、なにを訊きたいんだ?」

「臣さんの覚悟を」

じっと見つめると、臣の目が揺れる。

「……覚悟ならしてるよ」

「どんな？」

答えたくないというように、伸びあがった臣は慈英の首に腕をまわし、無言でキスを求めた。慈英は胸にこみあげてくるじれったさを飲みくだし、求めに応じた。

なにも言いたくないし、言われたくないと告げるような切羽詰まったそれは、出会って間もないころの彼の行動と似ているようで違う。

（いつまでも、同じではいられない）

片時も離れないよう互いのそばにいて濃密であまい痛みを伴う七年をすごしたことが、慈英にも臣にも成長と変化をもたらした。

あのころより、ふたりともおそらく大人になったのだと思う。強くも、弱くもなった。

そしてだからこそ、臣の抱えている葛藤《かっとう》は大きくなっている。

（でも、俺も苦しい）

七年まえも、慈英は臣に答えを与えずに離れたと見せかけ、ひたすら自分のことだけを考えるよう仕向けた。そして落ちてくるのをひたすら待った。あれは――傲慢で稚拙《ちせつ》な罠のようなものだ。結論を勝手に押しつけ、ただいたずらに臣を翻弄《ほんろう》した。

いまは違う。臣の答えを、彼が彼自身の意志で摑んだ答えをこそ、知りたいのだ。

「は……臣さん、まずい」

喉声をあげ、慈英の唇を舐めはじめた臣の腰をすこし強く抱いて、慈英はたしなめる。

「なんで……」

「壱都がいるでしょう」

いまさら、と赤らんだ唇を不服そうに歪める。けれど慈英としては、このまま盛りあがるわけにはいかない理由があった。

「先週、したでしょう。そのまえも、壱都が寝ているときに」

「それが？」

「あのね、気づかれてますよ」

臣はぎょっとしたように目を剝いた。

「き、気づかれてって、なんで？　防音だって言ってたのに」

「……異様に勘がいいみたいですから」

アインの話を打ちあけ、感情のままに寝てしまった翌朝。朝食を食べている際、壱都はにこにことしながら、こう言い放った。

「慈英と臣は、ゆうべは仲よくしましたか。……正直、冷や汗がでました」

臣は、おそらくその朝に慈英が浮かべていたのと同じだろう、なんともつかない表情になった。だがいつもなら、ひとにばれそうだと告げれば飛んで逃げるのに、臣はぐずぐずと慈英の身体に腕をまわしたまま離れようとしない。

「じゃ、まずい、か」

そう言いつつ、ますます腕の力を強めてくる彼に慈英は驚いた。

「臣さん？」

「……だって、キス、ひさしぶりだろ」

信じて、待つべきだと自分に言い聞かせたこの五日間はひどく苦しかった。おかげで接触を遠ざけるしかなく、口づけるのも五日ぶりになっていた。

恋しく思っていたのが自分だけでないと知れるのは嬉しいけれど、慈英は苦笑してしまう。見咎めた臣が、「なんだよ」と口を尖《とが》らせた。

「だって臣さん。五月に俺が『五日も会えない』って拗《す》ねたら、ばかだって言ったくせに」

「あれはっ……」

赤くなって怒鳴ろうとした臣は、すぐにその顔をくしゃりと歪め、不器用な笑顔を作った。

「……あれは、すぐに会えるのが、あたりまえだったから」

「臣さん……」

「あたりまえじゃ、なくなるなんて、あのときの俺は思ってなかった、から」

うつむいた彼のうなじは細く、頼りない。その五日後――まるっきり自分を忘れた男と対面したときも、こうして彼は無言で耐えていた。

ずきりと慈英の胸が疼《うず》く。

耐えて、許して、あきらめようと努力して、それでも慈英を好きでい続けてくれた彼に、まだ傷も癒えきらないうちから選択を迫ることになっている。

（ごめん）

心のなかで謝りながらそっとうなじに触れると、臣がびくっと震えた。

「臣さん、これだけは、聞いて」

「……っ、なに」

「俺は、どんなことがあっても、あなたを愛してるし、あなたを信じるって決めた。なにがあっても、あなただけで、それはずっと変わってない」

臣の手が、慈英のシャツをぎゅっと握りしめてくる。

「ただ、そのためにはあなたに決めてもらわなければいけない。だから、俺が答えを出すわけにいかないんです」

「なにが、言いたいのか、わかんねえよ」

「そうでしょうね」

かたちのいい後頭部をそっと撫でると、胸に強く顔を押しつけてくる。愛《いと》しさが溢《あふ》れて、慈英は息が苦しかった。もう一度抱きしめなおすと、臣が震える息を吐きだす。

「な、慈英。……まだ、もうちょっと」

「……うん？」

肺の空気を絞りだすように、苦しげに臣は言った。

「もうちょっと、待ってくれ。まだ言えない」

「答えが出ていないから？　それとも」

引き延ばしたいだけですか。言葉を口にするまえに、臣が手のひらで慈英の唇をふさぐ。真っ赤に充血した目で、「言えない」と繰り返した。

「言えないから、キスして、慈英」

震えきった声で、それでも笑おうとする臣を抱きしめ、望まれたとおりに唇をふさぐ。細い腰のライン、腕にあつらえたようなしっくりくる身体。痛々しいほどの臣のすべてを抱きしめて、慈英はただ口づけをささげる。

このまま、ただふたりしてなにもない場所で、口づけるだけで生きていってもかまわないと思うことがある。

臣にもその危うい願望はあって、慈英が誘いこめばおそらくきっと簡単なことくらい、ずっと以前からわかっていることだ。

――臣さんしか、いらない。ほかのことはどうでもいい。本気で思ってる俺は、少しおかしい。

あのとき伝えた、魂をまるごと差しだすような言葉はいまもこの胸にある。けれど、そこへ堕ちないようにと手をつなぎあってきた日々も、たしかに存在するのだ。

――あなたのいるところが、俺のいるところです。

無邪気なほど言いきれたあのときの言葉は、けっして嘘ではない。嘘にしたくない。

だから、臣にももう一度、本当の意味で、覚悟をしてもらわなければだめなのだ。

今度こそ本当に、すべてを損なわずに手に入れるためにも。

くふん、とせつない喉声をあげ、臣がしがみついてくる。背中を撫で、舌をからめて、髪を梳《す》いた。手のひらがすでに覚えたかたち、感触——もう目新しいことはなにもない。

それでも、いとしいと感じる相手に心をこめたキスをしていると、背後から、けろりとした壱都の声がした。

「あ、ごめんなさい。じゃまをしてしまった?」

「ひっ!」

悲鳴をあげて、臣は真っ赤になる。硬直しきった恋人を見ていられず、慈英がとっさに背後に隠すと、部屋着に着替えてさっぱりした壱都は、かわいらしく笑った。

「慈英、仲よくできてよかったですね」

「な……」

絶句する臣をよそに壱都は屈託なくにっこりする。

「で、飲み物は、まだ?」

壱都の独特な間合いにだんだん慣れてきた慈英は、ため息をついて「もうすこしかかるから、待っていて」と告げた。

「はあい」

軽く足を引きずりながら去っていく壱都に、今度は臣が深々と息をつく。まだ赤い頬をさすりつつ、しみじみと言った。

「あいつ、浮き世離れ度合いでは、おまえ以上だな」

「較べものになりませんよ、あれは。なにしろ、三島のかみさまだから」

そうだな、と力なく笑った臣の唇をもう一度だけついばんで、慈英はすこし冷めたお湯をもう一度火にかけた。

＊　＊　＊

八月も終わりが近づき、ついに夏祭り当日となった。

昼間から、どおんどおんという太鼓の音は響き、バリエーション豊かな盆踊りの音楽が街中のスピーカーから流れてくる。

そし慈英のアトリエでは、壱都の妙なうなり声がそれに重なるように聞こえていた。

「う、これ、苦しいです……」

「こらこら壱都、そんなにもぞもぞしたら着つけができないだろ」

じたばたする壱都に帯を巻きつけているのは、大月のおばあちゃんことフサエだ。たしなめながら明るく笑い、するすると手際よく着つけていく。

「ほらできた。ああ、かわいいねえ！　ばあちゃんのおさがりだけど、そんなに古いもんでもないだろ……先生、駐在さん、ほうら！　見て見て！」

女の子の着替えに男どもは邪魔と追い出されていた慈英と臣は、ようやくなかにはいることを許されてほっとした。

お披露目された壱都の姿に、慈英は「……おお」と顎を撫で、臣は「うわあ、かわいいじゃん！」と声をあげる。

「似合いますか？」

「似合う似合う、かわいいかわいい」

木綿の藍染めであるそれは最近流行《はや》りの創作浴衣などではなく、古典的な花の意匠が描かれ、壱都の上品な美貌《びぼう》によく似合っていた。

うえからしたまでしげしげと眺めた慈英は、鬚を指でなぞりながらつぶやいた。

「……かなりいい品ですよね、これ。本当に、お借りしてよろしいんですか？」

「あら。先生、浴衣にくわしいのかい？」

「そちらのほうは不勉強なのですが、もののよさはわかります」

違う方向で感心している慈英をよそに、壱都は袖《そで》をつまんでくるくるまわりながら、自分の姿をためつすがめつ眺めていた。

「壱都、自分に見とれてないで、お礼」

臣がうながすと、はっとしたように腕をおろして頭をさげる。

「おばあちゃん、ありがとう」

「いいえ、いいええ。きれいな子に着てもらえて、浴衣も喜んでるよ」

臣と慈英とで深々と頭をさげると、フサエは「それじゃ、あとでね」と笑いながら帰っていった。残された慈英と臣は、「さて」とあらたまって壱都に向き直る。気配を察した壱都も、神妙な顔をした。

「壱都、いいか？　お祭り、どうしてもっていうからちょっとだけでてもいいけど、一時間だけだからな？」

「はい」

「まだ歩くのもやっとなんだから、疲れたらすぐに帰るよ」

「わかってます」

ひたすらよい子のお返事をする壱都は、ここしばらくリハビリに励んだおかげか若さゆえの回復力か、いまでは松葉杖なしで歩くことはできるようになった。ただし走ったりするのはまだ無理だし、長時間の歩行もむずかしい。

「気をつけます。慈英とか浩三と、ずっといっしょにいる。ちょっとだけ見たら、すぐ帰ります。……で、いい？」

ちら、と上目遣いをする壱都に、臨時保護者ふたりは顔を見あわせ、深々とうなだれたまま小声でぼそぼそとささやきあう。

「……つーか、けっきょく祭りにいくんか。壱都にあまいよな、俺ら」

「しかたないでしょう……あんな顔されたら」

危険性が高いことを考え、祭りはあきらめろとこの数日説得を重ねてきた。

これでだだをこねたりむくれたりされれば、臣たちも強硬にでられたのだが、日に日にしょんぼりしていく壱都を見ていられなくなったのだ。

——はじめてだし、最後かもしれないから、見たかったのだけど。……でも、それはわたしのわがままですね。

ぽつんと言った壱都は、あれほどはしゃいでいたのに、ぴたりとおとなしくなった。「祭り」のひとことも口にせず、慈英のアトリエでぼんやりするか、臣のいる駐在所で昼寝をするだけの壱都の姿は、見ていて哀れになるほどだった。

——なあ、俺もちょっとさ、気をつけるからさ。壱都、祭りに連れてってやんないか？

ちょくちょく顔を見に来ていた浩三がまっさきに音をあげ、あとはこのひと月足らずで顔見知りになった町のひとたちが、我も我もと声をあげた。

——みんな遊んでるのにねえ、かわいそうだよ。

——変な親爺《おやじ》が探してるってんだろ？　町中で見てんだからさ、だいじょうぶだろ。

慈英もあれこれと話を聞いてもらったようなのだが、浩三のお手伝いをしている際、ふれあったひとびとは皆、壱都と話をすると、ひどく心が軽くなったという。

——あの子は聡《さと》いねえ。聡いのに賢《さか》しくない。すごい子だよ。

そう言ったのは、さきほど着つけをしてくれたフサエで、とにかく老若男女、壱都と話した相手は皆、壱都の虜《とりこ》になってしまった。

「もうすっかり、アイドル状態ですからねえ」

「うんまあ……『光臨の導き』が最悪解散しても、すぐべつの教団作れると思ったわ、俺」

茶化した言葉もむろん、壱都の耳にははいらないように小声だ。

いまだ発見されていないという前田、及川などの顔写真は、堺から島田に連絡して譲ってもらうより早く、指名手配として町にはりだされることとなった。三島の用意した周到な証拠を突きつけられ、長い取り調べについに観念した重田の供述により、横領と暴行の実行犯であることが明白になったからだ。

ことに前田は一時期この町に住んでいたこともあるため、潜伏先に選ばれる可能性も高いとして、要注意人物として公布した。

壱都の身元については、いらぬ動揺を与えたくないため、いまだに明かしてはいない。ただ凶悪犯の警戒を強めると同時に、『壱都に怪我を負わせた男』が現れるかもしれないという説明で、浩三らは充分納得してくれた。

「ともあれ、あれで正式に警戒態勢はとれるしな。小一時間なら、問題もないだろ。県警に応援の要請もしたし、警察官もすこし増やしてもらえた」

「嶋木《しまき》さんですか？」

「うん、あとふたりばかり。駐車場の車上荒らしも増えてるし、祭りの警備ってことで、……俺らが、しっかり護るよ」

いささか緊張を覚えつつ、自分に言い聞かせるようにうなずいた臣は、またくるくるまわっている壱都の髪が、帯を隠していることに気がついた。

「壱都、その髪……」

「長すぎるから、編んであげましょうか」

同じことに気づいたらしい慈英が申し出ると、壱都は自分の荷物袋——中身はこの町にきてから購入したものがほとんどだ——からブラシをだし、遠慮もせずに慈英へと差しだす。

「ありがとう」

「どういたしまして」

礼を言うだけましだと慈英は苦笑し、つややかな髪を束にしたあと「クリップか簪《かんざし》がいるなあ」とつぶやいた。

「そんなもん、ないだろ。また奈美子さんとかから借りてくるか？」

「いや、なにか代用できるものが……ああ、そうだ」

ちょっと待っていてと言った慈英は、アトリエの隅にある棚のなかから、小さめの桐箱をとりだした。

「なにそれ？」

「知人の工芸作家から、いただいたんです。使う機会がなかったんですが」

出てきたのは、精緻《せいち》な螺鈿《らでん》細工がうつくしい塗り箸だった。これをかんざしの代わりにしてまとめるという慈英に、臣は「箸でか？」と目をまるくする。

「箸かんざしって言って、わりとメジャーですよ？　じゃ、壱都、そこに座って」

ソファのまえに置いた丸椅子へ、壱都はちょこんと座った。身長差がありすぎるため、座ったままのほうが作業をしやすいらしい。

編みこみ途中の髪を止めるのは、ヘアクリップではなく、画布を止めたりする目玉クリップだったりするのはご愛敬《あいきょう》だが、するすると器用に慈英は編んでいく。

よじったひと房をまとめていた途中で、壱都がぽつりと言った。

「三島はいつも梳いてくれたの」

「……そか」

壱都が、自分から彼の名前を口にしたのはいったいいつ以来だろうか。

器用に髪を編みこみ、かわいらしくまとめていく慈英の横で、言いそびれていたことを臣は打ちあけることに決めた。

「あのな、壱都」

「はい？」

「三島から、連絡があったよ」

そのとたん、編みかけの髪が乱れるのも気にせず、驚くような勢いで壱都は顔をあげた。きれいな目をまんまるにして、臣をすがるように見つめている。

「本当ですか」

「……うん」

厳密には、彼から直接連絡があったわけではない。ただ、ようやく峠《とうげ》を越えて意識を回復し、ひとことふたことなら話せるようになっただけだ。

彼は目覚めるなり、もうろうとする意識のなかでこう言ったらしい。

——壱都さま、すぐに、三島がまいりますから。

そして、また深い眠りに落ちてしまったそうだ。

堺から事情を聞き、それを伝えてきてくれた島田には、どう感謝すればいいかわからない。

「電話があったの？　いつ会える？　迎えにきてくれる？　わたしがいくほうがよいの？」

いままで、一度として彼のことを訊ねようとしなかった壱都が、顔色を変えて臣に迫る。臣の制服のシャツを摑んだちいさな手は震えていて、臣はそっとそれを包むように握った。

「落ちついて。三島は、まだ用事が長引いてて、こられない。でも必ず迎えにくるから、もうすこしここで待っていてくれるようにって」

歓喜に輝いていた顔は、花が萎《しお》れるように色をなくした。それでも壱都はこくこくとうなずいたのち、溢れそうになったであろう言葉を呑みこんで、訊ねてくる。

「三島は、元気でしたか？」

震える声で言われ、臣は「元気だったよ」と苦しい嘘を発するしかなかった。おそらく、嘘と気づいていながら壱都はそれ以上の質問をせず、もうひとつだけ、と問いかけてきた。

「……生きて、いる？」

臣がうなずくと「なら、いい」とわななく声で壱都は言った。

「三島が、生きていて、元気で、迎えにくるなら、わたしは待つから」

かける言葉をなくしていると、壱都は涙をこらえ、気丈に微笑んだ。その顔は、いままで見せた壱都の笑みのなかでも、もっともせつなくうつくしいと臣は思った。

「慈英、ごめんなさい。もういちど」

「いいよ。今度はじっとしていて」

乱れた髪を一度ほどいて、ふたたび慈英は編みなおした。さきほどよりよほど複雑なかたちに結いあがった髪は、小花の螺鈿がきらびやかな箸かんざしで飾られる。

「慈英ってほんと、なんでもできるな……」

「いちおう、オブジェもいままで手がけましたし。素材が髪だと思えばなんとか」

褒めたのがばからしくなるコメントに、思わず臣は笑った。そしてふと、思いつく。

「壱都、写真撮ろう」

「え？」

「かわいい格好、三島に見せてやろう。あいつ怒るかもしれないけどな。生で見損ねて」

壱都は、ふふふと笑った。さきほどのような抑えたものでない、自然な笑みがかわいらしい。つられて、臣も微笑む。慈英はすぐさま棚をあさって、仕事用に使うデジカメをとりだした。

「画素数のいいので撮っておけば、引き延ばせますしね」

「なんでもできるし、なんでもでてくるし、ほんと慈英、四次元ポケット持ってねえ？」

「ほしいですけどね、持ってません。……壱都、そっち逆光だから」

カメラをかまえた慈英が言うと、壱都はおとなしく指示に従い、数枚を撮られたあと、

「ん」とあのポーズをした。

「せっかくだから、慈英と臣も」

「え？　べつに俺らは……」

「わたしがほしい。三人で撮って」

壱都がせがみ、セルフタイマーつきのカメラで記念撮影をした。写真を撮るのはともかく、撮られるのは好きではないという慈英も、渋々ながら折れるしかなかったようだが、話はそ

こで終わらなかった。

「あと、ふたりのもわたしが撮るから」

「えっ」

「いいよ、いらないって」

だめ、と言い張った壱都に、ふたり揃《そろ》ってソファに座らされる。「笑って」「はいらない、もっとくっついて」と案外注文のうるさいカメラマンは、撮られる側よりよほどいい笑顔のまま「はい、チーズ」とご満悦だった。

＊　＊　＊

トランシーバーの受信を伝えるノイズが、ザザッと音をたてた。

「こちら小山《こやま》。神社周辺、異状ありません、どうぞ」

『浩三だ。公民館周辺も異状なし。どうぞ』

『こちら伊沢《いざわ》。仮設駐車場、問題ありません。どうぞ』

ものものしい会話を交わす臣の耳に、どどん、どどん、と迫力のある太鼓の音が響く。

いつもならば、夜の七時をすぎればひとの姿など見かけない町も、お祭りムードとあってにぎわっている。わらわらと歩くひとびとのなかには浴衣姿の女性も多く見かけられ、はなやかなムードは楽しげだけれど予想外だと顔をしかめた。

「……なんか思ったよりひとが多いですよ、浩三さん」

『じつは先週、観光特集の雑誌に、記事が載っちまったんだよ』

「ちょっと、そんなの聞いてませんよ！」

臣が目をつりあげて怒鳴る。浩三は『俺も知らなかったんだよ』と困ったように言った。どうやら『地方の奇祭』なる特集だったらしく、例の、火渡りの儀式がとりあげられたのだそうだ。

『お神楽《かぐら》の写真とか、かなりいい感じに載ってたらしくて……例年より客が多いんだよ』

『駐車場、満杯になっちまったぞ。路駐の対処に手が足りません、どうぞ』

途中、伊沢から焦ったような受信が割りこんでくる。この町の観光推進派としては嬉しい悲鳴なのだろうが、臣としては青ざめるような情報だ。

（まいったなあ、もう）

平素は鬼ごっこをする子ども以外、ほとんどひとのよりつかない神社の周囲には祭り提《ぢょう》灯《ちん》が連なって飾り付けられ、通りに沿って屋台もずらり並んでいる。

ひとごみからでも、開放された神社の舞台はよく見えた。鳥居から正面、その舞台へあがる階段のまえでは、数メートルもある竹がごうごうと燃やされている。七夕で使ったものなのだろう、燃え残った短冊が火の粉とともに空を舞い、お守りやお札もくべられていた。

その炎の向こう側にある舞台上では、頭に金の冠のような飾りをつけた赤い袴《はかま》の巫女《みこ》装束の少女がふたり、禰宜《ねぎ》の奏でる笛の音と男衆の太鼓にあわせて、軽やかに踊っている。この日のために夏中練習した子ども巫女たちが舞うたびに、手にした神具の神楽鈴が、しゃりん、しゃりんと鈴の音を響かせた。

(壱都にも似合いそうだな)

一瞬臣は考えたが、この神楽舞を舞うことができるのは、小学生、それも十歳以下の女児のみだ。子どもは半分かみさまのもの、という考えに則ってどうの、と聞いた覚えはあるが、ややこしくていまいち覚えていなかった。

臣にわかるのは、ひとが大量に集まればどうしてもトラブルが起きかねないことだ。ハレの日である祭りのムードはひとの心にも影響する。

ごうごうと燃える奉納の火と参道から周辺の街並みまでぐるりと囲んだ祭り提灯のおかげで、このあたりは予想よりも明るい。だがすこし離れた場所は、そのぶんだけ翳《かげ》りが強く濃くなっている気がする。

「小山です。慈英と壱都はどこにいます？　見かけたかた、どうぞ」

『秀島です。いま、駐在さんのうしろです、どうぞ』

無線を通しての声にかぶさり、リアルな声が聞こえる。えっ、と驚いて振り返ると、慈英が無線機を持ったままいたずらっぽく笑い、隣では浴衣の壱都が「臣！」と笑って手を振った。すでにその手には、わたあめや林檎飴《りんごあめ》など、駄菓子がしっかり握られている。

「……買ってやったの？」

「買い食いというのを、したことがないそうで」

言い訳がましいことを口にした慈英は、苦笑しながら顎のあたりを手でこすった。もう片方の手は、壱都がはぐれないようにかその肩にずっと置いている。

ふたりの身長差は三十センチ以上ある。そしてどちらも黒髪に黒目でちょっと雰囲気のある美形だ。見ているだけで目の保養だなあ、と臣は感心してしまった。

「なんかそうしてると、おまえら親子みたいだな」

「やめてください」

「それはいやだ」

ふたり揃って無表情に言うあたり、息もぴったり合っている。臣は笑った。

「仲よしなんだかそうじゃねえんだか、よくわかんねえな。ま、祭りの間は慈英にひっついとけよ、壱都。あと、何度も言うけど疲れたらすぐ帰れ。いいな？」

臣の小言に、壱都は「はい」としおらしくうなずいた。

「慈英も悪いけど、最悪のときはおんぶしてって。……しかし涼しそうでいいな、おまえら」

壱都は浴衣、慈英はTシャツにジーンズというでたちだ。半袖とはいえ夏の制服、あれこれ装備もつけている臣は、制帽のしたの髪が蒸れてしかたがない。

「臣、暑い？」

浴衣の袖を握った壱都が、背伸びして、こめかみから垂れた汗を拭《ふ》いてくれる。ほんのりいい香りがして、「お香？」と臣は首をかしげた。

「さっき奈美子さんが匂い袋をくれた。これ。よい香りです」

袂《たもと》にはいっていた、ごくちいさな巾着《きんちゃく》状のそれを壱都が手のひらにのせて見せてくれた。あまいけれどしつこくない香りに「いいね」と臣は笑う。

「ここは、とてもいいところ。みんなやさしくて、気が清浄だ。いろんなものが、きれい」

匂い袋をしまって、壱都がぽつりとつぶやいた。一瞬だけ目を伏せ、顔をあげた壱都の目には、音をたてて燃え崩れていく炎が映っている。

しゃん……と鈴の音が余韻を残して消えていく。舞台を見ると、お神楽は終了し、巫女たちが正座して丁寧に頭をさげたあと、しずしずと歩いて禰宜の横へ控えた。

「そろそろ、火渡りがはじまる時間か」

高く積まれていた竹はほとんどが炭化し、ぱちぱちと音をたてながら足下を舐める程度の勢いへ変わっていた。

参道まえに控えていた男衆が野太い声をあげる。ひときわ太鼓の音が激しくなり、おおお、と叫びをあげた一番手が、火を蹴散らして祭壇の奥へと走りこんでいった。

ややあって、無事、奉納が終わったというしるしに神社の裏からがらんがらんという鐘の音がする。

さきほどまでの神楽とは正反対の、荒々しい神事だ。

「よいものを見せていただきました」

そっと手を組みあわせて目を伏せる姿は、どこか神々しいものさえ感じさせた。

(ふしぎな子だ)

見た目のせいだけでなく、無邪気に振る舞うからつい臣も子ども扱いをしてしまうが、ときどき漏らす言葉の端々に、やはりどこか常人離れしたものを持っているのだと感じる。

三島が発見され、調べを経てわかったことだが、彼が監禁されて暴力を受けていた期間と、夏風邪、と言われて壱都が熱をだしていた期間はほぼ、重なっていた。

延々と暴行を受けていた三島は、病院に担ぎこまれたときには、生きているのがふしぎなくらいのひどい状態で、救急車のなかでもショック症状を起こし、何度か心臓が止まった。

医者が逆に「これでよく生き延びた」と驚いていたそうだ。

もしかしたら、壱都が痛みをすこし、肩代わりしたのだろうか。そんなことを、つい考えて見とれていると、くるんと壱都が振り向いた。

「臣、ぼうっとして、疲れているの?」

「え、あ……いや」

「疲れたときには、あまいものがいいによ。はい」

手にしていたわたあめの袋からちぎって差しだされた。受けとろうとしたところ、あーん、というように壱都が口を開けるから、なんとなく照れつつ屈んだ臣は手ずから食べた。

「わ、見て見てあの子、かっわいい！　あーんしてあげてる」

「警察のひともイケメンじゃーん。いい絵だねえ」

観光客らしい女性たちが見ていたらしく、思いきり冷やかされた。慈英がくっくっと喉奥で笑う。赤くなった臣は、こほんとわざとらしい咳《せき》払いをして身体を起こした。

「……あー、とにかく、気をつけるように」

くすくすと笑った壱都は、じっと臣を見あげて言った。

「本当に、いろいろありがとう。この夜のこと、しっかり覚えておきます」

その口調がやけに引っかかり、「また見にくればいいだろ」と臣は言った。壱都はふるふるとかぶりを振る。

「三島が迎えにくるから。わたしはあまり、外にでられないから」

はっと臣は息を呑んだ。うっかり失念していたが、もともと壱都の環境はふつうの状態にない。こんなハプニングでもなければ、コミューンからでてくることすらなかったのだ。

「……きたければ、くればいいだろ」

かすれた声で臣が言うと、壱都は微笑んだ。

「やることがあるもの。きっと忙しくなる」

内部崩壊した教団を立て直すために、今後の壱都はおそらく大変な思いをするだろう。場合によっては、すべてを失う可能性もある。

言葉を見つけられない臣の代わりに、慈英が言った。

「これから、壱都が自分で作っていくなら、もっと自由に動けるようにすればいい」

「……え」

きょとんと、壱都は目をまるくした。

「どこにいても、壱都は壱都なんだろう？　したいことがあって、そうしたいなら、すればいい」

臣にはよくわからなかったけれど、慈英と壱都の間では通じる言葉のようだった。ふわり、と壱都が顔をほころばせ、それは夜に咲く花のようだった。

「そうですね。いろいろ考えます。三島といっしょに」

かすかに摑んだ希望を離すまいとするかのように、壱都は胸のまえできゅっと手を握った。

「臣も、慈英もありがとう。あなたたちにはお荷物だったと思うけれど、わたしには生まれてからいちばん楽しい夏だった。本当に楽しかった」

「……ばか、まだ挨拶は早えよ」

「でも、いま、言いたいから。わたしは、ふたりとも大好きだ」

微笑んだ壱都は、本当に嬉しそうだった。臣に頭を撫でようとして、結いあげたそれを崩す可能性があることに気づき、そっとふれるだけにとどめた。

「祭り、楽しんでいきな」

「はい」

「慈英はくれぐれも、目を離さないで。じゃあ、またあとでな」

笑ったふたりに手を振り、臣は警邏に戻った。できるだけ見晴らしのいい位置を確保したまま周囲を警戒していると、ザッ、と無線機が受信する。

『嶋木です！　商店街の酒屋のまえで酔っぱらいがけんかをはじめています！　応援お願いします！　どうぞっ』

後輩の情けない声に臣は顔を歪めた。「了解、すぐに向かいます」と告げた。

（すんげえひとだな、くそ）

鳥居に背を向け、走りだそうにもひとが多くて進めない。「すみません、ごめんなさい」と声をかけながらひとをかきわけ、どうにか混雑を抜けた臣はようやく商店街のほうへと走りだした。

『浩三です。神社の近くまで移動した。応援いるかい』

「ひとまず神社付近の警戒お願いします！」

狭い町のため、神社から商店街までさほど離れてもいない。五分も走ると、揉みあっている酔っぱらいふたりの間にはいってあわてている嶋木の姿が見えた。

「はいはい、失礼しまーす。どうしたのおじさん、けんかはだめでしょ」

「駐在さんっ、聞いてくれよ、こいつがさあ……！」

どうやら顔見知り同士らしく、近所づきあいのもめごとが酒の勢いでエスカレートしたらしい。そっちの車がうちの駐車場に勝手に停めた、ブロックをこすった、と、言ってはなんだがしょうもないネタで、嶋木と臣はふたりそれぞれが摑みあわないようブロックしつつ、ひたすら愚痴を聞かされた。

「じゃあね、どうしてもっていうならブロックと車の写真撮って、器物破損の被害届だして」

大事になりそうな気配に腰が引けたのか、ひとりがもそもそと「べつに被害届とかそんな、謝ってくれりゃ……」と口ごもる。だがもうひとりは納得いかないように吐き捨てた。

「なんで俺が謝るんだよ」

「なんだとぉ!?」

「わかったから、殴らない、ほら落ちついてっ……嶋木、おまえもちゃんと押さえろ！」

「す、すみません！」

また摑みあいになったふたりを羽交《はが》い締《じ》めにしていた臣は、神社の方角からいきなり聞こえたちいさな爆発音と悲鳴に、はっとなった。

「なんだ、いまの」

顔をこわばらせた臣に、嶋木が「爆発音？　花火ですか？」と暢気な声をだす。だがその直後、無線機から聞こえた慈英の言葉に臣は凍りついた。

『臣さん！　壱都がいない！』

「悪い嶋木、あと任せた！」

「あっちょっ……小山さん⁉」

突き飛ばすように酔っぱらいを嶋木に押しつけ、臣は走った。

「どこだ、どこで消えた⁉」

『鳥居のまえです。火渡りを、もうすこし近くで見たいと言って……』

息を切らして駆けつけると、鳥居のまえで周囲を見まわす慈英、そしてざわついているひとたちに出くわした。

「ひとまず探そう。なんだ、なにがあったんだ」

慈英と臣は、周辺を探し歩きはじめた。青ざめた慈英が、悔しげに状況を説明する。

「火渡りの儀式の途中で、あちらの方向で爆発音がして、とっさに目を向けたんです。ほんの一瞬のことだった。振り返ったら、もう壱都がいなかった」

ひとごみで忽然《こつぜん》と消えた壱都を、呼べど叫べど返事はない。爆発騒ぎであたりは騒然とし、誰もが祭りの炎ではない、異質なそれに注意を引きつけられた。

「どこで爆発した？」

「あそこです。神社の横の、林のあたり」

慈英が指をさしたとき、無線機から浩三の声がする。

『駐在さん、浩三だ。いま見つけた、爆発はたいしたことない。さっき青年団のやつが消火器で火も消した』

「なにがあったんです⁉」

浩三が発見した爆発の原因は、慈英の言うとおり、神社近くの林のなかに置かれた段ボール箱。

『スーパーで売ってるような花火が袋のまんま、いくつか詰めこまれてたようだ』

ひとつひとつの火力はたいしたことのないものだが、まとめて火をつければすさまじいことになる。幸い近くにひとはおらず、怪我人はなかったが、周囲にいた人間たちが軽いパニックを起こした。

そのせいで、壱都を見失ったのだ。

「叫んで逃げてきたひとたちがいたんです。それでひとの流れが変わって……すみません、俺の責任だ！」

「しょうがない。そんな一瞬で見失うなんて、ふつうはあり得ない」

真っ青になっている慈英の腕を掴んで、臣はいやなふうに跳ねる鼓動をこらえた。

「壱都の足はまだ治りきってない。ひとりでどこかへいけるわけがないんだ。それにあれだけ目立つ子なんだから、誰かが見てるかもしれない。とにかく手分けして探そう！」

臣、慈英、青年団と自警団の面々が、それぞれに壱都を探しまわった。

誰もが顔見知りのはずの町――安全なはずの町だった。けれど、観光客が紛れこみ、なかには屋台で売っているお面をかぶったひとたちもいる。

(ちくしょう、やっぱり家でおとなしくさせときゃよかったのか)

猛烈な後悔が臣を襲う。それでも、外の世界を知らない壱都があれほど楽しみにしているものを、だめだと告げたくなかった。

――ここは、とてもいいところ。みんなやさしくて、気が清浄だ。

――よいものを見せていただきました。

違う神を祭る神事を、真摯に受けとめていた壱都の言葉、あの表情。彼が覚えただろう感動を、与えるまえに奪いたくはなかった。

――臣も、慈英もありがとう。あなたたちにはお荷物だったと思うけれど、わたしには生まれてからいちばん楽しい夏だった。本当に楽しかった。

壱都は、三島にあずけられたお荷物などではない。ひと月近くも生活をともにしたのだ、情ならとっくに移っている。

(ばかやろ、俺だって好きだよ! じゃなきゃ、あんなに面倒みるか、ばか!)

その大事な壱都を、誰かがさらった。

必死で護ろうとする三島の執念に最初はあきれていたけれど、いまならわかる。あのやわらかい存在になにかあったら、害するものがいたら、臣はそれを絶対に許さない。

『盆踊り会場付近、いません』

『駐車場、とくに車がでていった形跡なし』

『見あたりません！』

無線にはいってくる連絡は、ひとつも喜ばしいものがない。臣は指示を出し、みずからも走りまわりながら、焦る心を必死に抑え、すさまじい勢いで考えをめぐらせた。

（いったいどうやって消えたんだ……）

観光客や地元の人間でにぎわう町、これだけのひとごみのなか、足の悪い壱都を抱えてどこまでいけるか。なによりどうやって逃げのびたのか。

一年みっちり警邏してまわったこの町の地図は、臣の頭にたたきこまれている。ありえそうな逃走ルートを頭で組み立てたところで、はたと気づいた。

鳥居の近くで、壱都は消えた。あのあたりは特にひとが混雑していて、歩くのもままならない状態だった。とはいえ、もともとそう大規模な町でも祭りでもない。

（……待てよ）

この神社は町のはずれに位置している。周辺には林、裏には、以前浩三らが水遊びをした沢のある、山。逃げるならば、ひとごみを掻き分け、さきほどの臣と同じく商店街のほうへと向かうとばかり思っていた。

だがもうひとつ、駆けこんでいけるルートはある。立ち止まった臣は、勢いよく、いまきた方向を振り返った。

「――神社か！」

火渡りの儀式への参加は、その場での飛びこみもありだ。そして神社の裏は扉も開放され、そのまま走り抜ければ裏山。

爆発音で気がそれた瞬間、壱都を担いだ男が神社へと飛びこんでも、誰も気づかない。

（となると、あの花火も仕込みか）

この町の祭りやなにかについても、調べていたに違いない。もしかすると、浩三の言っていた前田本人か、彼から話を聞いた可能性も高い。

なにより、逃げ場としたその裏山には、岩場が危険な沢がある。臣も監督していたけれど、飛びこみ遊びをする子どもたちの姿に、かなりひやひやさせられた。

事故と見せかけて殺すつもりなら、あれ以上最適な場所はない――。

（え）

そのとき、鼻先にふわりとあまい香りを感じた。壱都の持っていた匂い袋の、香だ。

理屈ではない確信を得て、無線に向かって叫びながら臣は走りだす。

いまきた道を駆け戻り、鳥居まえで待機する男衆のひとりをつかまえ、臣は問いつめた。

「さっき、浴衣の女の子を担いだ男が、奥へいきませんでしたか⁉」

「え、あ、ああ。そりゃ子ども抱いてるのは、何人かいたけど」

「爆発があったころです。中学生くらいの、藍染めの浴衣で、髪を結った——」

「なあ、もしかして、これ落としてった子かい？」

さきほど神事をすませたという男は、奥へと走りこむ途中で、あの螺鈿の塗り箸を見つけたのだそうだ。

「高そうなやつだったから、返してやらなきゃと思ったんだけど。なんでか、鐘も鳴らないし、戻ってこなくてさあ」

「ありがとうございます！」

叫んだ臣はそれをひったくるようにして、そのまま神社の奥へと走っていった。

「失礼します！」

制服姿の警官が、順序もしきたりもなく土足で踏みこんでいったことに禰宜はぎょっとしたようだったが、なりふりかまってはいられない。

「慈英、浩三さん、裏山だ！　神社の裏山にいってください！」

『了解！』

無線機で短いやりとりをしたのち、開け放たれた祭壇の奥へと臣は向かった。古びたちいさな鳥居をくぐり、鐘から垂らした太い紐《ひも》に肩がぶつかる。がらん、と中途半端な音をたてたそれも無視して、ひた走る。

この神社は、山をご神体としている。細いけれども道は整備され、途中にはしめ縄のついた一メートルほどの大石があったけれど、それを飛び越える瞬間だけはさすがに心のなかで手をあわせた。

（かみさま、まじでごめんなさい！　神罰はあとでよろしく！）

壱都が見つかったあとなら、なんでもあまんじて受ける。懐中電灯を照らしながら真っ暗な林へと踏みこめば、子どもたちがこっそり遊んでいるせいだろう、獣道のような細いルートができていた。

そしてそこを踏み荒らした、大人の足跡も。

（また、あのにおいだ）

ふわふわと、鼻先に壱都の香りがする。そして水のにおいと、せせらぎの音。間に合え、間に合えと祈りながら山道を駆け抜けたところで、突然視界が明るくなった。

林の奥、足場の悪い斜面。水辺のわきにあるのは、オダカの家の子どもが怪我を負った、すこし高い岩場だ。

不安定なそこから見おろすと、月明かりを受けた沢、豊かに流れる、光る水。反射した月光が周囲を照らし、銀色にあたりを輝かせている。

「……いや、離して！」

悲鳴が聞こえ、はっと臣が視線をめぐらせた。

探し続けた壱都の姿は、岩場の真下にある水辺の脇、岩を抱くようにしてそびえた木の根元の、草むらにあった。――臣の予想よりも、最悪に近い姿で。

背の高い男が、壱都を地面に押さえつけている。体格もよく、これならば壱都を背負って逃げることなど造作もなかっただろう。

そして壱都の浴衣の裾は、腿までまくれていた。まだあまり力のはいらない右足が、闇のなかでじたばたと、殺されかける蝶《ちょう》のようにうごめく。

「やめなさい、前田、はなしなさい！　それはいけないことです！」

殺そうというより、性的に汚そうとしているのは男の手つきでわかった。壱都の抵抗など、ものともしないまま脚を摑み、強引に開かせる。

「なにが、やめなさいだ。あんたはもう『ヒトツさま』じゃないんだ。『ヒトツさま』は重田先生がおなりになるんだから。それにどうせ死ぬんだから、いけないもなにもないだろうが」

「なにを言っているのですか……いや！　さわらないで！」

「まえから、やっちまおうって思ってたんだ。『ヒトツさま』でさえなければ、とっくに……なのに毎度、三島の野郎が邪魔しやがって……だいたい、あんた本当に男なのか？　なあ、見せてみろや」

あざけるように嗤った前田は壱都に対し、聞くに堪えない卑猥なことを口走った。耳にした瞬間、臣は全身がかっと燃えるように熱くなった。

「なにをしてる、やめなさい！」

岩場から水辺へ飛び降り、水音を立てて壱都たちの近くへ着地した。男がはっとしたように顔をあげ、それはあの手配書にあったもののうちの、ひとつだった。

「前田和夫だな、抵抗せずに、手をあげて、地面に伏せなさい！」

腰の銃を抜いた臣が警告すると、ぎくりとした前田は声を裏返し、壱都の首に太い腕を巻きつけ、自分の盾にした。

「動くな、こいつがどうなってもいいのか」

「臣……っ」

壱都は弱々しくもがくけれども、ろくな抵抗もできないでいる。結いあげた髪は乱れ、浴衣もめちゃくちゃだ。

「心配するな。助ける。絶対だ」

力強く告げた臣に、壱都はうなずいた。だが前田はせせら笑う。

「助ける？　こんな首、折るのは一瞬でできるぞ」

前田は壱都の細い首にかけた手を、ぐっと強める。じりじりと近づいていた臣は足を止め、数メートルの距離で睨みあった。

警察官のまえで殺人予告とは、いい度胸だ。だがもはや保身にも走れないほど切羽詰まっているのだろう。

「悪あがきをせずに、その子を離しなさい。重田は逮捕された。三島も助かった。すでにおまえも指名手配を受けてる。これ以上、罪状を増やさず、おとなしく投降しなさい」

説得にかかった臣に、「だからどうした」と前田は唾を飛ばして叫んだ。

「俺はな、特攻隊長なんだよ。重田先生が任命してくださったんだ。間違いを正すことが、なによりの奉仕になる」

「だから重田は逮捕を――」

「そんな嘘が信じられるか！」

前田はさらに腕に力をこめた。このままでは本当に、壱都の首を折られてしまう。臣はついに銃をうえにあげ、威嚇射撃のための一発を放った。

「前田和夫！　本気でやめないと次は撃つ！」

どうかこれで怯んでくれと願ったけれども、前田はうなってあとじさるだけだった。

（くそったれ、射撃訓練なんかしばらくしてねえよ！）

そこそこ悪い成績ではなかったが、よしんば撃ったとしても、この暗がりで林の木立のなかでは命中する確率は低い。

「前田！　壱都を離せっつってんだろうが！」

恫喝禁止の決まりも忘れて罵《ののし》った臣に、前田はにやりと笑った。闇のなか、奇妙に白い歯だけが浮かびあがる。両手で壱都の首を絞め、じりじりと沢のほうへと進む。

「これを終わらせれば、俺はもっといいものになれる」

「ひとを殺して、そんなもんになれるかっ」

「これは生け贄《いけにえ》なんだ。ヒトツさまはふたりもいらない。偽物は、消さないと」

狂信者の目で、前田は哄笑《こうしょう》する。

みずからの命など惜しむ気はないのだと悟り、臣は全身にアドレナリンが走りまわるのを感じた。

そして、月夜に銃声が響き渡る。

舞いあがった鳥が、黒いシルエットとなって空を埋めた。

＊　＊　＊

「八月三十日、午後九時二十八分、前田和夫、暴行と殺人未遂の現行犯で逮捕する」

前田に手錠をかけながら、臣は宣言した。

うなりをあげて暴れようとする前田の腕は、伊沢を含め、青年団のなかでも体格のいい顔ぶれが両脇からがっちりと掴んでいた。

あとから駆けつけてきた嶋木が、引き継ぎをすませて敬礼する。

「では、さきに戻ってます。県警までの移送は責任を持って請け負いますので」

「よろしく頼むな。逃がすなよ」

「青年団のかたにご協力いただいてますので……」

さほど体格がいいというわけでもない嶋木は、情けない顔で笑ったあと、ちらりと臣の後方へ視線を流した。

「小山さんは、その、彼女のケアをお願いします。ショック受けてるでしょうから」

大きめの岩に腰かけた壱都を、慈英が抱えるようにして支えている。臣は「わかってる」とうなずいた。嶋木は、いまだじっと壱都を眺め、感嘆のため息をつく。

「しかし、きれいな女の子ですね……アイドルでも、そういませんよ。将来、美人になるだろうなあ」

「……変装のためにあんな格好してるけど、あれ、成人した男だぞ」

「ええええええ！」

やにさがっていた嶋木は驚愕し、裏返った声が林にこだました。

「うるせえよ。さっさと連行してあのクソヤロウ、ぶちこんでこい」

「あの小山さん、個人的な報復はやめてくださいね」

「俺はまだ殴り足りねえんだよ、さっさとしろ！」

嶋木を蹴りあげる真似をすると、彼は這々《ほうほう》の体で伊沢らと合流し、拘束した前田を引っぱっていった。

「駐在さん、お疲れさん」

「そちらも、お疲れさまでした。ありがとうございました」

肩をたたかれて振り返ると、そこには猟銃を抱えた浩三の姿があった。

「いつの間に、そんなもの用意したんですか」

「念のためと思って、車に積んでおいたんだ。山狩りの可能性もあったしな」

二度目の発砲は、浩三のものだった。当てるつもりはなく、威嚇のために前田の近くの木を撃ち抜いたそれに前田が怯んだところで、追いついた青年団の顔ぶれと臣で、いっせいに取り押さえたのだ。

暴れる前田に、ついうっかり、数発拳が当たってしまったのは不可抗力だと思う。

「しかし駐在さん、ヘタクソだったなあ。あんたの腕じゃ、撃とうったってどっしょもないだろ。あんな力んでちゃ、当たるもんも当たらないよ」

「撃ってないじゃないですか……」

「かまえでわかるよ」

いくつかの射撃大会で優勝もし、資格も持っている浩三に言われてはかたなしだ。しかし、と臣は顔をしかめて職務上言わざるを得ないことを口にした。

「でもですね、あんな場面で発砲は、いくらなんでも」

「俺は鳥を撃っただけだから？　まあそれに、はずれたし？」

そらとぼけた浩三に脱力しながらも、壱都の事情についてなにも問わない彼らをふしぎに思った。警戒態勢をとる際には別件として扱っていたが、いくらなんでも指名手配された凶悪犯が、偶然に壱都を狙《ねら》ったというのは苦しい言い訳だ。

「……浩三さん。壱都は……」

言うべきか、言わざるべきか。迷いながら口ごもった臣に、浩三は静かに言った。

「田舎だからってさ、なんにも起きないわけじゃねえよ。事情だって、いろいろある」

かつて自分の身内が起こした事件を思いだすように、彼は遠い目をしていた。

「知らなくていいことなら、知らんでいいんだろ。あの子はいいこだ、それでいい」

わからないことは、わからないままでも、なんとなくすぎていく。そんなものだろうと告げた浩三に、臣はうなずいた。

＊　＊　＊

時間も遅いため、現場の保存処理だけをすませ、検証は後日にまわした臣が駐在所に戻って報告の電話をかけると、すでに県警へと嶋木らは到着していた。

『無事、前田は留置所にお迎えさせていただいたよ』

応対した堺はそう言ったあと、おかしそうに声をひずめた。

『しかし臣、おまえこんなド田舎で、まあ何回事件に出くわすんだ？　この駐在所のおまわりで、供述調書こんなに書いたのは、設置以来おまえだけだって話だぞ』

「俺に言わないでください……」

げんなりした臣の声に、堺はからからと笑う。

『ともあれ、これで終わりだ。あとはこっちでやるから、申し送りの書類だけ書いてよこせ』

よろしくお願いしますと告げ、各種の手続き書類を書き終えるころには、すでに深夜の二時をまわっていた。

ぐったりした壱都は慈英に任せ、さきに家へ戻したけれど、だいじょうぶだったのだろうか。書類をファックスし、片づけをすませた臣は、念のためにメールを書いた。

【起こしたらごめん。任せきりで悪かったけど、壱都だいじょうぶか？】

返信はメールではなく、慈英からの電話だった。

『お疲れさまです。壱都は、いまは寝てます』

「そっか……ショック受けたりはしてないか？」

『とくにへこんだりはしてなかったですね。せっかくの髪と浴衣がめちゃくちゃになったと文句を言っていたくらいなので』

ならよかった、と臣が笑う。慈英は、ひそめた静かな声で『ちょっと、うちにきませんか』と誘ってきた。

『気になるなら、顔だけでも見たらどうです？』

「でも、遅いし……」

『いろいろ片づいたところで、話をしておきたいんですが』

声は穏やかだけれど、強い響きを持っていた。

『臣さんが疲れてるのはわかってます。でも、いっそのこと今夜、ぜんぶすっきりさせませんか。今後についてのこと、とか』

あの話の返事を聞きたい。言外に告げられてとっさに拒めなかったのは、棚上げにしてきた問題をいよいよ解決しなければならないとわかったからだ。

「……そうだな。俺も、すっきりしたい」

『じゃあ……』

「とりあえず風呂にはいって着替えてからいく。それまで、待っててくれ」

わかりました、と電話は切れた。汗や泥で汚れた重たい身体で、臣は立ちあがる。

もうじき、壱都もいなくなる。

終わるときというのは、すべてがいっせいに動くものだ。その流れに逆らうのは、無意味だと思った。

行き着くさきがどこなのか、まるで見えなくても。

＊　＊　＊

身繕いをすませるのに三十分ほどかかった。さっぱりして普段着に着替えた臣が彼の家を訪ねると、穏やかな顔で慈英が出迎えてくれた。

「夜分に、どうも」

「いらっしゃい。あがって」

慈英にうながされるままアトリエに向かうと、そこに壱都の姿はなかった。目をしばたたかせると、「きょうはうえに寝かせました」と慈英は言った。

「どうして？」

「へこんではいないんですが、ちょっと神経が高ぶっているそうで……あれがあると、眠れそうにないんだそうです」

慈英が指さしたのは、あの真っ青な絵だ。

「眠れないってなんでまた。目えつぶれば見えないだろ」

「壱都が言うところによると、俺の絵は、饒舌すぎるのだそうで。気分が落ちついているときはいいけれど、そうでないとやかましい、と」

感覚的な話だそうだが、「そんなもんかね」と臣は首をひねった。

「俺には落ちつくけどなあ。慈英の絵。なかでもこれ、とくに好きだけど」

「……臣さんには、この絵、どう見えます？」

ふと真顔で問われ、「どうって」と臣は首をひねった。

真正面にある、青が印象的なその絵は、空を切り取り、いくつもの窓が開いているように見える。ときおり見える人影は、そのなかの住人だろうか。

「空のなかに住んでるとか、すげえ気持ちよさそうだなって」

言ったとたん、慈英がなぜか噴きだした。意味がわからず、臣は「なんなの？」と眉をひそめる。

「しょぼい感想で悪いけどさ、俺、芸術とかマジわかんねえんだもん」

「い、いえ、あとで話します。とりあえず、座って。なにか飲みます？　コーヒーなら、すぐだせますが」

「ん、じゃ、コーヒー」

まだ笑っている慈英がよくわからない。なんなんだ、と怪訝《けげん》に思いつつこのところ壱都が占有していたソファに腰かけると、コーヒーを手にした彼がすぐに戻ってきた。

「熱いので、気をつけて」

「ありがと」

臣にカップを手渡しながら、隣に腰かけた慈英は、さらりと本題を切りだした。

「数日まえですが、アインと話しました。彼女の話に、乗ってみようと思います」

コーヒーに口をつける直前で、臣は固まった。

「正式な契約内容については、あさって東京に向かってから決めることになります。それで、俺は、ニューヨークにいきます」

まさか、いきなり結論からくるとは思わなかった。心の準備もなにもなく聞かされたことで、却ってなんのショックも受けなかった。

感情はぴくりとも動かないのに、絞りだした声は自分のものと思えないほど嗄れていた。

「あ、……条件とか、問題なさそうなのか？」

「そこはこちらも、それなりの交渉はしますから」

「……そうか」

淡々と告げる慈英に、それだけ返すのが精一杯だ。臣はコーヒーのカップをおろし、目のまえにあった丸椅子のうえへと置いて立ちあがった。

(今後について話しあうもなにも、もう決まってることじゃねえか)

皮肉に顔を歪めた臣は、ぼんやりと慈英の作品を眺めたまま無言で突っ立っていた。

——あんたにとっちゃただの男だろうが、あれは天才なんだ。

ずいぶんと昔に照映が言った。そして臣は、こう返した。

——慈英は天才で変人だけど、でも、ただの男だよ。

きっぱりと言いきれた、数カ月まえに戻りたい。でも時間は、戻らない。

「臣さん？」

背後からかけられた声に、臣はちいさく「わかった」とだけ告げた。

「なにがわかったんです？」

あきれたような声に、急激に膨らんだなにかが爆発しそうになる。臣はこらえて、爪が食いこむほど拳を強く握った。手のひらに感じた痛みがやがて全身に広がり、心臓をぎちりと締めつける。

冷静でいたわけではなく、単に感情をシャットアウトしていただけなのだと、そうしてはじめてわかった。

「なあ、いつごろいくんだ？」

気持ちを抑えこみ、息を二度、三度吸って、喉をごくりと鳴らす。震える声などだしたくはないと自制心をかき集めた。

だが慈英は、さらに臣の息の根を止めるような言葉を口にした。

「たぶん、この秋には」

「……秋、って」

「九月の下旬には、たぶん」

もう、一カ月もないのかと知った瞬間、臣は自分の身体が切り裂かれたかのように感じた。

ぼんやりと、目のまえがぼやけた。泣くのかと思ったけれど、目はやはり乾いたままで、あまりのことに感覚が麻痺《まひ》したのだと気づくのにずいぶんかかった。

ひくりと頬が痙攣《けいれん》して、呼吸すらままならなくなる。

(すげえな、俺)

慈英と別れるとなったら、身体中の機能までもがおかしくなるのだ。だが、それを背後にいる男に悟らせたくはなかった。

「すげ、急、だな。し、支度とか、大変じゃねえの?」

「必要なものは向こうで揃えればいいので、それほどでも」

ならば、ここにあるものたちは皆、置いていくということか。そしてその『もの』のなかにはおそらく、臣自身も含まれるのだろう。

(笑え)

セメントで固まったかのような頬を強引に動かし、唇の端をあげる。ひきつったものにしかならないだろうけれども、せめてかたちだけでも笑ってやりたい。

「そ、か。気をつけて、な。に、ニューヨークってその時期、気候はどうなんだろ」

「べつに、心配はいらないでしょう。俺は丈夫だし、どこでだって平気ですから」

うしろから聞こえる慈英の声は、そっけなくすら感じた。本当に冷静で揺るぎがない。

(決めたんだな)

そうしたいのなら、そうする人間。壱都は慈英をそう断じたと言っていた。本当にそのとおりだな、と臣はおかしくもないのに口を歪めた。

耳が痛くなるほどの沈黙が流れ、慈英がふっと息をついた。

「……やっぱり、俺から切りださないとだめですか」

笑いの混じる声に神経を逆撫でられ、臣はそれでも振り向かなかった。

「ねえ、言ってくださいよ」

「なにをだよ」

歯を食いしばった臣の声に、慈英はちいさく笑いを含めながら言う。

「いくなって。ここにいろって」

残酷なことを言う男だ。そして臣が世界でいちばん、愛している男だ。

「言わないよ」

「臣さん」

「言わない」

強情に、臣は言い張った。真っ青な顔で、それでも終わらせざるを得ないのだとわかっていた。

青い、青い絵。うつくしく伸びやかなそれを目にして、壱都は言った。

――これはもう、むかしの慈英でしょう。いまのあなたが見ているものを、見てみたい。

きっとそう思う人間は数多《あまた》いて、臣よりもずっと彼の才能を求めている。

慈英は、ここでくすぶらせていい男ではないのだ。世界が請う男を自分ひとりに縛りつけられるわけがない。

そんなことはもう、ずっと以前にわかりきっていた。

言うべき言葉も、自分がどうするべきかも。

「死んでも言うかよ。ニューヨークでもロシアでもパリでも、どこでもいっちまえよ！」

叫んだとたん、背中から抱きしめられた。身をよじって振り払おうとするのに、慈英は逃がすまいと腕に力をこめてくる。

「あのときもそうやって、東京にいけって言いましたね」

「離せ、ばか！」

臣は必死にもがいたのに、からみついた腕はすこしも離れていかない。けんかになったら俺が負けると言っていたけれど、あれは嘘だ。逃げることすらできないまま、腕のなかに閉じこめられている。

あるいは――臣がここから逃げたいなどと、本気で思っていないからかもしれない。

「まったく、どうしようもないひとですよね」

ほんとうに、しかたない。あきらめたような声が聞こえ、臣はびくりとする。震えた肩をなだめるように、慈英の長い指が撫でた。

「ずっとね。追いかけるとは決めてました。でも、それじゃだめなんだ」

「だ、め……？」

「ええ。だめなんです。それじゃ、けっきょくは足りない」

きっぱりした慈英の声に、かくんと、膝の力が抜けていく。

崩れ落ちそうな身体をどうにか支えているのは、慈英の腕だけだ。この手を離されたらきっと、真っ逆さまに、どうしようもないほどの深くに堕ちていくだろう。

「俺、じゃ、足りない？」

「……本当に、ばかなひとだな」

慈英がため息をつき、臣は自分でも驚くほどに身体が跳ねあがった。

ゆっくりと、背後から支えていた腕がほどけていく。離されてしまう。

そう思ったのに、慈英はよろけた臣の身体を簡単にひっくり返し、もう一度正面から抱きしめなおした。茫然としたまま彼を見あげると、困ったような顔で笑っている。

「なんて顔してるんですか」

「……え？」

慈英は、臣の唖然とした顔がよほどおかしいのか、肩をゆらして笑っている。その態度に、腹の底から怒りを覚えた。

「な……なに、笑ってんだよ。笑いごとかよ、これ！」

「笑うところですよ。本当にあなたは……七年まえからずいぶん変わったと思ったのに、そんなところだけ変わってない」

「なにがっ」

「まあ、このところの俺の態度も態度だったから、しかたないですけど」

深々と息をついて、目を伏せた慈英は臣の額に自分のそれをこつんとぶつけた。くすくすと、慈英はまだ嗤いながら言った。

「ねえ臣さん。俺は本当に怖いんですよ」

「なにを……」

おずおずと目をあげた臣は、そこに見つけた慈英の目に凍りつく。

喉を鳴らして笑う彼は、ぞっとするほどの昏《くら》い目で臣を睨んでいた。

「あなた、今夜、なにをしました?」

「な、なにって」

無意識にあとずさろうとした臣の肩を、慈英の手が痛いほど摑んでくる。

「この間も言ったばかりなのに。夜の山のなかで、ひとりで、また無茶をして」

ひゅ、と臣の喉から息が漏れた。その手を取り、指先に口づけた慈英は、自分の左胸に強く押しつける。ぎょっとするほどに早い鼓動が伝わってきて、臣の心臓も釣られたように早鐘を打ちはじめた。

「無茶はするなって、何度言っても聞いてくれない……俺はぜったいに、臣さんのせいで早死にすると思います」

「なん、なに、ばかなこと」

「ばかなことですか？　あのとき、浩三さんが間に合わなければ、威嚇射撃をしなければ、あなたはいったいどうしてた？」

慈英の手がぶるぶると震えている。なにを言えばいいのかもわからないまま、臣はただじっとそこに立ちつくしていた。

現場ではただ夢中で、慈英に気を配る余裕はなかった。壱都を頼む、それだけを叫んで前田を取り押さえにかかって、それから――それから？

（あの瞬間、俺は、慈英のことなにも考えてなかった）

すべてを見ていた彼のまえで、完全に慈英の存在を失念していた。いまさら気づかされたことに、臣は茫然となった。

「俺のためだとか言うのに、臣さんは本当に俺にひどいことをする」

「な、なんで」

「何度もあなたは、俺を送りだす。遠ざけようとする。むかしは自信がなくて、いまは……俺のためを思って。どれだけ離れたいんだって、俺が焦るのはあたりまえですよね？」

ねえ？　と慈英が微笑む。けれど目の奥にはぎらぎらした光があって、臣は答えに窮した。

どうしていいかわからずまばたきを繰り返す臣に、慈英はふっと表情をなくす。

「臣さん。そんな覚悟じゃ、本当にアインに、俺と別れさせられますよ」

平坦な声を発した慈英に、びくっと臣は震えた。

「ど、どういう意味」

「つけこみどころだらけだから。いまのままじゃ俺の足を引っぱると言われて、そんなことがないと言えますか」

「あ……」

「俺が日本の片隅に埋もれて、画家としてつぶれたとき、その責任があなたに負えるのかと言われたとき、あなたはそれを突っぱねるだけの確信を持って、俺といられますか」

最悪の泣きどころをいきなり責められ、臣は唇を噛みしめた。

「いられないとあなたは言うでしょう。無理だって、そう答えるでしょう？」

やさしい声で確認する慈英に、臣はただだまりこむしかなかった。それは首肯と同じことで、うつむいた頭を彼はしっかりと抱きしめる。

「アイン……て、ひとは、そう言ったのか、おまえに」

「ええ。そんな重たさを彼に負わせる気かと。そうして後悔するあなたを見ていられるのかとも。……正直ね、否定できませんでしたよ。だってあなたは、間違いなく後悔して、間違いなく、自分を責める」

そうでしょう。決めつけられて、うなだれるしかなかった。

会ったこともない人間にそうまで言いあてられていることが不愉快で、それ以上に、そんなことはないと言いきれない自分が最悪だと思った。

「なんでそのひとは、その、そんなに……」

「よくある話だからですよ。恋愛沙汰《ざた》でだめになる芸術家なんて、ごまんといます」

「……俺は、慈英をだめにしたくない」

それだけ言うのが精一杯で、臣は目をつぶった。

がちがちと歯がなるほどに臣は震えていた。それを止めるかのように、慈英は臣の顔を両手で包み、顎をあげさせた。

「臣さん、目をあけて」

かぶりを振ったけれど、軽く瞼を撫でられて、避けられないと知った。おずおずと目を開けば、目のまえに慈英の真剣な顔がある。

さきほどよりはやわらいだ目、けれどまだ射貫《いぬ》くような光は弱まっていない。

「臣さん、俺は、いまからひどいことを言うから、ちゃんと聞いてくださいね」

わけもわからないまま、視線に圧倒された臣はうなずくしかできない。ふっと慈英は息をつき、目を見つめたまま言った。

「俺と、死ぬまでぜったいに別れないといますぐ誓って」

「え……」

「どれだけいやなことがあって、俺といることがつらくても、お互いがだめになることがあっても、それでも離れないと約束してください」

予想した言葉とまるで違うことを聞かされ、啞然とする。

「……だって、ニューヨークって」

これは別れ話だったのではないのか。うつろな声でつぶやいた臣に、慈英は言った。

「すぐに帰ってきます。出向くのはあくまで短期間の話だ」

「た、短期間って、だって……年単位で行く可能性もあるって」

あえぐように言う臣に、慈英はしゃあしゃあと言った。

「可能性はありましたよ。あの時点では。でも、さんざんアインと怒鳴りあって、条件は飲ませた。引っ越すだの、あちらに拠点を移すだの、そんなことをする気は毛頭ない」

「慈英、ばか、そんなんじゃ意味ないだろ！」

活動の拠点をあちらに移すということは、生活もまたそれに伴うのが当然だ。いったりきたり、そんな半端な状態でいられるわけがないと臣が怒鳴れば、「なくはありません」とまた慈英は否定した。

「長期出張はあるかもしれませんが、せいぜい二カ月まで。アドバイザーだというなら、俺の手足になって働いてもらう。その条件をのめないなら契約はしない。そう言ったら、渋々アインはのみましたよ。それらのすべてを契約書に記載することも承諾させました。そのぶん、いいように使われるとは思うけれど」

そんなばかな。急展開する話が呑みこめない臣に、慈英はつめよってくる。

「言ったでしょう臣さん。ひどい話をするって。そんな顔してもだめですよ」

「ひどいって、なに、なにが」

「俺はここまでしました。あなたのために」

ずしりと重たいものを感じた。たしかに、慈英はひどい。あまりにひどすぎる。ぶるぶると臣はかぶりを振った。

「うそ、だ。やめろそんなの、むちゃくちゃだろ」

「臣さんのために、やりましたよ。ねえ、ほら、どうします？」

くくく、と慈英は嗤った。臣はますます震えがひどくなる。

「やめろよ、なんで？　俺なんかのために、そんな」

「ほら、やっぱり言った。『俺なんか』。もうそろそろ、それ飽きました。やめませんか」

「ふざけてる場合じゃないだろ！　なんでおまえ、……もっと自分のこと考えろよ！」

臣は思わず、慈英の胸に手をつき、突き飛ばした。けれど悔しいことに、彼はびくともせずにそこにいる。

もう一度、両手で包まれた――閉じこめられた顔を、力なく左右に振った。

「考えた結果ですよ。それに、もう何年もまえから言ってる。あなたのいる場所が、俺のいる場所だ。物理的なことじゃなく、あなたが、俺の居場所なんです」

いつかと同じような告白、けれどまるで違う重さを伴ったそれに、臣は息を乱した。無理だ、というようにかぶりを振って、けれどそのたび慈英が臣をつかまえる。

「臣さんがいなかったら、それこそ俺はつぶれる。絵なんかきっと、描けなくなる」

「ばかなこと……っ」

「ばかじゃないでしょう？　二カ月半、自分の脳のせいだとはいえ、あなたを見失った間じゅう、俺はなにも描けなかった」

重くて、息苦しくてたまらない愛情を押しつけた男の手は、やはり震えている。臣は自分の頰を摑むその手に、自分の指を添え、きつく握りしめた。

「知ってますか。壱都のほうがよほど、俺とあなたを信じてる」

「……壱都が？」

「ええ、そうです」

壱都とすごした夏、重いものを背負っているはずなのに、無垢《むく》で軽やかな子どものような彼に教えられたこと、また懸命に彼を護ろうとした臣の姿を見て、あらためて思い直したこと。

——選ばないといけないこと？　まとめて愛してあげればいいだけなのに。どうして、どちらかに決めなければいけないの？

――慈英はつぶれないし、臣はあなたを護るよ。臣はそういうひとだと思うよ。そうでしょう？

「あたりまえのように言われて、頭を殴られた気がしました。選ばなければいい。どっちもとる。それでいいんです」

慈英はひとつひとつの気持ちを、言葉にこめて臣に伝えた。指にこもる力が、だから信じろと訴えてくる。

「重たかろうがなんだろうが、俺を受けとめてください。そのかわり、俺はつぶれない。だからあなたも俺を信じて」

ささやく声に、目のまえがぼやける。けれど胸にあるのはさきほどの、うつろな絶望ではない。慈英に、業の深い愛情を無理やり植えつけられるたびに感じる、どうしようもない歓喜だ。そして頬に流れていくのは、押しこめていた涙だ。

「おまえの、こと、ぜんぶ背負えっていうのか」

「とっくに言ってあったことでしょう。臣さんが、すこしもわかってなかっただけで。俺のためだと本気で思うなら、しがみついてでも離さないでください。その代わり、俺も、怖いのを耐えるから」

「……っ、慈英、やっぱり、性格変わった」

「取り繕うのをやめただけだと思います」

どんなに怒っても、叱っても、心配しても、怖いなどと言ったことは一度もなかった慈英が、何度も同じ言葉を口にした。

頬を撫でる手が、痛みを覚えさせた。おそらく、山道を走ったときに枝かなにかにぶつけた擦過傷《さっかしょう》だろう。それをあえて強く押さえつけ、いつものように手当をするとも言わず、慈英は臣に心をねじこみ、押しつけてくる。

その意味を、ちゃんと臣も受けとらなければならない。

涙にかすれた喉で、臣はどうにか声を発した。

「おまえこそ、俺が面倒くさくても、捨てんなよ」

「あり得ない話はいいから」

誓って、と慈英は左手をとりあげ、薬指にきつく歯を立てる。痛みに震えた臣は、閉じた瞼からひとつ、大きな雫《しずく》を落として口を開いた。

慈英のために、彼に誓う、彼に捧げる言葉は、彼にだけ届くほんとうにちいさな声だった。

震えるそれを受けとめた慈英は、彼らしいあの、あまくあたたかい表情で笑った。

＊　＊　＊

アトリエのソファが、きしきしときしみをあげる。

座面に膝を立て、背もたれにしがみついた臣は上質な革に思わず嚙みつきそうになり、あわてて顔をあげる。とたん、細い喉から淫《みだ》らな声がほとばしった。

「んふぁ、あぁ――！」

お互いの気持ちをたしかめあい、キスをした。唇を吸って、嚙んで、舐めて――こらえきれず押しつけた腰をそのまま摑まれ、挿入するときのように揺さぶられて、それだけで感じすぎてたまらず、「ほしい」と訴えたのは臣のほうだった。

「臣さん、じっとして」

「あ、無理……むりっ」

背後にいる慈英が、裸の尻を咎めるように嚙んでくる。その唇が、いまのいままでなぶっていた場所は痺《しび》れるようなあまさを伴って疼き、彼の唾液にまみれて震えていた。

「な……かまで、舌、い、や、あっ」

「好きでしょう？」

「いや、す……すき、あっ……あっ」

揶揄《やゆ》する声を息とともに吹きかけられ、ぶるぶる、と震える尻を両手に摑んで広げられる。ふたたびはじまった舌の暴虐に、臣はたまらず腰を振ると、なめらかな革に勃ちあがった先端がこすれた。

「ソファ、汚れっ……」

「膝が痛いから、床はいやだと言ったのは臣さんでしょう」

そうだけど、と臣はすすり泣き、身体を揺らす。したたるほどの汗をかいたせいで、革張りのソファのうえで何度も膝がすべり、その不安定な状態がよけいに快楽を煽《あお》った。

興奮しすぎて、頬が紅潮して痛いほどだ。ひんやりする革に顔をこすりつけて熱を逃がそうとする臣の腕から力が抜け、膝が崩れてずるりと上半身が滑り落ちる。

「うあっ！」

はずみで慈英の顔に尻を押しつけるようなかたちになり、臣は焦った。あわてて体勢を戻そうとしたところをつかまえられ、ソファのうえに転がされ、思いきり脚を開かされた。

「え、ちょっ……な、なにっ……！」

片足を高く持ちあげられたかと思うと、かかとをソファの背面に引っかけるように乗せられた。そのまま重たく張った根元をめちゃくちゃに揉まれながら舌を使われる。

（ああ、ああ、そんなに……そんなに舐めたら、溶ける……っ）

声も出ないまま、臣は手足をこわばらせて激しい愛撫に耐えた。さきほどからさわってもらえずにいる乳首と性器のさきが疼いて苦しい。両腕で頭を抱え、臣はひっひっとかすれた泣き声だけを漏らす。

涙でかすんだ目をしばたたかせると、床に脱ぎ捨てられたふたりぶんの服が目にはいった。ぐちゃぐちゃになった青い下着は、一部分だけ色を変えていて、粘ついたものが付着している。赤くなって目をそらすと、視線に気づいた慈英が顔をあげ、舌の代わりに指をぬぐりと挿入しながら言った。

「……さっき、キスだけでいきましたよね」

「んあ！　あ、あっ、言うなっ……」

「立ったままで、腰押しつけて……臣さん、かわいかった」

「言うなってのに！」

うっとりとつぶやく慈英の言葉が聞いていられないのは、それが数十分まえの事実だからだ。感極まったまま口づけているうち、臣の身体は気持ちだけで高ぶりきって、慈英がほんの数回、口のなかに舌を挿入し、出し入れしただけで、射精してしまった。

煽られた慈英が「もうここでいい」と恥ずかしさに涙ぐんだ臣を全裸に剝いた。いずれにせよ、二階の寝室には壱都がいる。起きてこないことを祈りながら、ほんのすこしひやひやして――それでよけいに、興奮が募った。

「も、つら……い。もう、いや、あ」

ぐちゃぐちゃにされたそこは、まだ今夜、指と舌だけしかもらえていない。それでも、長年かけて慈英のために整えられた身体は、淫らな性器になって濡れそぼっている。

「いれて、慈英、慈英っ」

はやく、と伸ばした手を握りしめた慈英がようやくソファにのりあがり、腰をかかえあげられた。

期待に震え、臣はこくりと喉を鳴らした。だが、またもや挿入されたのは指だけだ。

「あっあっあっ、あー！」

高くあげさせられた片足を肩にかけ、くるぶしに歯を立てる慈英は、執拗《しつよう》に濡れた粘膜をいたぶりながら目を細める。

「いい？　臣さん」

「い、いいからっ、いいけど、もう、……も、いれ、いれろよっ」

力なくソファを引っ掻いてせがむ。ようやく欲しかったものがあてがわれ、これでやっと、と臣が息をついたのもつかの間、入口で止まったままの慈英はぬるぬるとそれをこすりつけてくるだけで、一向に奥へと進んではこない。

「な……なんで」

「臣さんが、自分でしてみせて」

くるぶしに歯を立てた慈英は、すがめた目で臣を見おろしながらそう告げた。とことんまで欲しがらせようとする意地の悪さはおそらく、なにかの意趣返しのつもりだろう。

涙目になって睨みつけ、臣は身体を起こそうとした。だが脚を摑まれた体勢のままでは入れ替わることもできず「どうしたいんだよ」とかすれ声で問いかける。

「このままでもいれられるでしょう。自分で、腰をあげて、俺を食べて」

「な……っ」

押さえつけられ、脚の自由を奪われた状態で挿入をせがむには、腰だけを持ちあげ、彼に押しつけるしかない。想像するに、異様に卑猥《ひわい》な感じがして、臣の全身が赤く染まった。

「う、うえに、乗る」

「だめです。このまま。できるでしょう?」

おもしろそうに笑う慈英を睨みつけ、それでも身体の疼きには勝てずに臣はおずおずと手を伸ばし、張りつめきった慈英のそれを摑んだ。

「協力、しろよ」

「いくらでも」

嘘つき、と唇を噛んで、臣は位置をあわせると腰に力をこめた。不自由な体位だけに動きはもどかしく、先端を含ませるのにも苦労する。おまけに、騎乗位でのしかかるより、これはなんだかひどく恥ずかしい。

(あ、なんか……すごい、ゆっくり)

狭間《はざま》を割り開いていく慈英の熱さと大きさ、肉の弾力を持った硬さが、ふだんよりもずっと強く感じられた。ぞくぞくと背中が震え、臣は息を乱して震える。

「臣さん、早く……はやく、いれたい」

「わかっ、わかってる」

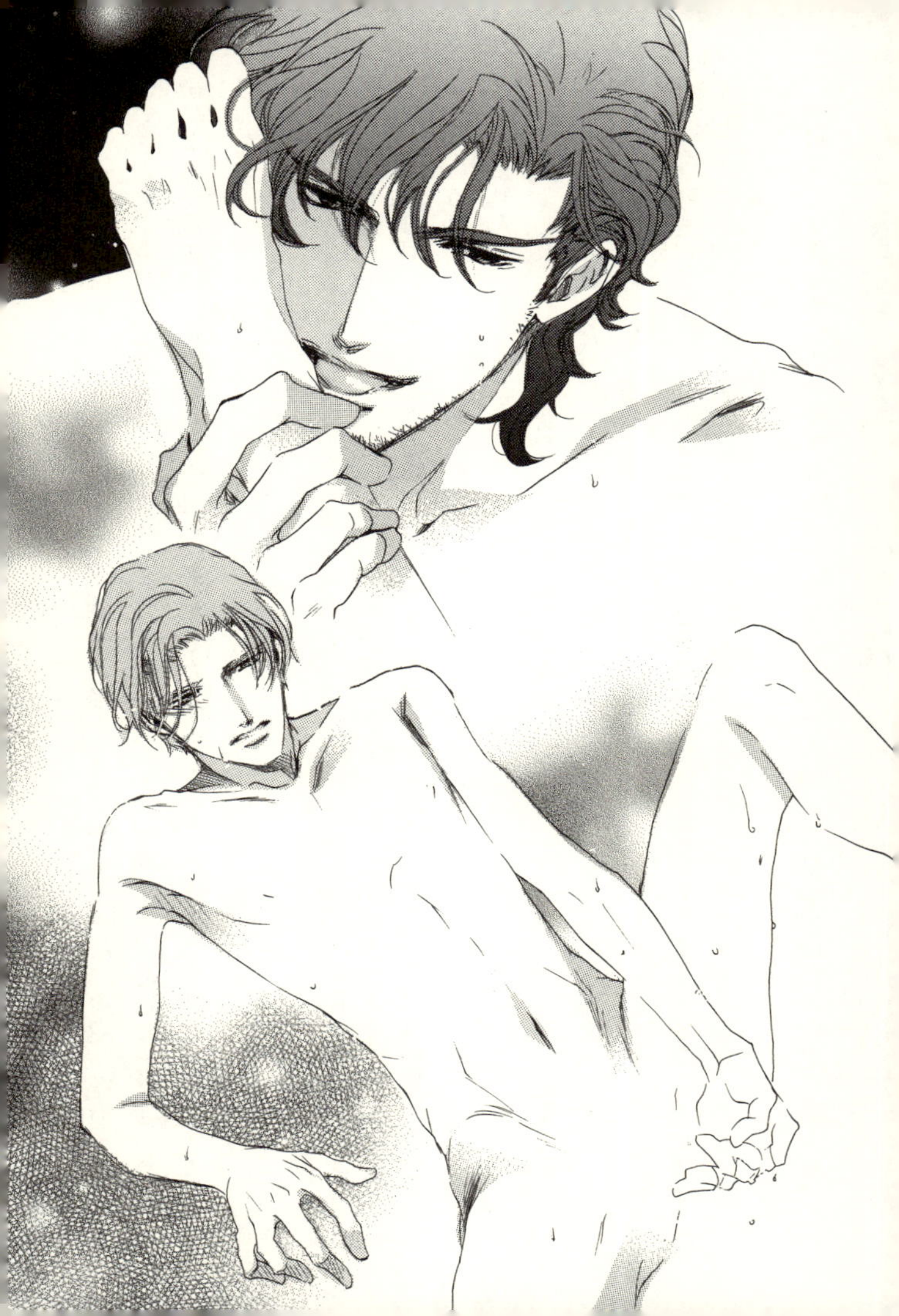

ねだるような目をしてささやいてくる慈英が、軽く上体を倒してきた。角度が変わったせいで動きやすくなったぶん、いきなりずるりとなかほどまでが埋まる。待ちわびたせいで過敏になった粘膜は、それだけでも強烈に収縮した。

「あっ、あっあ……っ」

「自分だけ感じるのは……ずるい、でしょう？」

「あああ！」

待ちきれないというように、慈英はいきなり腰を抱えあげ、一気に奥まで押しこんできた。かふ、と臣の喉が鳴り、衝撃を感じたとたんに飛び散った精液がふたりの身体を汚す。

「う、はうっ、まっ、待って、慈英、まっ……あぁあっ、あっ！」

「待ちません」

斜めによじれた身体を、容赦なく揺さぶり突きあげられる。片足はソファから完全にずり落ち、揺さぶられるたびに床をごつごつと蹴った。もう片方の脚は慈英に摑まれたまま、くるぶしと腱を舐められ、嚙みつかれる。

ときおり強く食いこんでくる歯に、痛みと恐怖を感じた。慈英はまるで、そこを嚙み切ってしまえば臣がどこにもいけないと思っているかのように、執拗なくらいに嚙んでくる。

「ふ……うう、う……っ」

意味もなく宙をかいた手をつかまえられ、ゆさゆさと揺らされる身体が不安定に躍った。

もう、いついったのか、自分がどうなっているのかもわからないでいると、不意に摑まれていた手も足も解放される。

(あ、堕ちる)

そう思った瞬間、腰を摑んで抱えあげられ、痛いほどに唇を吸われていた。

慈英の汗がぱたぱたと落ちてきて、熱くて、舌も、突き刺さってくる欲情の証《あかし》もなにもかもが、熱くて——。

気を失うようにして、臣は絶頂を迎えていた。


裸のまま床に寝ころび、お互いの、肌を撫であう。ソファのうえで二度めに身体を重ねていたところ、途中で激しさのあまり床へと崩れ落ちた。

中断するどころか、ねじれた体勢のままいいように揺さぶられ、臣の声は嗄れきっている。

「……そういえばさ」

「はい？」

「さっき、ほら。あの絵の感想俺が言ったら、おまえ笑ったろ。あれ、なんだったんだ」

あとで話すと言われたきり、忘れていた。臣が問いかけると、慈英は「ああ」と言うなり、また噴きだした。

「なんなんだよ、おまえ感じ悪い」

「いや……あの絵、空のなかに住んで、気持ちよさそうだって言ったでしょう」

それがなんだ、と目をすがめた臣に、慈英はますます笑う。

「俺はね、あれは、閉じこめてると思ったんです。あなたを、俺のなかに縛りつけてる。そういう、エゴ丸出しの絵だと」

「え……」

「それから壱都がやかましいと言った理由なんですけどね。あの絵は、俺の感情が漏れすぎていて、壱都にはうっとうしいそうです。で、寝るまえに言ったのが」

――慈英が臣を好きなのはわかったよ。いい絵だと思う。でも毎日毎日、ずっと叫ばれていると、疲れるの。元気なら無視できるけど、きょうは疲れたから、聞きたくない。

「愛情が濃すぎて疲れる、たまには静かに寝たい、とのことでした」

「なん……え……」

「なのにそれが、気持ちよさそうだとか言うから……おかげで、強気にでられましたけど」

さきほど、さんざん追いつめて誓わせた際の態度の裏には、臣の言葉で得た確信があったのだと慈英は言った。臣はなんと言えばいいかわからず、全身で真っ赤になった。

その姿を目を細めて見つめていた慈英は、そっと臣の身体を抱きかかえる。

「臣さん、あっちを向いて」

「え、なに……」

ソファに背中をあずけ、床に座った慈英に背中から抱きこまれて、臣は問題の絵と真正面から対峙《たいじ》した。いまのいま、あんな話を聞かされて、まともに見られるわけがない。

「だめですよ、うつむかないでちゃんと見て」

「やだよ、恥ずかし……って、ちょっと、あ……！」

腹にまわされていたはずの慈英の両手が、胸へと這いのぼってくる。急いたつながりで、あまりふれられることのなかった乳首を軽くこすられ、臣はびくっと身をすくめた。いやだ、ともがいて閉じようとした両脚は、慈英の脚を引っかけるようにして膝を立てさせられ、強引に大きく開かれる。

さきほど注がれたものが溢れそうになった。ぬるりとしたそこに力をこめると、硬くて熱いものがしたからつつくようにふれてくる。

「いや……慈英……」

「ならどうして、腰振ってるんです」

知らない、と目を閉じてかぶりを振った。許してもらえず、また逃げるには弱い抵抗しかできないまま、臣はふたたび貫かれる。

「どんな感じです、臣さん」

「なに、が、あっ、あああ、あっ……」

「俺と、俺の絵と、いっしょに抱かれる気分はどう？」

その言葉に思わず、臣は目を見開いた。そして壱都が饒舌すぎると言った絵を、まともに見てしまう。ぐらん、と脳が揺れ、全身に一気に鳥肌が立った。

「あっ……あ、い、い……っ！」

深く慈英を呑んだ場所が、不規則で小刻みな痙攣をする。「んん」と息をつめた慈英が臣の髪を揺らすほどに強い息を吐いた。

「そう、絵でいったの」

「やだ……っ、やだ、いってな、でて、ないっ」

「嘘つき。臣さんは、ここだけでいっぱいいくの、得意でしょう……っ」

腰を摑んでずん、と突きあげられ、臣は悲鳴をあげた。

「や、うんっ、いった、いったから、いったか、らぁっ」

「じゃあ、もっといって」

「あああ！」

快感が強すぎて、どうこらえればいいかわからず指を噛んでいると、それを取りあげた慈英が自分の右手の指を二本、口に含ませた。

「ンンン……！」

あの絵を描いた指。臣ならば食いちぎっていいと、何度も告げられたそれで舌をなぶられながら、ゆさゆさと上下に揺さぶられる。そして臣の手のひらへ、慈英は口づけを繰り返す。

（だめ、もう……）

目をつぶっても、あの青は消えない。がんじがらめにするくせにあまやかす、そんな愛情をたたきつけられて、すべてが溶けていく。

汗にぬるついた肌、息づかい、律動する身体のすべてで慈英をほしがる。

これ以上ないと思ったそのさきの、空の奥へ、ともに堕ちた。

逮捕された前田の供述により、なぜあの町に壱都がいるとわかったのかが判明した。三島の協力者であり、慈英に電話をかけてきた沢村を三島と同様に拷問《ごうもん》にかけ、慈英の名と、そこに壱都が匿われていることを聞き出したからだ。

同時期に探偵事務所を雇い、脚の怪我のことなどから各所の病院や付近に聞きこみをかけていたところ、ギプスをはずした医院での目撃情報を得たらしかった。

慈英については、へたに名が知れていたことも災いした。市内に買いものにでることもあった彼は常連の店でも『画家の先生』として有名で、最終的にはサファリのあとを尾行するかたちで居場所を突き止めたのだという。

重田が逮捕されたあと、すべての行動を指示していた及川も、前田の供述で居場所がわかり、ほどなく逮捕された。

そして三島の意識が完全に戻ったのは、前田が逮捕された二日後のことだった。

警察病院の一角、個室のドアをノックするとくぐもった声で「はい」という返事があった。

そっと横開きのスライドドアを開けると、満身創痍《まんしんそうい》の三島の姿が目にはいってくる。ほぼ全身を包帯で覆われ、端整な顔は傷だらけのうえに、ところどころ色が変わって腫れている。息を呑んだ壱都の背中を、慈英はそっと押した。

「……三島？」

「はい、壱都さま」

ほとんど声にならない声で、ぎこちなく三島が答えたとたん、壱都は自分の足のことも忘れて駆けよった。

「三島……三島っ、みしまぁ！」

すがりつき、号泣する壱都のちいさな頭を、どうにか腕をあげて三島は撫でた。

「お迎えに、あがれなくて、申し訳ありません」

ふるふると、壱都はかぶりを振る。いいの、とかへいき、とか言った気もするけれど、あまりに泣くのでほとんど言葉になっていない。

「世話を、かけた」

「無理して話すな。ついでがあっただけだ」

本当は臣が送ってやりたいと言っていたのだが、彼は仕事で当分動けそうになかった。そのため、アインとの打ちあわせのため上京した慈英が壱都を連れていく役割を担った。

――三島がきてくれないから、わたしがいく。

決然と言った壱都の言葉に、ふたりともうなずくしかなかったからだ。

「おまえが退院したら、大変なことになるだろうな」

慈英が言うと、三島は「わかっている」と硬い声でうなずいた。

組織絡みの脱税などではなく、あくまで業務上横領というかたちでの犯罪のため、教団の解散はひとまずなし、ということになった。だがおそらく、役員と一般信者の間にできた不信感や溝、そして三島や沢村という被害者がでたことで、根本的に組織編成を見なおす状況になるのは間違いない。

「それでも、壱都さまがいらっしゃる。このかたが、すべてだ。いくらでもやりなおせる」

泣き続ける壱都の髪を撫で、傷まみれの顔で三島は微笑んだ。ようやく顔をあげた壱都は、三島の手をとって頬ずりをする。その光景から、慈英はなんとなく目をそらしてしまった。

(……これは、本当に臣さんの言いぶんであってるんじゃないのか?)

三島より発見が遅れた沢村は、早々に白状したことで怪我の程度は浅かったけれど、監禁状態と栄養失調により現在、入院中だ。その彼に対しても、壱都はたしかに心配はしていたけれど、こうまで嘆いたりはしなかった。

「悪いが、回復するまでの間、もうすこし……」

「あずかるよ。わかってる」

コミューンにいた武闘派は一掃されたとはいえ、指示系統の本部は壊滅状態。残った役員連中も右往左往の状態で、壱都はまだ完全に平穏を取り返せたわけではない。三島が完全に復調するまでは、あの町で保護することは臣と慈英の間で決めていた。

「とにかく、俺は打ち合わせにいってくる。数時間したら迎えにくるから」

壱都はこくんとうなずいたものの、慈英を振り返りもせず三島の手に顔をこすりつけて泣いている。苦笑して、病室を出ようとした慈英に「待ってくれ」と三島が言った。

「ひとつだけ、話しておきたいことがある」

「なんだ。無理はするなと言っただろう」

顔をしかめた慈英に、三島は声を絞りだして問いかけてきた。

「重田たちの件で、過去にいた会員のリストをすべて確認した。……それからずっと気になっていたことがある」

息を切らした三島に、壱都があわてて身体をさすった。無理に作った顔で微笑んだ彼は、ざらついた声で言った。

「小山さんの親族で、明子《あきこ》さんというひとはいるか。小山、明子。もう二十年近くまえ、コミューンの母体となった『光臨会』の名簿のなかに、その名前があったんだ」

慈英の身体がこわばった。知っているもなにも、それは、かつて失踪したという臣の母親の名前と同じだ。壱都も驚いた顔をして、三島を見あげた。

「……いまは、どこにいるの」

「わかりません。正式な『光臨の導き』となってからは、名簿のどこにも名前がなかった」

「なぜそんなことを気にする？　ありふれた名前じゃないか」

「そのひとの、写真が、一枚だけ残っていたからだ。……あのひとに、そっくりだった。そして当時の『光臨会』は、女性たちの、ある意味駆けこみ寺でもあったから」

なにか事情があったのではないかと、忽然と消えたように思える人物のことが、ひどく気がかりだったと三島は言った。

「別人なら、別人でいいかと思ったが……一応、知らせておく。この話を小山さんにするかしないかは、秀島が決めてかまわない」

「……わかった」

うなずいて、慈英は病室をあとにした。

消毒くさい空間。すこし以前まで自分が押しこめられていたことを思いだし、あまりいい気分はしない。歩くうちに、次第に足早になっていくのを、入院期間の思い出のせいだと思いたかった。

ポケットのなかにある書類が、かさりと鳴る。

こちらに訪れる際、臣が記入してよこした、養子縁組の届出書だ。慈英の本籍がある鎌倉で、このあと届けを出す予定になっていた。

（母親……臣さんの）

彼のトラウマの根幹にもなった、その最たる責任を担った人物。なぜそれが、いまここで現れなければならないのだろう。よりによって、このタイミングで。

(知らせるべきか。このことを知らせずに、彼の家族となっていいのか?)

煩悶しながら、慈英はまっすぐに歩き続ける。そして、皮肉な笑みを浮かべた。

「……なかなか、スムーズにいかないもんだな」

次から次へと、よくもまあややこしいことになってくれる。

外へ出て、真夏の陽差しに目を焼かれた。目を閉じ、呼吸を深くして、慈英は携帯電話をとりだす。

臣へとつなぐボタンを押す手が、すこし震えていた。

あとがき

一年ぶりの慈英×臣シリーズを手に取っていただきありがとうございます。さきにあとがきを読む派の方、今回かなりのネタバレをしてしまっていますので、ご注意くださいませ。

さて前作『はなやかな哀情』より一年ぶりのシリーズ作ですが、じつはストーリーの時間軸は、慈英の記憶が戻ってから十日後。冒頭の部分に至っては、ほぼ同時期のできごととなっております。記憶喪失話の後日談としては、昨年、全員サービスでの小冊子やカードSSなどに書きまして、いずれもラブラブな状態のふたりでしたが、いざ細かい時間を追ってみるとそう簡単には落ちつかないふたりでありました。

今作にて短編集をいれて第六弾となります慈英と臣のシリーズ、自分でもびっくりしたんですが、ノベルズから十周年となります。とはいえ、かなり間の空いたシリーズではあるのですが。

ノベルズから文庫の三部作まで四年ブランクが、そこから『はなやか～』が出るまではまた四年ブランクがあります。その間、シリーズ続行するかはかなり未知数でした。

で、いざ今後の続投が決定した際に、三部作のある意味閉じたふたり、臣に対してのみ完璧超人の慈英では今後を続けるのはむずかしいなあと考えまして、『はなやか～』で一度、慈英にはぶっ壊れていただき、結果もっと人間くさく懊悩する彼になりました。

ある意味『はなやか〜』からは第二シーズンスタート、って感じで、文章についても、視点をキャラごとに切り替える方向にしました。

そして今作では、三部作の二作目『ひめやかな殉情』で登場した三島が再登場。

さらに引きでおわかりのように、次回作は『あざやかな恋情』にてテーマにした、臣のルーツの話がふたたびという感じに、それぞれのエピソードが対となる予定です。

そして今回は、いままでずっと補佐的に出てきた照映が一度も出てきません。べつに意図的に出さなかったわけではないんですが、なんとなく慈英と臣とに「親離れ」をさせたかったような気が、書き終わったいま、しています。その代わりかのように、というわけではないのですが、懐かしいキャラがものすごく変貌を遂げて出てきます。やたらに濃い新キャラも登場しておりますが、今後どう活躍していくのか、ご期待ください。

たぶんこれからの彼らは、いままでとちょっと変わります。どういうかたちになっていくのか、自分でもちょっとまだ見えてませんけど。

でもって今回の引きは、当然ながら次回作へつながるものです。いままで、作中できちんと終わらせてきたこのシリーズですが、あえて引っぱってみました。

彼らを十年書いてきたことで、自分も変わりました。拙作のなかでも手に負えないクセモノぶりの慈英と臣は、自分の変化を丸出しにしてくれて、毎度挑戦のし甲斐はあるんですが、難物でもあります。でもだからこそ、おもしろいし、これからも挑戦していきたいです。

最後に、お世話になった皆様にお礼を述べたいと思います。

毎度ながら、素晴らしく美麗なイラストで物語を彩ってくださる蓮川先生、今回も本当にお世話になりました。見つめあってもがいているような表紙も感動でしたが、壱都が……あ、壱都が。男の娘ばんざい。そして男の娘について熱く語ってくださる担当さま、毎度ご迷惑をおかけしておりますが、おかげさまでこの物語が続けられます。本当にありがとうございます。

各種相談に載ってくれた橘さん、CD関係もがんばりましょう。

Rさんもいつもありがとう。

そして、長い文章を読んでくださった皆様、本当にありがとうございました。

変化し続ける慈英と臣、次は一年ほどさきになると思いますが、またお会いできれば幸いです。

■主な参考文献（敬称略）　※本書の内容と参考文献の主旨はべつのものです。
「坊さんは、葬式などあげなかった」島田裕巳　朝日新聞出版
「芸術闘争論」村上隆　幻冬舎
「画家と画商と蒐集家」土方定一　岩波書店
「芸術家とデザイナー」ブルーノ・ムナーリ　萱野有美　訳　みすず書房

✦初出　たおやかな真情……………書き下ろし

崎谷はるひ先生、蓮川愛先生へのお便り、本作品に関するご意見、ご感想などは
〒151-0051 東京都渋谷区千駄ヶ谷4-9-7
幻冬舎コミックス　ルチル文庫「たおやかな真情」係まで。

幻冬舎ルチル文庫
たおやかな真情

2011年7月20日　　第1刷発行

✦著者	崎谷はるひ　さきや はるひ
✦発行人	伊藤嘉彦
✦発行元	株式会社 幻冬舎コミックス 〒151-0051 東京都渋谷区千駄ヶ谷4-9-7 電話 03(5411)6432[編集]
✦発売元	株式会社 幻冬舎 〒151-0051 東京都渋谷区千駄ヶ谷4-9-7 電話 03(5411)6222[営業] 振替 00120-8-767643
✦印刷・製本所	中央精版印刷株式会社

✦検印廃止

ISBN978-4-344-82279-5　C0193　Printed in Japan

「幻冬舎ルチル文庫」

大好評発売中

恋人小山臣の赴任先で暮らす秀島慈英は、かつて自分を陥れた鹿間に呼び出され、東京の彼のもとを訪れた。そこで倒れている鹿間を発見、そのまま何者かに頭を殴られ昏倒してしまう。知らせを受けて病室を訪れた臣を迎えたのは、臣について一切の記憶を失った慈英だった。冷たい言葉を投げつけてくる慈英に臣は……!? 大人気シリーズ全編書き下ろし。

［はなやかな哀情］

崎谷はるひ

イラスト 蓮川愛

680円（本体価格648円）

発行●幻冬舎コミックス　発売●幻冬舎

幻冬舎ルチル文庫